KNAUR

Über die Autorin:
Chris Ker ist das Pseudonym einer Rechtsanwältin aus dem Ruhrgebiet. Sie praktiziert dort bis heute als erfolgreiche Strafverteidigerin. Im Ruhrgebiet geboren, hat sie in Bonn Jura studiert und im Rheinland ihre Referendarzeit durchlaufen. Während ihrer Ausbildung war ihr schon früh klar, dass sie als Strafverteidigerin arbeiten möchte. Mit ihrem Beruf wurde es wichtig für sie, Bücher zu schreiben, die die Sicht und das Handwerk des Strafverteidigers vor deutschen Gerichten mit all seinen Facetten, seiner Routine, seinen Problemen, Highlights und Enttäuschungen in interessanten authentischen Fällen widerspiegeln, und das in allgemein verständlicher Sprache. Chris Ker liebt ihren Beruf und möchte einen Teil davon an ihre Leser vermitteln, damit sie die oft sehr schwierige Aufgabe des Verteidigers vor allem vor Gericht im Strafprozess verstehen können. Eigentlich möchte sie sogar bei manchen prozessualen Problemen, dass Leser zu solchen Problemen Stellung beziehen und vielleicht Veränderungen (mit-)bewirken.

Chris Ker

Giftiger Prinz

Kriminalroman

KNAUR

FSC
www.fsc.org
MIX
Papier aus verantwortungsvollen Quellen
FSC® C083411

Covergestaltung: ZERO Werbeagentur, München
Coverabbildung: © FinePic®, München
Redaktion: Franz Leipold
Druck und Bindung: CPI books GmbH, Leck
ISBN 978-3-426-21538-8

So oder ähnlich hat es sich abgespielt.

Mit der Erfahrung vieler Jahre sagte einmal eine weise Frau, die Gerechtigkeit bleibt unbesiegt, doch nur manchmal findet sie im Dschungel des Lebens ihren Weg an die Oberfläche und erhält Licht und Nahrung, um als zarte Pflanze ihre Kraft für das Überleben zu sichern.

1.

Ob ich gut im Bett bin? Das ist eine Frage, der ich mich bisher nicht wirklich gestellt habe. Anders meine Mandantin mir gegenüber.

»Er sagt, ich sei schlecht im Bett. Aber das liegt nur daran, dass ich schwanger bin und derzeit einfach keine Lust auf Sex habe. Auch so. Am Anfang unserer Ehe war der Sex ganz normal. Im Lauf der Zeit ist mein Mann immer egoistischer und grober geworden. Er hat sich total verändert. Ich hab die Nase einfach voll. Auf der anderen Seite bin ich schwanger und möchte nicht gleich die neu entstehende Familie aufgeben.«

Meine Mandantin redet sich langsam in Rage. Sie sei im vierten Monat schwanger, und dennoch verlange ihr Ehemann nach wie vor unglaubliche, ja sogar perverse sexuelle Praktiken von ihr. Weigere sie sich, strafe er sie tagelang mit kalter Verachtung und Distanz.

»Wissen Sie, ich habe meinen Mann wirklich geliebt. Er sieht phantastisch aus und ist beruflich sehr erfolgreich, aber er hat sich völlig verändert. Früher hat er alles für mich gemacht. Er hat mich wirklich auf Händen getragen, wie man so schön sagt. Manche Wünsche brauchte ich kaum auszusprechen, damit er sie erfüllt hat. Wir haben das Haus gekauft, das mir gefiel. Im vorletzten Sommer hat er sogar einen Swimmingpool im Garten einbauen lassen. Und das nur, damit ich nicht ins Freibad gehen muss, wenn ich im Sommer schwimmen will.«

Die junge Frau schaut auf den Rücken ihrer gepflegten

Hände, als finde sie hier eine Antwort für die unerklärliche Wandlung ihres Ehemanns. Sie atmet die Luft tief ein, und jedes ihrer Worte klingt wie ein Seufzer.

»Jetzt denkt er nur noch an sich. Nimmt keine Rücksicht mehr auf mich. Kommt und geht, wann er will. Obwohl ich schwanger bin, verlangt er Sex von mir. Schon das allein ist abartig. Und beim Sex selbst ist er total rücksichtslos.«

Die perversen Praktiken, die mir Sonja Heitkamp schildert, halten sich allesamt im Rahmen des Normalen. Nichts mit Sadomaso oder unglücklichen urophilen Sexspielchen. Klar. Der geschilderte Sex versteigt sich schon mal mehr in den Bereich gymnastischer Übungen, was ich persönlich einfach nur anstrengend und langweilig finde – es sei denn, die äußeren Umstände verlangen besonderen Einsatz. Aber alles in allem stinknormal. Man kann fast Verständnis für den langsam sexuell vernachlässigten Ehemann bekommen.

»Ich wollte nur grundsätzlich wissen, wie es mit dem Unterhalt aussieht, wenn ich mich bereits vor der Geburt unseres Kindes von meinem Mann trenne.«

Die Geburt sei für den 23. Juni ausgerechnet. Ich blicke auf und mustere meine Mandantin noch einmal intensiv. 34 Jahre alt, durchaus attraktiv. Leicht gebräunte Haut, die angesichts des trüben Wetters Mitte Januar auf einen regelmäßigen, aber gemäßigten Sonnenstudiobesuch schließen lässt. Insgesamt sehr gepflegte Erscheinung. Schmale, dichte Augenbrauen und große, dunkle Augen mit langen, dezent schwarz getuschten Wimpern. In ihrem ovalen Gesicht stehen die Augen weit auseinander und wirken durch die hohen Wangenknochen und die schmale, gerade Nase ausgesprochen mädchenhaft mit hohem »Hab mich lieb« –Faktor. Nur die schmalen Lippen und die dunklen Augenränder lassen auf eine unzufriedene Ehefrau schließen.

Kann es sein, dass ich da auch eine kleine Spur von Berechnung in diesem hübschen Rehgesicht sehe?

»Sie wissen, dass ich Fachanwältin für Strafrecht bin und Familienrecht nur mache, wenn es sich in einem Strafrechtsfall nicht umgehen lässt? Und die Schilderungen der sexuellen Praktiken Ihres Ehemanns lassen sich beim besten Willen nicht unter irgendeine Strafrechtsnorm subsumieren. Sie mögen für Sie unliebsam oder sogar nervig und anstrengend sein, haben aber nichts mit Strafrecht zu tun. Zumal Ihr Ehemann ja auch jedes ›Nein‹ von Ihrer Seite zu akzeptieren scheint.«

»Ihre Kanzlei ist mir von meiner Schwester, Susanne Piel, empfohlen worden. Sie war hier wegen eines Verkehrsunfalls und wurde von Ihnen und Ihrem Kollegen, Herrn Stücker, betreut. Ihre Sekretärin hat mich gefragt, worum es geht, und ich habe ihr gesagt, um Misshandlungen in der Ehe, und da hat sie mir einen Termin bei Ihnen gegeben.«

Erst jetzt fällt mir die Ähnlichkeit mit unserer Mandantin Susanne Piel auf. Der dunkle Typ, die Augen und die Ausstrahlung. Sie ist vielleicht nicht ganz so hübsch wie Sonja Heitkamp, ebenfalls geborene Finke.

Wir hatten Frau Piel in einem Verfahren wegen eines von ihr verschuldeten Verkehrsunfalls vertreten. Mein Kollege Thorsten Stücker hatte in der zivilrechtlichen Auseinandersetzung um Schadensersatz und Schmerzensgeld die Versicherung und unsere Frau Piel gegen einen wehleidigen, geldgierigen Motorradfahrer vertreten. Ich hatte das Strafverfahren wegen fahrlässiger Körperverletzung verteidigt und mit einer glücklichen Einstellung wegen Geringfügigkeit gegen Zahlung einer Geldbuße von 300 Euro zur Zufriedenheit unserer Mandantin erfolgreich beendet.

Überraschenderweise will sich Sonja Heitkamp eine Zigarette anstecken.

»Ich hoffe, Sie haben nichts dagegen, dass ich hier rauche.«

Mit der Zigarette in der einen und einem edlen Feuerzeug in der anderen Hand, auf dessen goldenem Rand dezent das Logo S.T. Dupont in verschnörkelter Schrift lesbar ist, schaut sie mich erwartungsvoll an.

»Kein Problem«, entgegne ich kurz.

»Ich weiß, während der Schwangerschaft sollte ich nicht rauchen. Aber ab und zu muss es einfach sein. Solange es bei ein, zwei Zigaretten am Tag bleibt, hat auch mein Mann nichts dagegen«, erklärt sie schuldbewusst, während sie die Zigarette anzündet und den Rauch tief einatmet.

Na, klasse. Eine emanzipierte Mandantin, die im Einklang mit ihrem Ehemann während der Schwangerschaft raucht und ansonsten versucht, diesen Ehemann unter bestmöglichen Konditionen loszuwerden.

»Wie gesagt, von Misshandlungen kann hier wirklich nicht die Rede sein. Sie sollten aber noch einmal genau überprüfen, ob Sie wirklich die Trennung von Ihrem Ehemann wünschen. Immerhin führt auch die Schwangerschaft nach meiner Kenntnis zu einem emotionalen Ausnahmezustand, der zumindest wegen der hormonellen Umstellung nicht immer einen realistischen Hintergrund hat. In juristischer Hinsicht kann ich

Ihnen aber trotz meiner rudimentären Kenntnisse im Familienrecht versichern, dass sich unterhaltsrechtlich für Ihr gemeinsames Kind durch eine Trennung nichts ändern wird. Eine Trennung geschieht zudem nicht von heute auf morgen, und die nachfolgende Scheidung wird wegen der gesetzlich geforderten einjährigen Trennungszeit sowieso auf einen Zeitpunkt nach der Geburt fallen.«

Sonja Heitkamp sieht mich einigermaßen erleichtert an, und ich empfehle ihr, für die weiteren juristischen Einzelheiten einen Termin bei meinem Kollegen Thorsten Stücker zu vereinbaren, der in Scheidungssachen eindeutig der richtige Anwalt für schutzbedürftige und vor allem hübsche Ehefrauen ist. Als 1,90 m großer, männlicher Hüne hat er immer eine starke Schulter für ein armes kleines Rehkitz übrig, das seinen Ehemann finanziell ausnehmen will.

»Bei ihm sind Sie bestens aufgehoben«, erkläre ich wahrheitsgemäß und schicke sie ins Vorzimmer zu unserer Sekretärin Frau Alfs, die ob der falschen anwaltlichen Zuordnung etwas genervt einen neuen Termin beim Kollegen vereinbart.

Das war's, dachte ich noch und konnte nicht ahnen, wie schnell ich es wieder mit Sonja Heitkamp und ihrem Ehemann zu tun bekommen würde.

2.

Es war kalt geworden. Der Winter war nicht wirklich ein Winter mit Schnee und Eis wie im Jahr zuvor, als man den Eindruck gewinnen konnte, eine neue Eiszeit sei angebrochen, und der Frühling lange Zeit brauchte, um sich von dem vielen Schnee zu erholen. Gestern hatte noch Schnee gelegen, der im Ruhrgebiet nur dürftig an den einzigen drei kalten Tagen im Januar 2007 gefallen war. Inzwischen waren die Temperaturen über null geklettert, und ein kalter Regen hatte das freundliche Schneetreiben abgelöst. Vereinzelte Reste von gefrorenem Eis waren auf den Wegen zu finden. Immer noch konnte man hier und da abgerissene Äste und beschädigte Bäume sehen, eine mahnende Erinnerung an Sturm »Kyrill«, der am 18.01.2007 eine Spur der Verwüstung durch Deutschland gezogen hatte und als Vorbote des bedrohlichen Klimawandels gedeutet worden war.

Nicht gerade der Abend, um bis in die tiefe Nacht auf dieser todlangweiligen Stehparty zu bleiben, dachte Sonja Heitkamp und rieb sich unwillkürlich ihren Bauch, der bis auf eine kleine Wölbung nichts von der bestehenden Schwangerschaft verriet. Noch passte Sonja tadellos in ihr edelstes Stück. Original Chanel. Kein schlichtes Schwarzes. Das entsprach nicht ihrem Typ. Ein Chanel Haute Couture Grey Linen Cocktailkleid aus der Kollektion 2006. Auf einem Empfang mit all den hochnäsigen Kollegen und vor allem Kolleginnen ihres Ehemanns musste sie schon zeigen, was Sache ist. Das Kleid war Luxus pur, aus reiner achatgrauer Seide und mit edel schimmernden, schwarzen Zierperlen an den leicht transparenten Trompetenärmeln bestickt. Ganz die feminine Linie, die Sonja bevorzugte, leicht tailliert und mit tiefem, sanft gerundetem V –Ausschnitt.

Der Empfang war noch in vollem Gange, als Sonja gegen 23 Uhr entschied, den Abend frühzeitig zu beenden. Und zwar gegen jeden Widerstand ihres Ehemanns. Der Plan war einfach und mit nahezu hundertprozentiger Sicherheit durchsetzbar. Sie war schwanger und damit im Vorteil, bar jeder Argumentation. Sie würde Kopfschmerzen und Übelkeit vortäuschen, um endlich nach Hause zu kommen, heraus aus diesen zu eng gewordenen Pumps. Sonja schaute sich um und entdeckte Holger im Gespräch mit einem älteren Kollegen, den sie von verschiedenen offiziellen Essen der Firma kannte. Graue kurze Haare und dunkle aufmerksame Knopfaugen, die ihren Ehemann freundlich zu durchdringen schienen. John Stampler, ein höflicher Amerikaner mit besten Manieren.

Sonja nippte an ihrem Orangensaft. Aus dem rechten Augenwinkel sah sie Gefahr auf sich zukommen: Barbara Wirth, Teamchefin der Wirtschaftsabteilung. Sehr freundlich, fast liebevoll, aber in jedem ihrer Worte konnte Sonja die Arroganz der Überlegeneren spüren. Eine rassige, vollbusige Intellektuelle. Was gab es Schlimmeres? Sonja drehte sich unauffällig zur Seite und ging in nahezu perfekt vorgespielten zaghaften und unsicheren Schritten gezielt auf Holger zu.

Eigentlich ein wunderbares Ambiente für den Empfang. Der Schürerstand in Halle 7, Zeche Zollverein in Essen –Nord. In der über 200 Quadratmeter großen domartigen Halle mit der historischen Kesselanlage und einer offenen Decke über drei

Etagen befanden sich sicherlich über 150 Personen, die alle mehr oder weniger in irgendeinem Zusammenhang mit der Firma www.worldnet standen. Holger Heitkamp fühlte sich sichtlich wohl und genoss die Aufmerksamkeit, die man ihm nach seinem erfolgreichen Jahresabschluss entgegenbrachte. Selbst der arrogante Juniorchef hatte einen überflüssigen, nichtssagenden und vielversprechenden Smalltalk mit ihm gehalten. Das war auch John Stampler nicht entgangen, der ihn wie immer trotzdem aufzog.

»Dir stünde in dieser Firma eine große Zukunft offen, wenn du nicht gnadenlos dem Bürgertum verfallen wärst. Braver Ehemann mit Haus und Kind«, schmunzelte er. »Da sehe ich gerade deine wunderschöne, bürgerlich etablierte Ehefrau auf uns zukommen. Das sieht nach dem Ende unseres Dialogs aus.«

Sonja lächelte John freundlich an, während sie Holger von ihren imaginären Gebrechen leise ins Ohr flüsterte. Dann schaute sie ihn mit großen Augen fragend an. Mit einem leichten Seufzer küsste Holger seine Ehefrau auf die Stirn.

»Wenn es dir nicht gutgeht, können wir natürlich nach Hause fahren.«

Das Lächeln in Johns Gesicht wuchs sich zu einem breiten Grinsen aus.

Eine Viertelstunde später standen beide am Hauptausgang. Auf dem Weg vor den Hallen fuhren die Taxis vor. Es war kalt und feucht, in der Luft lag ein leichter Geruch von Diesel. Ein Wagen nach dem anderen füllte sich und fuhr fast lautlos davon. Ein schwarzer Mercedes –Benz E 230 mit einem Hufeisen auf dem Gitter der Motorhaube hielt an. Holger öffnete die hintere Fahrzeugtür und ließ Sonja einsteigen. Dann ging er um das Auto herum, stieg ein und setzte sich neben seine Frau; vorsichtig griff er nach ihrer warmen, weichen Hand und küsste sie zart. Der Taxifahrer wartete geduldig.

»Bredeneyer Landweg 61«, wandte er sich schließlich an ihn, ohne die Hand loszulassen.

»Sehr gern.«

Der Taxifahrer lächelte und schaltete den Taxameter an.

Nachdem Holger die Adresse im edlen Essener Süden durchgegeben hatte, fuhr der Taxifahrer in angenehm gemäßigtem Tempo los.

Sonja zog ihre Hand zurück und rieb sie mit der anderen, als wolle sie die Spuren der zärtlichen Berührung wegwischen. Sie öffnete das Fenster ein kleines Stück, zog eine Schachtel Zigaretten aus ihrer Manteltasche und steckte sich eine Marlboro an.

»Muss das sein?«, wagte Holger einzuwenden.

»Schatz, ich habe Kopfschmerzen, mir ist übel, und ich bin todmüde. Bitte keine Diskussion um eine Zigarette.«

Kaum hatte sie ihre Zigarette angesteckt, war das Taxi erfüllt vom Duft der frischen Zigarette, und auch der Taxifahrer sah sich veranlasst, sein Missfallen zu äußern.

»Dies ist ein Nichtrauchertaxi. Ich bitte um Verständnis, aber würden Sie bitte Ihre Zigarette ausmachen?«

»Bitte. Ich hatte einen ätzenden Abend und brauch jetzt einfach eine einzige Zigarette.«

»Sorry, aber das Rauchen ist in meinem Taxi strikt verboten. Ich bitte Sie, das zu akzeptieren.«

Sonja sog unbeirrt weiter an ihrer Zigarette und blies den Rauch in Richtung des schmalen Fensterschlitzes.

»Wir sind doch gleich zu Hause, Liebling. Warte mit der Zigarette noch so lange.«

»Entschuldige mal. Wir haben nicht nach diesem Taxi verlangt. Hätte er uns beim Einsteigen gleich darauf hingewiesen, hätten wir uns noch anders entscheiden können.«

Der Taxifahrer hatte seine langen Haare im Nacken streng mit einem Gummi zusammengebunden und fuhr bereits auf der Essener Straße, vorbei an dunklen, grauen Wohnsiedlungen, die um diese Zeit und bei diesem Wetter wie ausgestorben wirkten.

»Machen Sie bitte auf der Stelle die Zigarette aus, sonst wird das Konsequenzen haben.«

»Keine Drohungen!«

Langsam verärgerte das Verhalten des Taxifahrers auch Holger.

»Ich meine es ernst. Das mach ich nicht mit. Sofort die Zigarette aus!«

Die Stimme des Taxifahrers wurde schriller, und er drehte den Kopf halb nach hinten.

»Entschuldigen Sie mal. Ihre Drohungen können Sie sich sparen. So läuft das nicht.« Sonja wagte es nicht, an ihrer Zigarette zu ziehen; allerdings wollte sie dem dreisten Taxifahrer auch nicht nachgeben und die Zigarette ausmachen.

Das Taxi hielt mit quietschenden Reifen und brach vor dem Stehen leicht nach rechts aus. Sonja und Holger wurden mit einem Ruck gegen die Vordersitze geschleudert, die Zigarettenasche fiel auf den Teppich und glühte dort weiter. Der Schock saß. Kaum war der schwere Wagen zum Stehen gekommen, zog der Taxifahrer die Handbremse an und öffnete im gleichen Moment die Fahrertür. Er sprang ohne ein Wort aus dem Wagen und lief vorne um den Wagen. Im Scheinwerferlicht konnte man seinen schmalen, drahtigen Körper erkennen, der in einer schlaksigen Jeans steckte. Das grelle Licht ließ sein Haar fast weiß erscheinen. Mit wenigen Schritten hatte er die Fahrzeugtür auf Sonjas Seite erreicht, und erst im letzten Moment konnte er seine überschießende Energie zügeln. So ruhig wie möglich öffnete er die Wagentür und bat Sonja, auszusteigen.

»Auf gar keinen Fall werde ich in dieser Gegend aussteigen. Ich werde im Taxi sitzen bleiben. Da können Sie machen, was Sie wollen.«

Sonja versuchte gleichzeitig, die Glut der Zigarette auszutreten.

»Bitte, steigen Sie jetzt aus. Ich werde mit Ihnen nicht weiterfahren.«

Holger war ebenfalls ausgestiegen und kam auf Sonjas Seite herüber.

»Nun machen Sie doch nicht so ein Theater. Die Zigarette ist doch jetzt aus.«

Erst jetzt realisierte der Taxifahrer, dass die Glut der Zigarette auf den Boden gefallen war und mit hoher Wahrscheinlichkeit den Teppich beschädigt hatte.

»Ich bestehe darauf, dass Sie sofort mein Taxi verlassen.«

Tränen schossen Sonja in die Augen. Es war beschämend, vom Taxifahrer derart behandelt zu werden. Seine Unnachgiebigkeit stand ihm deutlich ins Gesicht geschrieben. Die Augen zu schmalen Schlitzen verengt, die Lippen fest aufeinandergepresst, der Mund verkniffen – so stand er da und hielt schwer atmend die Autotür fest, so fest, dass sich seine Fingerknöchel weiß abmalten. Widerwillig stieg Sonja aus dem schweren

Mercedes in die Kälte. Ohne ein weiteres Wort schlug der Taxifahrer die Tür zu, stieg ein und fuhr in Richtung Innenstadt davon.

Kaum waren die Rücklichter mit dem weißen Dunst der Abgase verblichen, brach Sonja in Tränen aus. Sie zitterte am ganzen Körper und konnte immer noch nicht glauben, was gerade passiert war. Viel zu unwirklich erschien ihr dieser Abschluss eines gediegenen, von oberflächlichen Höflichkeiten getragenen Abends.

»Reg dich nicht auf, mein Schatz«, versuchte Holger, Sonja zu beruhigen, und umschloss sie mit beiden Armen. Erst nachdem er spüren konnte, wie sich ihr Körper durch den Druck der Umarmung allmählich aufwärmte und das Zittern und die Tränen nachließen, nahm er sein Handy aus der Manteltasche und telefonierte nach einem neuen Taxi.

3.

Ja, du Pfeife, das war doch klar. Nachdem du auf der linken Spur einen Obersicherheitsabstand von 1000 Metern gelassen hast, konnte das Verkehrshindernis auf der rechten Spur gar nicht anders, als auf die linke Spur vor uns einzuscheren und uns auszubremsen. Gib doch einfach die linke Spur frei oder, noch besser, gib doch einfach deine Fleppe ab.

Ich bin wie immer unter Termindruck. Um 15 Uhr muss ich in der Kanzlei die nächsten Mandanten empfangen. Wer konnte auch ahnen, dass sich der Termin am Landgericht Dortmund so lange hinziehen würde. Nachdem wir in der Hauptverhandlung drei Zeugen vernommen hatten, wurde diese auf Anraten der Kammer zweimal unterbrochen, um mit dem Angeklagten Rücksprache zu halten wegen eines grandiosen Deals, den ich nicht ernsthaft empfehlen konnte. Vier Jahre, sechs Monate Freiheitsstrafe bei genau 874 Gramm Kokain und einem Cocainhydrochlorid –Gehalt von gerade mal 30,9 Prozent. Nicht mal ein Kilogramm Kokain war bei meinem Mandanten sichergestellt worden.

Wenn es auch in Dortmund nahezu feste Sätze für Rauschgiftdealer gibt und ein Kilo circa fünf Jahren entspricht, so brauchte ich bei diesem Angebot des Gerichts natürlich auch keine Absprache zu treffen. Immerhin waren die Drogen in einem nicht auf meinen Mandanten zugelassenen BMW gefunden worden, in eingeschweißter Folie, gut versteckt unter dem Ersatzreifen.

Die Kripo hatte das Telefon meines Mandanten über Wochen abgehört; dabei gab es so konspirative Telefongespräche wie »Ich bring das Auto heute vorbei« oder »Ist das Geld da?«. Das war's aber auch schon. Die Kripo hatte aus den Gesprächen sofort die Lieferung von Drogen konstruiert und war dann auch in dem getunten und aufgemotzten BMW fündig geworden, just an diesem Tag, als mein Mandant hinter dem Steuer saß. Es gab aber keine Zeugen, die den Drogenhandel meines Mandanten bestätigten. Und an dem verschweißten Drogenpaket ließen sich weder Fingerabdrücke noch DNA meines Mandanten feststellen. Das schrie geradezu nach Beweisanträgen, die ich im Rahmen der Hauptverhandlung schriftlich, was für mich handgeschrieben bedeutet, stellen musste. Ich konnte drei Bekannte meines Mandanten als Zeugen benennen, die ebenfalls den BMW zeitweise genutzt hatten, so dass die aufgefundenen Drogen nicht unzweifelhaft meinem Mandanten zuzuordnen sind.

Im Prozess kostet das Schreiben der Beweisanträge viel Zeit. Deshalb hatte ich dann auch um eine Unterbrechung gebeten. Während die Kammer unter Vorsitz des durchaus berüchtigten Richters Dr. Risse und der freundliche Oberstaatsanwalt Polland genervt in die Kantine einen Kaffee trinken gehen konnten, musste ich die Beweisanträge formulieren. Sie müssen immerhin strengen formellen Voraussetzungen der Strafprozessordnung genügen, um nicht als unzulässig zurückgewiesen zu werden.

Die Beweisanträge hatten vorläufig gewirkt und uns zum jetzigen Zeitpunkt des Verfahrens wichtige Zeit verschafft, in der ich über weitere Anträge nachdenken konnte. Unterbrechung der Hauptverhandlung und Fortsetzung zur Vernehmung der benannten Zeugen nächste Woche Donnerstag, 12:30 Uhr, Saal 127.

Dann auf der A 40 zurück nach Essen, die wie immer mit zumindest stockendem Verkehr nervt, und so bin ich natürlich wieder einmal spät dran. Angekündigt haben sich Sonja und Holger Heitkamp. Da bin ich natürlich gespannt, wie unser Fräulein Rehkitz aus der Nummer wieder rauskommen will. Da bringt sie doch wegen einer angeblich neuen Strafsache gleich ihren kleinen Lustmolch mit.

Leicht verschwitzt, mit Robe unter dem Arm, Aktenordner im Rucksack und einer unterwegs am Kiosk erkämpften Cola laufe ich in unserer Kanzlei in der ersten Etage des Bürohauses ein. Ich eile durchs Sekretariat, geradewegs an unserer brav grüßenden und wissend aufschauenden Frau Alfs vorbei, durch unser Wartezimmer direkt in mein Büro. Die Eheleute Heitkamp sind überpünktlich und haben es sich schon seit zehn Minuten, also fünf vor drei, in unserer Sitzecke gemütlich gemacht.

Bei einem kurzen »Guten Tag. Ich komme gleich zu Ihnen« kann ich einen Blick auf die wirklich attraktive Erscheinung von Holger Heitkamp werfen. Schlank und sportlich. Dunkelbraune, lockige Haare umrahmen sein Gesicht und bilden einen Kontrast zu seinen hellblauen, strahlenden, wachsamen Augen. Ein echter Frauentyp.

Nach einer etwas ausführlicheren Begrüßung mit Handschlag sitzen wir in meinem Büro. Holger Heitkamp schildert die

Ereignisse vom Freitag letzter Woche, dem 26.01.2007. Die Taxigesellschaft und den Namen des Taxifahrers hatte er problemlos über die Verwaltung der Zeche Zollverein festgestellt. Das markante Taxi mit dem auffälligen Hufeisen war schnell ermittelt.

Sonja Heitkamp sitzt blass und still auf dem Besucherstuhl, die Hände im Schoß gefaltet. Mit ruhiger, sonorer Stimme versucht ihr Ehemann, die Situation zu erklären.

»Bei allem Verständnis für Nichtraucher. Ich bin selbst Nichtraucher, aber der Taxifahrer war völlig durchgeknallt. Der machte den Eindruck, als würde er meine Frau an den Haaren aus dem Taxi schleifen, wenn sie nicht selbst ausgestiegen wäre. Der war für Argumente überhaupt nicht mehr zugänglich. Meiner Meinung nach stellt der Mann eine Gefahr für die Allgemeinheit dar. Deshalb haben wir uns entschlossen, rechtlich gegen ihn vorzugehen. Dabei geht es uns nicht um Geld.«

Sonja Heitkamp schaut ihren Mann kurz von der Seite an.

»Das stimmt«, mischt sie sich in den Redefluss ihres Gatten ein.

»Wir möchten kein Schmerzensgeld. Wir möchten uns aber in aller Deutlichkeit beschweren.«

»Und Strafanzeige gegen den Taxifahrer erstatten«, ergänzt Herr Heitkamp.

Ich schaue kurz auf und bin sicher, dass man mir das Missfallen über die beabsichtigte Strafanzeige meiner gekräuselten Stirn ansehen kann. Dennoch bleibe ich ruhig.

»Sie haben sicher recht, was das Verhalten des Taxifahrers angeht. Er hat völlig überzogen reagiert. Ich bin aber nicht davon überzeugt, dass in diesem Fall eine Strafanzeige weiterhilft. Immerhin waren Sie nicht ganz unschuldig an der Eskalation«, erkläre ich gelassen.

»Das stimmt sicherlich. Ich meine aber, dass die Reaktion des Taxifahrers echtes Gefährdungspotenzial hatte«, wendet Holger Heitkamp ein.

»Außerdem werden Sie die anwaltlichen Gebühren selbst tragen müssen, weil sie von einer Rechtsschutzversicherung nicht übernommen werden«, versuche ich, ihren Aktionismus zu bremsen.

»Das ist uns egal«, Holger Heitkamp klingt sehr bestimmt. »Meine Frau ist schwanger und hat direkt nach dem Vorfall Blutungen bekommen. Ich musste einen Krankenwagen verständigen. Fast hätten wir unser Kind verloren.«

Mit ihren großen Augen schaut mich Sonja Heitkamp an.

»Das stimmt. Ich bin zu Hause völlig durchgefroren angekommen und habe mich total aufgeregt. Die Blutungen waren nicht sehr stark, aber mein Mann wollte kein Risiko eingehen und hat den Notarzt gerufen. Im Krankenhaus meinten die Ärzte, dass ich mich schonen und bis zum Abklingen der Blutungen im Bett bleiben soll.«

»Wie geht es Ihnen jetzt?«, frage ich interessiert.

»Die Blutungen haben aufgehört. Es scheint Gott sei Dank alles wieder in Ordnung zu sein.«

Holger Heitkamp streichelt seiner Ehefrau liebevoll über den Arm.

»Sie hat trotzdem sehr unter der Angst einer Fehlgeburt gelitten. Deshalb möchten wir Strafanzeige erstatten. So etwas darf anderen ahnungslosen Taxigästen nicht auch passieren.«

»Das muss allein Ihre Frau entscheiden. Sie ist die Geschädigte und daher auch allein antragsbefugt. Ein etwaiges Strafverfahren gegen den Taxifahrer ist durchaus mit Belastungen verbunden. Sie müssten wahrscheinlich erneut eine Vernehmung bei der Polizei, sicher aber vor Gericht durchstehen.«

Ich schaue Sonja Heitkamp erwartungsvoll an.

»Mein Mann hat recht. Der Taxifahrer muss wissen, dass so ein aggressives Verhalten Konsequenzen hat.«

Mein Schreiben an die Taxigesellschaft Schmick GmbH, Essen ist in aller Deutlichkeit formuliert. Immerhin hatte Sonja Heitkamp aufgrund des ruckartigen Anhaltens, der Aufregung und der kompromisslosen Behandlung tagelang unter der Angst gelitten, ihr Kind zu verlieren. Mehrere Tage hatte sie ärztlich dokumentierte, wiederkehrende Unterleibskrämpfe und leichte Blutungen erdulden müssen. Sicherlich war auch das Verhalten von Sonja Heitkamp ausgesprochen unklug und egoistisch; andererseits rechtfertigte das nicht ein derart rüdes und ausgerastetes Verhalten. Sosehr man auch Verständnis für den Taxifahrer aufbringen konnte, dass er auf das Rauchverbot bestand, so klar hätte dieser die Konsequenzen seines unangemessenen Verhaltens erkennen müssen. Zumindest hätte er die Eheleute zurück zur Zeche Zollverein oder zu sonst einem zentralen und belebten Standort in der Stadt bringen müssen. Und erst recht hätte er sein Taxi durch einen ordnungsgemäßen Bremsvorgang zum Stehen bringen müssen. Sein Verhalten war tatsächlich nicht nachvollziehbar. Ebenso erstatte ich gegen den rüden Taxifahrer Strafanzeige bei der Staatsanwaltschaft und stelle Strafantrag »aus allen strafrechtlich relevanten Gesichtspunkten«.

Mit einem unguten Gefühl im Bauch diktiere ich den Schriftsatz und überlege, ob die Strafanzeige nicht etwas übertrieben ist. Juristisch kann man das Verhalten des Taxifahrers sicherlich als fahrlässige Körperverletzung ev. tateinheitlich mit Nötigung bewerten. Noch gibt es Gott sei Dank kein allgemeines Rauchverbot. Der Taxifahrer kann natürlich selbst bestimmen, ob in seinem Taxi geraucht werden darf oder nicht; er hätte aber seine Gäste vor der Fahrt darüber informieren sollen. Bei dem Strafverfahren wird allerdings auch nicht viel herauskommen; wahrscheinlich wird es gegen eine kleine Auflage eingestellt.

Und trotzdem: Vielleicht sorgt der Schock der strafrechtlichen Ermittlungen dafür, dass der außer Kontrolle geratene Taxifahrer zukünftig in seinem Antiraucherwahn etwas kontrollierter vorgehen wird.

Und so diktiere ich abschließend:

»Es wird darum gebeten, uns vom Fortgang der Ermittlungen zu unterrichten. Absatz. Rechtsanwältin. Das Schreiben bitte in Kopie per Übersendungszettel an die Mandanten zur Kenntnisnahme, Rückgabe nicht erforderlich.«

Die Nachricht der Taxigesellschaft lässt nicht lange auf sich warten. Bereits zehn Tage später erhalte ich eine Antwort:

»... haben wir uns gezwungen gesehen, die Konsequenzen aus dem nicht nachvollziehbaren Verhalten unseres Mitarbeiters Christian Kulisch zu ziehen und die Zusammenarbeit mit Herrn Kulisch fristlos aufzukündigen. Er wird zukünftig nicht mehr für unser Unternehmen als Fahrer tätig sein.«

Mein Gott, das erscheint mir dann doch etwas übertrieben.

Auch die Staatsanwaltschaft war im Gegensatz zur sonstigen Verfahrensweise nicht untätig geblieben. Nachdem die Strafanzeige bei der Staatsanwaltschaft eingegangen war, hatte auch sie das Taxiunternehmen angeschrieben und um Mitteilung der Adresse unseres rüden Taxifahrers gebeten. Wahrscheinlich hatte die Aussicht auf umfangreiche Ermittlungen und unliebsame Fragen der Polizei und Staatsanwaltschaft ausgereicht, um die Entlassung von Taxifahrer Kulisch zu bewirken. Was für überzogene Konsequenzen! Ich glaube, dass selbst die Eheleute Heitkamp derartige Folgen nicht beabsichtigt haben.

Ich hatte die drohenden Vorboten der nahenden Katastrophe nicht erkannt und ihre überdeutlichen Zeichen ignoriert. Vielleicht hätte ich davon abraten sollen, zusätzlich Strafanzeige zu erstatten. Vielleicht hätte es ausgereicht, die Eheleute zu beruhigen und ihnen etwas von den langsam mahlenden Mühlen der Strafjustiz vorheucheln sollen, die ein derartig geringes Vergehen, das es trotz aller traurigen und durchaus weitreichenden Folgen war, sicher ohne weitere Ermittlungen einstellen würden. Vielleicht hätte ich mich sogar weigern und auf mein Bauchgefühl hören sollen. Vielleicht. All das habe ich nicht gemacht, und so nahm das große Unglück seinen unbeirrbaren Lauf.

4.

Der Sommer hatte uns bereits im April erreicht. Temperaturen über 30 Grad ließen die ewigen Defätisten laut stöhnen und die nahende Klimakatastrophe wahrscheinlicher werden. Die letzte Aprilwoche war im Einklang mit dem herrlichen Wetter unkompliziert und ruhig verlaufen. Ein paar routinemäßige Untersuchungen bei Leichenfunden, die allesamt trotz anfänglicher Zweifel letztendlich einer natürlichen Todesursache zum Opfer gefallen waren. Bei den Temperaturen war das wegen des rasend fortschreitenden Verwesungsprozesses kein Vergnügen, aber notwendig.

Breitner hatte sich daher entschieden, am letzten Freitag im April schon gegen 14 Uhr das Polizeipräsidium zu verlassen und das Wochenende in seinem Garten bei einer eiskalten Flasche Bitburger einzuläuten. Kein Dienst. Kein Stress. Kein Ärger. Und dazu Bilderbuchwetter und jede Menge kaltes Bier.

Auf dem Weg nach Bottrop –Kirchhellen öffnete er das Verdeck seines alten Saab Cabrios und genoss den erfrischenden Fahrtwind. Um diese Zeit kam man auf der Bottroper Straße Richtung Bottrop Innenstadt noch ohne Stau durch, und Breitner saß eine halbe Stunde später in seinem Garten. Er machte es sich ohne Auflage auf der alten Holzliege gemütlich, die dem Winter und den vielen stürmischen Regenschauern einigermaßen standgehalten hatte. Herrliche Ruhe. Herrliches Wetter. Nach dem herrlich frischen Bier entspannte er sich und fiel in einen leichten Schlaf.

Weit entfernt in einer anderen Welt schien ein Telefon zu klingeln. Wie auf Knopfdruck setzte sich Breitner auf. Er brauchte ein paar Sekunden, um sich in dieser Welt wieder zurechtzufinden. Das war eindeutig sein Diensthandy, das klingelte. Er hatte es auf den Küchentisch gelegt. Breitner richtete sich auf und hatte alle Mühe, sein Gleichgewicht zu halten, als er in die Küche lief. Noch zweifelte er, ob er das Gespräch überhaupt annehmen sollte. Er hatte keine Lust, sich von irgendeinem Leichenfund, der sich spätestens morgen als natürliche Todesursache entpuppte, das Wochenende verderben zu lassen.

Klar. Essener Vorwahl, Polizeipräsidium 829 –9878, Kriminaloberkommissar Klose.

»Wer stört?«

Breitner versuchte gar nicht erst, seinen Unmut zu verbergen.

»Hier Gerd. Es ist ernst. Tom, du musst sofort nach Essen kommen. In Bredeney wurden ein Mann und eine Frau in ihrem Haus überfallen. Der Mann ist tot. Die Frau lebt noch, ist aber sehr schwer verletzt und liegt im Koma. Hat kaum Überlebungschancen. Der mutmaßliche Täter hat selbst die Polizei verständigt. Die Kollegen von der Schutzpolizei sind bereits am Tatort und sichern ihn ab. Lediglich der Notarzt und ein Sanitäter sind im Haus, konnten aber nur noch den Tod des Mannes feststellen. Der Tatort muss ziemlich schlimm aussehen. Ich hab bei den Kollegen in Bottrop angerufen, die haben sofort einen Wagen zu dir nach Hause geschickt. Beeil dich. Wir treffen uns am Tatort. Die Kollegen haben die Adresse.«

Mit einem Schlag war Breitner hellwach. Er nannte das seinen Killerinstinkt. In dem Moment, in dem er spürte, dass es ernst wurde, dass ein problematischer Mordfall anfing und es galt, einen Killer zu jagen oder doch zumindest einwandfrei der Tat zu überführen, in diesem Moment legte sich bei ihm ein Schalter um. Wie weggeblasen waren die entspannte Müdigkeit, die Lethargie der ruhigen Arbeitswoche, die Vorfreude auf ein zwangloses Wochenende und sogar der leichte Rausch, der sich selbst bei einem versierten Biertrinker wie Breitner nach nur einer Flasche Bier einstellen konnte, wenn sein Magen entsprechend leer war. Die Spannung auf das in einem Mordfall Ungewisse hatte seine gesamten Nerven und Instinkte auf Empfang eingestellt. In diesen Momenten spürte er das Leben überdeutlich.

In nur einer Minute hatte er sein verschwitztes hellblaues Hemd in der Wäschetruhe verstaut, am Waschbecken sein Gesicht und Oberkörper gewaschen und dabei in Sekunden das gesamte Badezimmer mit spritzendem Wasser verunstaltet, ein frisches weißes Hemd angezogen, sein Boss –Elements –Deo benutzt und die Haare mit gespreizten Fingern in Form gebracht. Sein Handy, seine Brieftasche und seine Schlüssel lagen wie immer auf dem Küchentisch bereit. Halfter und Dienstwaffe hingen über der Rückenlehne des Küchenstuhls. Seit er allein wohnte und Lena und Linus nur jedes zweite Wochenende zu Besuch kamen, musste er an den anderen Tagen keine Rücksicht mehr auf die Sicherheit der Kinder nehmen. Fenster und Terrassentür zu. Mit einer Flasche Mineralwasser in der Hand begab sich Breitner vor die Haustür. Die Kollegen von der Bottroper Schutzpolizei ließen noch auf sich warten. Gelegenheit, noch mal mit Klose übers Handy zu telefonieren.

»Sind die Spurensicherung und die Gerichtsmedizin benachrichtigt?«

»Bei der Spurensicherung habe ich zum Glück Karl erwischt. Der Mann hat alles im Griff und ist auch gleich vor Ort. Die Schnarchnasen von der Gerichtsmedizin habe ich noch nicht erreicht. Wir haben Freitagabend. Ich bin jetzt mit Manfred und Patrick auf dem Weg. Tatort ist Bredeneyer Landweg 61.«

Wo blieben die Bottroper Jungs? Breitner hatte neben der Telefonnummer des Notdienstes auch die Handynummer von Dr. Gruber, Oberarzt der Gerichtsmedizin Essen.

»Gruber.«.

Im Hintergrund war das typische Geräusch von Menschengewirr in einer Kneipe zu hören.

»Andreas! Gott sei Dank, dass ich dich erreiche. Hier Tom. Wo bist du? Wir brauchen dich. In Bredeney gibt es eine Leiche.«

»Mir san noch im Blumenhof im Biergarten was trinken gegangen.«

Sein bayrischer Dialekt war unverkennbar.

»Mir ham grad unser zwoate Maas bekommen.«

»Lass sie stehen. Wir brauchen dich nüchtern. Ich bin in circa 20 Minuten, also spätestens 17 Uhr 15, mit einem Streifenwagen am Haupteingang vom Grugapark und hol dich ab. Karl von der Spurensicherung ist schon da. Ich geh davon aus, dass er die anderen vom Team verständigt hat.«

»Ich brauch meinen Arztkoffer. Bin mit dem Dienstwagen hier. Der steht auf dem Parkplatz vorm Haupteingang.«

»Passt.«

Endlich kam der Wagen der Bottroper Schutzpolizei, besetzt mit zwei Polizeibeamten, drehte im Wendehammer der Wohnstraße und hielt genau vor Breitner.

»Einer der Kollegen aus Bottrop kann dich in deinem Dienstwagen fahren. Du bist schon ohne Alkohol ein grottenschlechter Fahrer. Ich klär das gleich ab.«

Breitner, immer noch telefonierend, war kaum hinten eingestiegen, als der Polizeiwagen auch schon mit hoher Geschwindigkeit losbrauste.

»Geht scho. I zahl gleich und geh dann zum Haupteingang. Mir treffen uns dann da. Kannscht froh sein, dass ich noch hier bin. Eigentlich hat der Kurt ab 16 Uhr Bereitschaft. I ruf ihn an, dass mir uns glei treffen.«

5.

Das Haus lag am Ende des Bredeneyer Landwegs. Es gehörte zu einer Reihe von Einfamilienhäusern, die in Zweier – und Dreiergruppen auf dem ruhigeren Teil der Straße standen. Die großzügigen Häuser waren von schönen, bereits grünenden Hopfenbuchen umsäumt, deren graubraune Baumstämme in der untergehenden Sonne leuchteten. Eine warme Brise rauschte vom angrenzenden Hügelpark trügerisch über die Straße, als sei ein warmer, freundlicher Sommer bereits abgemachte Sache.

Die Polizei hatte den Bereich vor dem Haus großräumig abgesperrt. An dieser ohnehin sehr engen und wenig befahrenen Stelle war ein Durchkommen schon wegen der teilweise auf der Straße parkenden Polizeiwagen nicht mehr möglich. Ein Polizeibeamter stand vor der Absperrung und schickte die wenigen Pkws wieder zurück. Ein Anwohner musste seinen Wagen vor der Absperrung abstellen und zu Fuß den Tatort auf dem gegenüberliegenden Bürgersteig passieren, blieb dann aber doch bei der Absperrung stehen und blickte neugierig auf das Haus Nr. 61.

Der Wagen der Gerichtsmedizin mit einem der Kollegen der Bottroper Schutzpolizei am Steuer und Dr. Gruber auf dem Beifahrersitz hielt vor der Absperrung; dahinter folgte der Polizeiwagen mit Breitner, der sofort ausstieg, nachdem er dem Kollegen von der Schutzpolizei dankend auf die Schulter geklopft hatte. Einer der Polizeibeamten, der zur Sicherung des Tatorts abgestellt war, erkannte ihn, grüßte zurückhaltend und hob das Absperrungsband, damit er passieren konnte. Der sportlich durchtrainierte Mann von stattlicher Größe machte Eindruck oder sorgte doch zumindest für eine gewisse Präsenz. Seine tiefen Falten auf der Stirn und um die Augen hatte er sich schließlich während seiner langjährigen Erfahrung beim Morddezernat der Essener Kripo erarbeitet. Nicht einmal die zahlreichen Streitereien mit Claudia, seiner Ex –Ehefrau, und die spätere, vielleicht viel zu späte Trennung hatten ihn so bekümmert wie mancher traurige Tatort.

Breitner war voll konzentriert und nahm den ersten Eindruck des Tatorts auf. Gehobene Wohngegend, wenig Verkehr. Ein schwarzer 5er BMW parkte in der Einfahrt rechts neben dem Haus vor der geschlossenen Doppelgarage. Links daneben war ein Rennrad abgestellt. Breitner erhielt routinemäßig einen weißen Schutzanzug von einem Beamten der Spurensicherung. Kein Tatort durfte – soweit es sich vermeiden ließ – ohne Schutzanzug betreten werden, um die Spurenlage nicht zu verändern. Für die Spurensicherung bedeutete die frühere Anwesenheit des Notarztes und des Sanitäters am Tatort bereits erhebliche Mehrarbeit und die Ungewissheit, ob die einmal zerstörten Spuren trotzdem eindeutige kriminalistische Schlüsse zuließen. Auch Dr. Gruber, eher klein, knapp über 1,70 Meter und etwas rundlich, aber keinesfalls als dick zu bezeichnen, zog einen Schutzanzug an. Sorgfältig legte er seine silberne Brille auf den Beifahrersitz des Polizeiwagens, um anschließend den Schutzoverall genauso gewissenhaft zu entfalten. Der bestand aus atmungsaktivem PE –Laminatmaterial und verfügte über eine Kapuze. Durch die selbstklebende Reißverschlussabdeckung und Kinnlasche war die vollständige Verschließbarkeit sichergestellt. Dr. Gruber ordnete die

Gummizüge an Armen und Beinen so an, dass einerseits die Bewegungsfreiheit ausreichend und andererseits das Risiko einer Tatortkontamination durch die Unterbekleidung minimiert war. Die akribische Anordnung des Overalls in der noch warmen Abendsonne trieb ihm den Schweiß in das lichte graue Haar.

Auf dem Weg ins Haus nahm Breitner eine ältere Frau mit grauen Haaren und entsetztem Gesichtsausdruck im Eingang des rechten Nachbarhauses wahr. Die Haustür wurde geöffnet, und Gerd Klose kam ihm im Schutzanzug entgegen.

»Wir sind dabei, den Tatort und die Spuren zu sichern. Unter dieser Adresse sind das Ehepaar Sonja und Holger Heitkamp gemeldet. Das Drama hat sich in der Küche und im Übergang zum Wohnzimmer abgespielt. Der Mann wurde offensichtlich erschossen. Die Frau ist mit schwersten Kopfverletzungen in das Krupp –Krankenhaus gebracht worden. Liegt näher als die Uniklinik, und es kam wohl auf jede Sekunde an.«

Breitner hielt inne und blickte Klose direkt ins Gesicht.

»Was?«

Klose kapierte sofort, dass Breitner etwas sagen wollte. Außerdem wünschte er zu Beginn eines jeden Ermittlungsverfahrens, soweit es sich vermeiden ließ, keine beeinflussenden Informationen, bevor er den Tatort gesehen hatte. Er nannte das Suggestivinformationen.

»Bitte schick jemanden rüber zur Nachbarin rechts. Sie hat etwas mitbekommen und sollte schnell vernommen werden.«

Klose ließ Breitner passieren. Den Blick bewusst starr auf den nachfolgenden Dr. Gruber gerichtet, machte er zwanglos einen Schritt vor den Hauseingang und nutzte die Gelegenheit, wie unbeabsichtigt einen Blick auf die immer noch vor ihrem

Hauseingang wartende Nachbarin zu werfen. Er hatte es sich abgewöhnt, seinem unmittelbaren Reflex nachzugeben, neugierig dem Erzählten mit Blicken zu folgen.

Bereits vom Flur aus konnte Breitner durch die geöffnete Küchentür die Füße des Mannes erkennen, dessen Oberkörper offenbar im Wohnzimmer lag. Er blieb abrupt stehen; und veranlasste so, den nachfolgenden Klose ebenfalls anzuhalten, der seinerseits den Eingang für Dr. Gruber versperrte. Der Tote trug Turnschuhe, die Spitzen ragten in die Höhe. So fiel Breitners erster Blick auf die Sohlen, die deutlich erkennbare Blutspuren aufwiesen. Er betrat die Küche, die sich vom Flur aus rechts befand, und blieb direkt am Eingang stehen. Klose ging im Flur weiter am Kücheneingang vorbei, und Breitner hörte ihn mit Patrick Hoffmann reden, der seit ein paar Monaten ebenfalls dem festen Kader des Morddezernats KK 11 angehörte.

»Lass uns rüber zum Nachbarhaus gehen und schauen, ob die Nachbarin irgendetwas mitbekommen hat. Solange Karl nicht fertig ist, gibt's hier wenig für uns zu tun. In den oberen Räumen scheint auf den ersten Blick alles völlig unberührt zu sein.« Breitner hörte, wie beide das Haus verließen.

Die Küche war zum Wohnzimmer hin offen und topmodern mit Metallfronten ausgestattet, die an zahlreichen Stellen mit Blut bespritzt waren oder Schmierspuren zeigten. Der Mann lag auf dem Rücken, genau im Übergang von der Küche zum Wohnzimmer, inmitten einer riesigen Blutlache. Sie zog sich fort bis ins Wohnzimmer, wo sie in blutige Schlierstreifen überging und eine weitere kleine Blutlache mit einem Durchmesser von circa 30 bis 40 Zentimetern bildete. Das Gesicht war fürchterlich entstellt. Ein blutiger Krater hatte Nase und Mund verschlungen und das übrige Gesicht mit Blut überflutet. Möglicherweise war die Kugel in den Hinterkopf eingedrungen, und die schwere Verletzung im Gesicht stellte die Austrittswunde dar. Hier konnte jedoch erst die Obduktion Genaueres erbringen. Der gesamte obere Brustbereich des Mannes war blutdurchtränkt. Dabei handelte es sich vermutlich ebenfalls um Schussverletzungen. Der tödliche Kopfschuss musste also danach erfolgt sein, ansonsten hätten die Brustverletzungen nicht zu derart starken Blutungen geführt. Links neben der Leiche lag ein großer Hammer. Unter ihm war die Steinkachel des edlen Marmorbodens gesprungen. Karl von der Spurensicherung war noch dabei, jedes Detail zu fotografieren. Er trug ebenfalls den typischen Schutzanzug und tastete sich geschickt Zentimeter für Zentimeter voran, um keine Spuren zu verwischen oder zu übersehen.

»Es wird noch etwas dauern, eh du rankannst, Andreas.«

Breitner wandte sich an Dr. Gruber, der daraufhin wieder zum Auto zurückging. Als Pathologe interessierte ihn lediglich die Leiche selbst.

Karl ließ sich nicht ablenken.

»Es gibt in der Küche und im Wohnzimmer jede Menge kleinerer Blutspuren. Das wird Zeit kosten. Die Frau hat da gelegen.«

Karl blickte kurz auf und deutete auf den kleineren Blutherd neben der Leiche. Breitner verharrte. Der erste Eindruck vom Tatort war ihm wichtig. Beim genaueren Hinsehen konnte er im mittleren Bereich der Küche die meisten Blutanhaftungen und Blutspritzer erkennen. Hier musste ein Kampf stattgefunden haben. Dennoch wirkte der Tatort auf den ersten Blick nicht ungeordnet. Eine Schublade des Küchenschranks stand offen, und auf der Küchenablage direkt neben dem Kühlschrank waren zwei volle blau –gelbe Einkaufstüten mit der Aufschrift EDEKA abgestellt. Im Wohnzimmer rechts war ebenfalls eine Schranktür geöffnet und gab den Blick auf Gläser und Vasen frei.

Breitner machte vorsichtig einen Schritt zurück in den Flur und wandte sich der weiß lackierten Wohnzimmertür zu. Sie stand offen, dadurch hatte er den Blick auf einen Teil des Wohnzimmers und die Glasfront frei, die den Garten vom Wohnhaus trennte. Die Terrasse lag im Sonnenlicht, Breitner erkannte Tisch und Stühle in dunklem rotbraunem Teakholz, dazwischen ein weiterer Kollege von der Spurensicherung, der konzentriert seiner Arbeit nachging. Weitere Sicht war nicht möglich. Ein sanfter Wind wehte durch die weit geöffnete Tür zum Garten. Die Terrasse war durch eine professionell geschnittene Kirschlorbeerhecke vom gepflegten Garten mit einem kleinen Swimmingpool und einem hübschen gemauerten Kamin getrennt. Der Geruch von Sommer, Grillen und verbranntem Plastik lag in der Luft.

Manfred Koch kam die Treppe im Flur herunter und blieb neben Breitner stehen. »Oben ist nichts. Alles aufgeräumt und nicht der Hauch einer Spur. Es muss sich alles hier unten abgespielt haben.«

»Lass uns rausgehen«, entgegnete Breitner, ohne den Blick von der Glasfront zu nehmen. Beide verließen das Haus und blieben auf der Zufahrt stehen. Dr. Gruber saß in seinem Dienstwagen und telefonierte.

»Bei der Polizei sind zwei Notrufe eingegangen. Der erste um«, Kriminalhauptkommissar Manfred Koch schaute auf seinen Notizblock, »15 Uhr 19. Der Mann hat wohl nur hysterisch ins Telefon gebrüllt, dass die Polizei kommen soll. Dann hat er plötzlich nichts mehr gesagt, und ein paar Sekunden später brach die Verbindung ab. Circa zehn Minuten später hat er noch mal angerufen und wiederum hysterisch nach der Polizei verlangt. Er hat die Adresse angegeben und sonst nichts mehr gesagt. Die Kollegen bringen uns heute noch das Tonband nach oben ins KK 11. Der Mann hat mit der Waffe in der Hand im Eingangsflur gesessen, als die ersten Kollegen von der Schutzpolizei eintrafen. Die Waffe hat er sofort und widerstandslos an die Polizeibeamten ausgehändigt. Sie wurde sichergestellt und befindet sich bereits auf dem Weg zum Waffendezernat beim LKA. Der Mann war nicht ansprechbar, hat auch hier nichts mehr gesagt und wurde in die Uniklinik gebracht. Er steht wohl unter Schock. Wir wissen also überhaupt noch nicht, was passiert ist oder wer der Mann ist. Medizinisch geht es ihm einwandfrei, hat der behandelnde Arzt über Handy mitgeteilt. Er ist zwar mit Blut verschmiert, hat aber selbst keine Verletzung und auch kein schockbedingtes Kreislaufversagen oder so.«

»Was ist mit der Frau?«

Koch versuchte, sachlich zu bleiben. »Sie ist im Krupp – Krankenhaus. Prof. Schmied wollte sie persönlich operieren. Sie ist hochschwanger, hat aber wohl keine Überlebenschance. Zu schwere Kopfverletzungen, und der Rettungswagen ist zu spät benachrichtigt worden. Sie versuchen auf jeden Fall, das Kind zu retten.«

»Der Mann in der Uniklinik soll auf keinen Fall gewaschen oder sonst gereinigt werden, ehe ihn die Spurensicherung und der Pathologe untersucht und die Spuren an ihm gesichert haben.«

Als keine Reaktion von Koch erfolgte, wurde Breitner ärgerlich.

»Ruf bitte sofort an. Bis jetzt müssen wir davon ausgehen, dass er einen Mord oder zumindest Totschlag begangen hat. Hoffentlich hat der Arzt noch keine Spuren vernichtet. Immerhin hat er ihn untersucht.«

Koch nahm sofort sein Diensthandy aus seiner Hosentasche und suchte nach der Telefonnummer der Notaufnahme im Uniklinikum.

»Dr. Merabi von der Notaufnahme bitte.«

Koch wirkte zunehmend gestresst und blickte Breitner an.

»Er hat immerhin die Polizei gerufen. Warum sollte er das tun, wenn er dann nicht auch gestehen will?«

Das reizte Breitner noch mehr, aber er blieb wie immer ruhig.

»Das muss ich jetzt noch nicht wissen. Mein Gott, Manfred. Du bist doch auch nicht erst seit heute bei der Mordkommission.«

»Ja, hallo Herr Dr. Merabi. Hier Koch vom KK 11. Wie geht es unsrem Mann? Ähm. Sehr gut. Ich hoffe nicht, dass Sie ihn bisher gewaschen oder sonst wie gereinigt haben. Nicht. Sehr gut. Die beiden Polizisten, die ihn begleitet haben, sind auch noch bei ihm? Sehr gut.«

Koch ließ den Blick nicht von Breitner und wiederholte die vom Arzt erhaltenen Informationen, damit auch er das Gespräch verfolgen konnte.

»Tragen Sie bitte dafür Sorge, dass keine Spuren verloren gehen. Wir haben es hier mit einem Tötungsdelikt zu tun. Sie verstehen. Sehr schön, das ist genau richtig. Wir kommen gleich zu Ihnen und versuchen, den Mann zu vernehmen. Er spricht nicht und starrt nur vor sich hin. Hat keine Ausweispapiere bei sich. Alles klar. Bitte informieren Sie die Polizeibeamten darüber, dass sie den Mann nicht aus den Augen lassen. Wir sind gleich bei Ihnen.«

»Na also, du Hornochse. Glück gehabt. Lass uns hinfahren. Wurde die Staatsanwaltschaft schon informiert?«

»Klar. Gott sei Dank hat Dr. Berg Bereitschaft. Er will zum Tatort kommen. Wohnt wohl gleich hier um die Ecke.«

»Okay. Wir brauchen die Bilder der Eheleute Heitkamp vom Einwohnermeldeamt.«

»Kann ich gleich auf dem Weg anfordern. Dann liegen sie schon vor, wenn wir kommen.«

Seit die Polizei unmittelbaren Zugriff auf die Datenbank der Einwohnermeldeämter hatte, war der Abruf von personenbezogenen Bildern und Daten nicht mehr von den Dienstzeiten der Beamten in der Stadtverwaltung abhängig.

»Ruf bitte auch Gerd an, dass er nach Vernehmung der Nachbarin am Haus auf Dr. Berg warten soll und dass wir erst zum Präsidium und dann zur Uniklinik fahren und uns diesen Mann vornehmen. Den wahrscheinlich einzigen Überlebenden.«

6.

Die Nachbarin hatte Klose und Hoffmann ins Haus gebeten; sie machte einen ziemlich erschütterten Eindruck.

»Was ist denn drüben in Gottes Namen passiert? Ich hoffe doch, dass es den Heitkamps gutgeht?«

Sie hatte plötzlich Tränen in den Augen.

»Ich habe gesehen, wie Frau Heitkamp mit dem Krankenwagen abgeholt wurde. Mein Gott, die junge Frau ist hochschwanger und hatte den ganzen Kopf verbunden.«

Die Frau geriet etwas aus der Fassung.

»Frau Heitkamp wurde ins Krupp –Krankenhaus gebracht und befindet sich dort in bester medizinischer Betreuung. Bitte beruhigen Sie sich. Für unsere Ermittlungen ist es von größter Bedeutung, dass wir so schnell wie möglich Informationen erhalten. Versuchen Sie, ruhig zu bleiben, damit können Sie den Heitkamps im Moment am besten helfen. Wie ist denn Ihr Name?«

Klose wusste, dass er emotional betroffene Zeugen nur mit einer gewissen Härte erreichen konnte, also aktivierte er ihre Konzentration zunächst einmal mit Routinefragen. Die Frau hielt inne.

»Renate Peters, mein Mann muss auch gleich hier sein.«

»Frau Peters, haben Sie heute oder in der letzten Zeit irgendwelche ungewöhnlichen Beobachtungen bei Ihren Nachbarn gemacht?«

Renate Peters begab sich in ihr Wohnzimmer und setzte sich gedankenverloren auf das Sofa. Die beiden folgten ungefragt. Klose nahm ihr gegenüber in einem Sessel Platz, während Hoffmann stehen blieb. Das Wohnzimmer war mit antiken

Möbeln und schweren Teppichen bestückt, nur die Sitzgarnitur mit Holzgestell und beigem Lederbezug erinnerte an die 1970er Jahre.

»Heute Mittag, so gegen drei habe ich einen jungen Mann gesehen, der bei Heitkamps vor der Haustür stand. Von unserem Küchenfenster schaue ich genau auf den Hauseingang, und ich hatte gerade in der Küche zu tun. Der Mann benahm sich so komisch. Es sah aus, als ob er zögerte, bei Heitkamps zu schellen, und dann schaute er sich auch mehrfach um. Darum hab ich ihn weiter beobachtet. Der hatte so einen Pferdeschwanz und passte gar nicht hierher. Außerdem hatte ich ja vorher gesehen, wie Herr Heitkamp mit dem Fahrrad wegfuhr. Er hat mir noch zugewinkt. Darum wusste ich, dass Frau Heitkamp allein im Haus ist. Schließlich hat der junge Mann aber geklingelt, und Frau Heitkamp hat aufgemacht und ihn reingelassen.«

»Sind Sie sicher, dass sie ihn reingelassen hat? Woran haben Sie das erkannt? Kann es nicht sein, dass der junge Mann Frau Heitkamp irgendwie gezwungen hat?«

Klose wollte keine Missverständnisse. Jetzt, so kurz nach dem Geschehen, war die Erinnerung der Zeugen immer am deutlichsten.

Renate Peters hielt inne und überlegte.

»Frau Heitkamp habe ich von hier aus nicht sehen können. Sie stand ja hinter der Tür. Für mich sah das so aus, als wenn Frau Heitkamp den Mann freiwillig reingelassen hat. Er stand ja nicht unmittelbar vor der Haustür; er stand etwas entfernt und sagte dann auch etwas. Frau Heitkamp machte die Tür weit auf und ließ den Mann rein. Sonst hätte ich mir doch Sorgen gemacht. Sie hätte ja schließlich auch die Tür wieder schließen können.«

»Was ist weiter passiert?«

Klose ließ nicht locker.

»Ich hab dann unser Abendessen vorbereitet, den Tisch im Esszimmer gedeckt und Kartoffeln geschält, ausnahmsweise einen Cocktail für meinen Mann vorbereitet und mich weiter um meine Sachen gekümmert.«

Renate Peters schaute auf.

»Eine Weile später habe ich dann dreimal so einen Knall gehört. Erst dachte ich, ich hätte mich getäuscht. Aber beim dritten Mal konnte ich genau feststellen, dass das aus dem Haus von Heitkamp kam. Für mich hörte sich das an wie Korkenknallen oder eine Schreckschusspistole. Ich habe gewartet, aber danach kam nichts mehr. Ich bin sogar kurz vor die Tür gegangen und habe rübergeschaut. Aber da war nichts; es war alles ganz still; und ich sah das Fahrrad von Herrn Heitkamp in der Garageneinfahrt. Darum hab ich mir dann keine Sorgen mehr gemacht. Ich bin wieder rein; und dann hat meine Tochter aus München angerufen. Sie lebt da mit ihrer Familie. Ich habe hier im Wohnzimmer mit ihr telefoniert. Als ich dann wieder in die Küche gegangen bin, sah ich draußen plötzlich das Polizeiaufgebot und wie Frau Heitkamp mit dem Krankenwagen abgeholt wurde.«

Klose hörte aufmerksam zu: routinemäßig schrieb er einen wesentlichen Teil der Aussagen bei dieser informatorischen Befragung mit.

»Frau Peters, ich habe mir das alles notiert. Sie werden Ihre Aussage aber trotzdem noch einmal bei uns im Polizeipräsidium machen müssen, und darum bitte ich Sie, sich nochmals ganz genau zu erinnern und sich dann alles aufzuschreiben.«

»Aber was ist denn nur passiert?«

»Wir können dazu zum jetzigen Zeitpunkt noch nichts sagen. Bitte haben Sie Verständnis.«

Patrick Hoffmann kam Klose zu Hilfe.

»Bitte zeigen Sie uns kurz Ihre Küche, damit wir uns ein Bild machen können von dem, was Sie gesehen haben.«

Renate Peters stand auf und ging mit Klose und Hoffmann vorbei an dem Esszimmer in die rustikale und trotzdem helle Küche. Das große Fenster war gekippt und gab eine uneingeschränkte Sicht auf den Vorgarten und den gesamten Eingangsbereich der Heitkamps frei. Auf der großzügigen Fensterbank vor dem Fenster lag ein kleiner Schreibblock mit einem Kugelschreiber darauf. In für Patrick Hoffmann gut leserlicher Schrift sah er Notizen. Offenbar ein Rezept mit Mengenangaben für die Zutaten. Draußen standen immer noch die Einsatzfahrzeuge der Polizei und Kripo, und Dr. Gruber saß immer noch in seinem Dienstwagen. Patrick Hoffmann deutete auf einen gerade eintreffenden Mann, der direkt auf das Fahrzeug von Dr. Gruber zuging.

»Dr. Berg ist eingetroffen. Lass uns gleich mit ihm sprechen.«

Klose wandte sich an Renate Peters.

»Der ermittelnde Staatsanwalt ist eingetroffen. Wir müssen ihn kurz vom Stand der Ermittlungen unterrichten, werden aber später noch mal zu Ihnen kommen und Ihre Personalien aufnehmen.”

»Und Sie über Ihre Rechte und Pflichten als Zeugin informieren", ergänzte Patrick Hoffmann ungebeten und erntete einen scharfen Blick von Klose.

»Vielleicht können wir Ihnen dann auch etwas mehr zum Tatgeschehen sagen«, wandte sich Klose wieder an Renate Peters. »Bitte seien Sie so nett und warten Sie hier auf uns; und führen Sie bitte in der Zwischenzeit auch keine Telefongespräche mit Bekannten oder der Familie. Allem Anschein nach sind Sie eine wichtige Zeugin.«

Renate Peters nickte.

»Aber mein Mann muss gleich hier sein. Ich habe ihn vorhin angerufen, als ich die ganze Polizei sah. Er war in unserer Firma in Ratingen.«

»Das ist kein Problem. Mit ihm können Sie natürlich sprechen. Wir kommen gleich wieder. Es wird nicht so lange dauern.«

Klose und Hoffmann verabschiedeten sich, und Renate Peters begleitete sie zur Haustür.

Außer Hörweite brummte Klose: »Du musst doch einer alten Frau nicht solche Angst machen und sie ‚über ihre Pflichten und Rechte informieren?«, imitierte er Hoffmann.

»Sag doch gleich: Überlegen Sie sich ganz genau, was Sie sagen wollen, sonst müssen wir Sie sofort verhaften. So verschreckst du uns jeden Zeugen. Erst recht die Alten und Gebrechlichen, die in ihrem ganzen Leben noch nichts mit der Polizei zu tun hatten und nachts nicht schlafen können, wenn sie ein laufendes Bußgeldverfahren mit einer Geschwindigkeitsüberschreitung von fünf Stundenkilometern haben.«

»Ich war nur vorsichtig. Hinterher heißt es: Die Aussage der Zeugin Peters ist leider unverwertbar, weil sie nicht belehrt wurde. Das Theater mit den Anwälten kennt ihr doch. Ich will mir das gleich richtig angewöhnen.«

Patrick Hoffmann war erst seit Januar bei der Mordkommission und hatte vorher die Deutsche Hochschule der Polizei in Münster absolviert – und als einer der Besten abgeschlossen.

»Ja, ist schon klar, Mr. Klugscheißer. Eine Belehrung erfolgt immer. Das ist Routine. Es fragt sich nur wann und wie. Die Frau war doch schon von der ganzen Situation überfordert. Im Zweifel dürften wir schon deshalb ihre Worte nicht auf die Goldwaage legen, und zwar zu Recht. Außerdem kannst du dir bei solchen alten braven Damen diesen oberlehrerhaften Ton und die phrasenhafte Belehrung sparen. Die richtige Belehrung kommt bei der förmlichen Vernehmung im Präsidium. Bis dahin sagst du ihr, ohne das Wort ‚Belehrung' auch nur zu denken: ‚Versuchen Sie sich so gut wie möglich zu erinnern und alles so zu sagen, wie Sie es erinnern, ohne etwas hineinzuinterpretieren.? Das reicht. Erst recht, wenn es überhaupt keinen Grund gibt, von etwas anderem auszugehen als davon, dass Frau Peters uns das schildert, was sie gerade gesehen oder gehört hat.«

»Ja, Papa.«

Die beiden passierten gerade die Einfahrt zum Haus der Heitkamps. Klose schaute während des Gesprächs in Richtung der Garage.

»Ein sehr ungewöhnlicher Fall«, murmelte er vor sich hin und blickte dabei auf den 5er BMW und das daneben abgestellte Rennrad, dessen Lenkrad Richtung Straße zeigte.

7.

Als Breitner und Koch im Uniklinikum erschienen, war es noch ungewöhnlich warm. Sie hatten den Dienstwagen benutzt, mit dem Manfred Koch und Patrick Hoffmann zum Tatort gekommen waren, einen Passat älteren Baujahrs, um ins Präsidium zu fahren und sich dort die Bilder der Eheleute Heitkamp ausdrucken zu lassen. Der Mann im Uniklinikum hatte weder Ausweispapiere bei sich, noch redete er mit jemandem; es gab außerdem keine Anhaltspunkte dafür, dass sich das bei einer Vernehmung durch Breitner und Koch ändern könnte. Man musste also nach dem Ausschlussprinzip vorgehen.

»Kripo Essen, Kriminalhauptkommissare Breitner und Koch. Wir sind mit Dr. Merabi von der Notaufnahme verabredet. Könnten Sie ihn bitte verständigen, dass wir auf dem Weg sind und ihn gern an der Aufnahme treffen würden?«

Der ältere Herr am Infoterminal war informiert.

»Mach ich. Er wartet auf Sie.«

»Vielen Dank.« Breitner und Koch gingen durch den großzügigen Flur des Uniklinikums zur Notaufnahme auf Ebene 1. Dr. Merabi erwartete sie bereits, ein junger, gutaussehender Arzt von offensichtlich orientalischer Herkunft. Breitner tippte auf Iran als Mutterland. Mit seinem fein geschnittenen Gesicht und seinem schlanken, durchtrainierten Körper war er sicher ein beliebtes Objekt der Begierde bei den Krankenschwestern.

»Dr. Merabi. Guten Abend.« Breitner stellte sich und Koch kurz vor.

»Der Mann befindet sich in einem unserer Untersuchungszimmer. Die beiden Polizeibeamten sind informiert und noch bei ihm. Ich habe ihn untersucht. Er hat keine äußeren Verletzungen. Herz und Kreislauf arbeiten normal, und er scheint auch nicht unter Alkohol – oder Drogeneinfluss zu stehen. Er spricht nicht, befindet sich aber medizinisch gesehen auch nicht in einem Schockzustand. Ich kann nur mutmaßen, dass er nicht antworten will. Immerhin hat er mir auf meine Frage nach Verletzungen signalisiert, dass er keine habe, was sich dann auch nach der körperlichen Untersuchung bestätigte.«

»Wie hat er das signalisiert?«, wollte Breitner wissen.

»Ich habe gefragt, ob er Verletzungen hat, und er hat den Kopf geschüttelt.«

»Dann scheint er ja keine Bewusstseinsstörungen zu haben.«

Koch blickte Breitner kurz an.

»Okay. Dann wollen wir ihn uns anschauen und mal sehen, ob er uns etwas zu erzählen hat.«

Breitner hielt den Ausdruck mit den Personalbogen und Bildern der Eheleute Heitkamp in den Händen.

Das Untersuchungszimmer war hell erleuchtet, als Breitner, Koch und Dr. Merabi eintraten. Einer der uniformierten Polizeibeamten stand vor der Tür, der andere wartete im Behandlungszimmer. Er wirkte angespannt. Als er Breitner erkannte, ging er auf ihn zu.

»Er antwortet trotz mehrfachen Fragens nicht. Konnte aber selbständig gehen und reagiert auch angemessen. Hat sich zum Beispiel gesetzt, als wir ihn dazu aufforderten«, erklärte er leise.

Breitner musterte neugierig den Mann, der auf der Untersuchungsliege saß. Man hatte ihn ebenfalls einen weißen Schutzanzug anziehen lassen, um die Spuren an seinem Körper nicht oder möglichst wenig zu gefährden. Das grelle Neonlicht blendete und ließ den Augenblick unwirklich erscheinen. Der weiße Schutzanzug, die weißen Wände, selbst die weißen Unterlagen auf dem modernen Glasschreibtisch erschienen surreal. Der Mann schaute nicht auf, sondern hielt seinen Blick starr auf den Boden gerichtet.

Trotzdem erkannte Breitner sofort, dass es sich offensichtlich um Holger Heitkamp handelte.

8.

Noch am Freitagnachmittag war der Tote aus dem Haus der Eheleute Heitkamp mit an Sicherheit grenzender Wahrscheinlichkeit als Christian Kulisch identifiziert worden. Man hatte bei seiner Leiche zwar keine persönlichen Ausweispapiere, aber einen Schlüsselbund gefunden, an dem unter anderen ein Mercedes –Schlüssel hing. Kriminalhauptkommissar Gerd Klose hatte daraufhin versucht, mit dem Autoschlüssel die in der Nähe des Tatortes parkenden Pkws aufzuschließen. Der schwarze Mercedes mit dem Hufeisen auf dem Gitter der Motorhaube stach ihm schnell ins Auge, und so war er bereits beim zweiten Wagen erfolgreich. Darin befanden sich in einer abgewetzten Ledermappe Führerschein, Personalausweis und Fahrzeugpapiere, zugelassen auf Christian Kulisch. Eine unmittelbare Identifizierung durch die Passbilder und die persönlichen Angaben im Pass war aufgrund der entstellenden Schussverletzungen des Mannes nicht völlig zweifelsfrei möglich, aber vieles sprach dafür, dass es sich bei dem Toten um Christian Kulisch handelte. Dennoch konnten erst eine Identifizierung durch Angehörige und der Vergleich etwaiger zahnärztlicher Unterlagen, soweit dies angesichts der erheblichen Verletzungen noch möglich war, oder ein DNA –Test die erforderliche Sicherheit bringen. Daher waren Gerd Klose und Patrick Hoffmann noch am Freitagabend zu der im Personalausweis angegebenen Adresse von Christian Kulisch in Essen –Frohnhausen gefahren. Es handelte sich um ein Wohnhaus mit zehn Mietparteien. Einer der Schlüssel am Schlüsselbund des Toten passte zur Haustür. Nach dem Klingelverzeichnis wohnte Christian Kulisch im

Dachgeschoss, offensichtlich allein, da auch auf mehrfaches Klingeln keine Reaktion erfolgte. Wieder half der Schlüsselbund. Klose und Hoffmann streiften Gummihandschuhe über, bevor sie die Wohnung betraten und über sämtliche Lichtschalter die gesamte Wohnung erleuchteten. Sie war relativ spärlich eingerichtet und ordentlich aufgeräumt. Wortlos machten sie sich ans Werk.

Augenscheinliche Hinweise auf die Eheleute Heitkamp oder die Familie von Christian Kulisch waren nicht zu finden, und so öffneten sie vorsichtig die Schubladen, um nach weiteren Informationen über Angehörige von Christian Kulisch zu suchen. Dabei verständigte Klose die Spurensicherung; er wollte auch hier sämtliche Spuren durch Fotos und kriminaltechnische Untersuchungen sichern lassen. Danach unterrichtete er Breitner telefonisch von den Ermittlungsergebnissen und erfuhr, dass es sich bei der überlebenden Person um Holger Heitkamp handelte. Bei dem Toten musste es sich demnach um Christian Kulisch handeln.

»Die Wohnung ist für einen Junggesellen auffällig ordentlich und sauber. Über viel Geld scheint er allerdings nicht verfügt zu haben. Die Möbel wirken ziemlich billig und sehen abgewohnt aus. Lass uns jetzt mal die privaten Sachen von Kulisch untersuchen, vielleicht stoßen wir dabei auf irgendwelche Hinweise«, verabschiedete sich Klose.

Auch in den Schränken und Schubladen fanden sie nichts, was auf nahe Familienangehörige schließen ließ, lediglich ein paar gut sortierte Unterlagen wie Kontoauszüge, Bankunterlagen, steuerrechtliche Formulare und einige wenige persönliche Postkarten, die aber ebenfalls keinen Rückschluss auf seine

Familie zuließen. Es fand sich auch Schriftverkehr mit dem Taxiunternehmen Schmick, für das Christian Kulisch offensichtlich als selbständiger Taxifahrer tätig gewesen war. Zunächst galt es aber, nahe Angehörige zu ermitteln, und die gefundenen Unterlagen waren nicht ergiebig.

»Mein Gott, der Junge hatte anscheinend kein sehr ausgeprägtes Sozialleben«, resignierte Klose und kratzte sich gedankenverloren an seinem graublonden Bürstenschopf.

»Vielleicht waren die Sozialkontakte enttäuschend, und er hat sich zurückgezogen, oder er hat sich mehr bei den Sozialkontakten als zu Hause aufgehalten.«

Patrick Hoffmann schloss die Schublade der Schlafzimmerkommode, die eindeutig dem »Gelsenkirchener Barock« zuzuordnen war.

Nach Auswertung der Unterlagen blieb nur die Möglichkeit, über die Datenbank des Einwohnermeldeamts und über die Auswertung des im Pkw gefundenen Handys, das glücklicherweise eingeschaltet und nicht durch einen persönlichen Code gesichert war, nahe Angehörige oder Freunde zu ermitteln.

Noch während der Durchsuchung von Christian Kulischs Wohnung meldete sich ein Kollege der Ermittlungsgruppe aus dem Polizeipräsidium und informierte Klose darüber, dass die Eltern von Christian Kulisch geschieden waren. Der Vater wohnte inzwischen in Augsburg, während die aktuelle Adresse der Mutter Gelsenkirchen –Bismarck lautete.

9.

Wir haben Freitag, für April ungewöhnlich schönes Wetter, und ich habe wegen des tollen Wetters schon um 14 Uhr im Büro Schluss gemacht. Ich bin gerade mit dem Fahrrad unterwegs zum Einkaufen. Ich hab mir gedacht, ein bisschen Bewegung könnte guttun, und bin nach Dorsten geradelt. Einkauf beendet. Die Plastiktüte mit dem Obst, insbesondere die schöne dicke Ananas, die Honigmelone und die Mango, aber auch das Glas »scharfe Gürkchen« auf meinem Gepäckträger wiegen schwer. Ich habe Gegenwind und überlege die ganze Zeit, welchen Weg ich nehmen könnte, um den Wind vielleicht irgendwie seitlich nutzen zu können. Beim Segeln geht das doch auch. Du kannst mit dem Segelboot ohne eigene Kraft in jede Richtung fahren, nur nicht dem Wind entgegen. Die Überlegungen bringen mich ohne Kraftaufwand nicht weiter, und ich fange an, die Ananas, die Honigmelone, die Mango und erst recht die scharfen Gürkchen zu hassen. So komme ich ziemlich abgekämpft zu Hause in Kirchhellen an.

Mein Kollege Thorsten Stücker und sein Sohn Jonas spielen in unserem gemeinsamen Garten vor unserem gemeinsamen Haus. Richtig. Gemeinsame Kanzlei. Gemeinsames Haus. Gemeinsamer Garten. Unsere Freundschaft hat eine ungewöhnliche Entwicklung genommen.

Nachdem wir unser Studium im Wesentlichen gemeinsam in Bonn an der altehrwürdigen Alma Mater Bonnensis und die Referendarzeit wiederum gemeinsam in Köln absolviert hatten, kannten wir unsere Schwächen und Stärken nur zu gut.

Wir hatten nie den Fehler gemacht, eine Beziehung auszuprobieren, obschon Thorsten als überaus attraktiver Mann durchaus eine Versuchung wert gewesen wäre. Nur allzu schnell konnte ich aber feststellen, dass er wenige Ambitionen zur Treue hat, und manch eine meiner Kommilitoninnen musste eine Affäre mit Thorsten als bittere Erfahrung aus der Studienzeit mitnehmen.

Wir hatten die Arbeitsgemeinschaft im öffentlichen Recht zusammen. Er hatte gerade eine Affäre mit meiner Freundin Babsi. Das gewährte mir den Vorteil, viele unangenehme Details seines unsteten Charakters schon vor unserem ersten Zusammentreffen in Erfahrung gebracht zu haben. Nach unserem ersten Biergelage entwickelte sich zwischen uns eine echte Freundschaft. Erst halfen wir uns gegenseitig beim kleinen Ö – Recht –Schein, dann versuchten wir, während des Studiums dieselben Kurse zu belegen. Wir haben das Examen zusammen gemeistert und die Referendarzeit in Köln in einer WG mit einer weiteren Freundin von mir genossen, mit der Thorsten eigentümlicherweise keine Affäre hatte.

Schon lange vor dem zweiten Staatsexamen in Köln war uns klar, dass wir Rechtsanwälte werden wollten. Als alte Ruhrpöttlerin hatte ich die besten Kontakte nach Bottrop. Inzwischen hatte ich nach Abschluss des Studiums während der Referendarzeit mit einer aus heutiger Sicht geradezu peinlich romantischen Hochzeit geheiratet. In Weiß, mit Schleier und all den total witzigen kleinen Spielchen, die man auf so einer Hochzeit eben macht. Mit meinem damaligen Ehemann Frank, einem guten Freund von Thorsten, lebte ich in Essen – Rüttenscheid. Da Thorstens damalige Freundin Yvonne ebenfalls aus Essen stammte, stand unsere Wahl schnell fest. Der Aufbau unserer Anwaltskanzlei in Essen funktionierte zwar anfänglich schleppend, zog aber letztlich überraschend wenige Probleme nach sich. Yvonne und Thorsten wollten damals eigentlich heiraten, und da die Kanzlei in dieser Zeit bereits ein wenn auch nicht wahnsinnig großes, so doch kontinuierliches Einkommen abwarf, suchten die beiden nach einem geeigneten Haus. Thorsten war Feuer und Flamme für ein Haus in Bottrop –Kirchhellen, während Yvonne lieber im Essener Süden, in der Nähe ihrer Eltern Wurzeln schlagen wollte.

Ungünstigerweise verliebte sich Thorsten gerade in dieser Zeit in meine frisch geschiedene Freundin Angela Winter, und so wurde aus dem Haus zunächst nichts. In dieser Zeit entschied ich mich auch zu einer Trennung von Frank – in aller Freundschaft, so weit das in einer solchen Situation möglich ist. Noch wohnten wir getrennt unter einem Dach in seinem Haus. Als just aber dieses Haus in Kirchhellen nach einigen Monaten nochmals zu einem besonders günstigen Preis angeboten wurde, kam Thorsten auf die Idee, dass wir beide dieses Haus doch kaufen könnten. Für ihn allein kam es damals noch nicht in Betracht, und Angela war nicht berufstätig, weil sie noch die kleine fünfjährige Sophie zu versorgen hatte. Auch wenn mich Frank keineswegs drängte und unser Zusammenleben – bis auf ein paar ganz kleine Aussetzer – auch so bestens funktionierte, suchte ich händeringend nach einem erschwinglichen Ersatz für das großzügige Haus meines Noch –Ehemannes, an dessen annehmlichen Luxus ich mich unmittelbar gewöhnt hatte. Eigentlich war das Haus auch für mich ideal. Meine übrige Familie wohnt verteilt in Kirchhellen, und so hielt mich in Essen nichts mehr.

Das Haus bestand aus zwei etwa gleich großen Wohnungen und lag mitten im Grünen nahe einem Bauernhof. Beste Voraussetzungen. So haben Thorsten Stücker und ich nicht nur stetig meine Freundinnen geteilt, sondern auch das wunderschöne Haus, An der Scheune 22, in Bottrop –Kirchhellen.

Ich mache das Tor auf, und die einzigen beiden kleinen Nervensägen unseres Hauses kommen sofort angelaufen. Unsere Hovawart –Hündin Sina und der kleine zweijährige Jonas, der für sein Alter schon verdammt gut laufen kann. Beide verlangen unentwegt ungeteilte Aufmerksamkeit und lieben sich gegenseitig heiß und innig – wie das mit Nervensägen so ist, die viele Gemeinsamkeiten haben. Jonas ist der Sohn von Thorsten und Maja, mit der Thorsten inzwischen verheiratet ist und die vor ihrer Beziehung zu Thorsten nicht zu meinen Freundinnen zählte. Und Jonas ist einer der süßesten Jungs, die unter dieser Sonne leben. Ich schnappe mir also die eine Nervensäge und wirbele sie zu ihrer Zufriedenheit durch die Luft, was allerdings der zweiten Nervensäge nicht passt, die mich in die Hose zwickt.

Den Abend verbrachte ich im wunderschönen Garten meines Bruders Johannes mit tiefsinnigen Gesprächen über das Leben, die Liebe und seinen gerade neu erstandenen silbernen Audi Q7 crossover mit Allradantrieb, Navigation und Klimaanlage. Kein Gedanke an die Probleme dieser Welt. Kein Gedanke an den Tod, mit all seinen hässlichen Facetten.

10.

Klose und Hoffmann fuhren am Freitag gegen 23:30 Uhr nach Gelsenkirchen zur Mutter von Christian Kulisch. Todesnachrichten duldeten keinen Aufschub und mussten grundsätzlich, soweit das irgend möglich war, persönlich überbracht werden. Eine knochige Frau, Mitte 50, mit harten Gesichtszügen öffnete nach dem zweiten Klingeln die Haustür und empfing die beiden Kripobeamten in ihrer Wohnung in der dritten Etage. Ihr Gesicht wirkte verzerrt; mit roten Augen blickte sie Klose an. Eine Frau, die Kummer gewohnt war.

»Kriminalhauptkommissar Klose, und das ist mein Kollege Kriminalkommissar Hoffmann. Sind Sie Frau Brigitte Kulisch?«

Klose zeigte seinen Dienstausweis, den Brigitte Kulisch nur oberflächlich in Augenschein nahm. Sie nickte wortlos.

»Sind Sie die Mutter von Christian Kulisch?«, fuhr Klose fort.

»Was ist passiert? Was hat mein Sohn angestellt? Ist er in Haft?«

Klose schaute auf. Es schien, dass Christian Kulisch schon hier und da mit dem Strafgesetzbuch in Konflikt geraten war.

»Nein«, antwortete er.

»Die Sache ist leider etwas ernster. Es wäre gut, wenn wir kurz reinkommen und uns irgendwo in Ruhe unterhalten könnten.«

Mit skeptischer Miene zog Brigitte Kulisch die Wohnungstür weit auf und ließ Klose und Hoffmann passieren. Beide traten in den beleuchteten Flur der Wohnung. Brigitte Kulisch schloss die Wohnungstür und ging an den wartenden Polizeibeamten vorbei ans andere Ende des Flurs, öffnete die Zimmertür und schaltete das Licht ein. Klose und Hoffmann folgten ihr in die Küche, die nur dürftig mit einer zusammengewürfelten Küchenzeile ausgestattet war. Gegenüber befand sich ein kleiner Esstisch mit zwei unterschiedlichen Stühlen. Brigitte Kulisch verließ wortlos die Küche und kehrte kurz darauf mit einem weiteren Stuhl zurück, den sie an den Esstisch stellte.

»Sie können sich setzen«, erklärte sie schroff und nahm selbst auf einem der Stühle Platz, mit dem Rücken zum halb geöffneten Küchenfenster und Sicht auf die Küchentür. Ernst und erwartungsvoll starrte sie Klose an, der ihr gegenübersaß. Auch Hoffmann setzte sich.

»Wir haben keine guten Nachrichten«, begann Klose.

»Wir haben heute Ihren Sohn mit tödlichen Verletzungen in einem Haus in Essen –Bredeney aufgefunden.«

»Nein!« Nur dieser kurze Aufschrei entfuhr Brigitte Kulisch. Ihre weit aufgerissenen grauen Augen füllten sich mit Tränen. Regungslos blieb sie sitzen.

»Nein, das kann nicht sein«, flüsterte sie.

»Es tut mir schrecklich leid für Sie, aber ich fürchte, ich kann Ihnen keine Hoffnung machen. Der Mann, den wir in einem Haus in Bredeney gefunden haben, hat schwere, tödliche Verletzungen erlitten, und wir müssen daher noch den endgültigen medizinischen Befund abwarten. Aber unsere Ermittlungen haben mit fast hundertprozentiger Sicherheit ergeben, dass es sich bei dem Toten um Ihren Sohn handelt. In der Nähe der Wohnung wurde der Mercedes Ihres Sohnes gefunden, zu dem der Tote einen Schlüssel in der Hosentasche hatte. Im

Handschuhfach des Mercedes lagen die Ausweispapiere Ihres Sohnes. Die im Ausweis angegebenen wesentlichen Merkmale stimmen mit dem Toten überein. Es gibt keinen vernünftigen Zweifel, dass es sich bei dem Toten um Ihren Sohn handelt. Der Tote hatte lange, dunkelblonde Haare, die im Nacken zu einem Zopf zusammengebunden waren. Er war mit einer hellblauen Jeans, einem weißen T–Shirt und einem dunkelblauen Sweatshirt mit der grauen Aufschrift ›Chicago‹ bekleidet.«

»Das ist mein Sohn.« Tränen liefen lautlos über Brigitte Kulischs Wangen.

»Er war heute Mittag kurz bei mir und hatte diese Sachen an«, erklärte sie resigniert.

»Mein herzliches Beileid, Frau Kulisch.«

Für Klose war das keine leere Phrase. Er meinte es aufrichtig und wartete einen Moment. Dies war eine weitere wichtige Bestätigung für die Identität des Toten. Brigitte Kulisch saß zusammengesunken auf ihrem Küchenstuhl und ließ den Kopf hängen. Tränen tropften auf ihr rosa verwaschenes Sweatshirt und hinterließen kleine feuchte Flecken. Hoffmann stand auf und nahm ungefragt einige Blätter der Küchenrolle, die neben der Spüle auf dem alten Kühlschrank lag. Er reichte sie Brigitte Kulisch, die wortlos danach griff und sie vor das Gesicht presste.

»Frau Kulisch, können wir irgendjemanden benachrichtigen, der sich um Sie kümmert? Oder können wir sonst irgendetwas für Sie tun?«

Brigitte Kulisch schüttelte den Kopf.

»Wir haben noch wichtige Fragen an Sie, und vor allem müssen Sie Ihren Sohn auch noch offiziell identifizieren. Das muss aber nicht jetzt sein. Wir können gern noch einmal wiederkommen, wenn es Ihnen besser geht.«

Wieder schüttelte Brigitte Kulisch den Kopf.

»Gehen Sie nicht. Ich muss wissen, was passiert ist«, flüsterte sie.

»Was genau passiert ist, können wir zum jetzigen Zeitpunkt auch noch nicht sagen. Wir stehen noch ganz am Anfang der Ermittlungen. Können Sie sich vorstellen, was Ihr Sohn bei einem Ehepaar Heitkamp in deren Haus in Essen –Bredeney gemacht haben kann?«

Brigitte Kulisch drückte erneut die Küchentücher gegen die Augen und wischte sich grob über das Gesicht. Mit roten Augen schaute sie Klose an.

»Nein. Heitkamp sagt mir gar nichts. Er hat heute Mittag auch nichts gesagt. Jeden Freitag hat er mir Getränke gebracht.«

Sie deutete mit ihrem Kopf auf eine Mineralwasserkiste, die neben dem Küchenfenster auf dem mit PVC ausgelegten Boden stand.

»Er war nur kurz hier. Hatte es eilig.«

»Herr Heitkamp ist im Management einer relativ bekannten und großen Internetfirma tätig: www.worldnet. Sagt Ihnen das irgendetwas?«, wollte Hoffmann wissen.

Wieder schüttelte sie ihren Kopf. Nun schaute sie zum ersten Mal auch Hoffmann an, als habe sie seine Anwesenheit erst jetzt bemerkt.

»Die Ehefrau von Herrn Heitkamp ist hochschwanger«, fuhr Klose fort.

Wie ein kleiner Blitz durchfuhr es Brigitte Kulisch. Sie richtete ihren zusammengesunkenen Körper auf und schaute Klose direkt in die Augen.

»Das können nur die Leute sein, mit denen er Streit hatte.«

Klose zog seinen Notizblock aus der Innentasche seines etwas altmodischen grauen Sommerblousons. Endlich konnte er darauf hoffen, Hinweise zum Tatgeschehen zu bekommen und vielleicht den Grund für das Drama zu finden. Er versuchte, so unauffällig und normal wie möglich mit seinem Kugelschreiber und Notizblock umzugehen, um sein wachsendes Interesse zu verbergen. Keinesfalls wollte er Brigitte Kulisch verschrecken und durch die Erkenntnis der Bedeutung ihrer Erklärung in ihrem Redefluss hemmen.

»Mit den Leuten gab es nur Ärger. Christian hat als selbständiger Taxifahrer für das Taxiunternehmen Schmick in Essen gearbeitet. Es muss das Paar sein, das er mal nach Bredeney fahren sollte. Er hat doch ein Nichtrauchertaxi und hat auch extra ein kleines Schild über dem Rückspiegel angebracht. Da stand unmissverständlich »Nicht rauchen« drauf. Die Frau hat wohl trotzdem geraucht, und er hat sie mehrfach gebeten, die Zigarette auszumachen. Ganz freundlich. Die hat sich aber nicht daran gestört. Hat einfach weitergeraucht. So was geht doch nicht. Das ist sein Taxi. Da muss er sich doch nicht dem Gift von Zigaretten aussetzen. Die hat ihn doch mit dem Rauchen angegriffen.«

Brigitte Kulisch wurde merklich aufgeregter.

»Er hat ja nicht gewusst, dass sie schwanger war, als er sie rausgeschmissen hat. Was ist das auch für eine Frau, die während der Schwangerschaft raucht?, hat er gesagt. Das Paar hat sich dann beschwert und sofort so eine bissige Anwältin eingeschaltet. Die hat ihn angezeigt wegen Körperverletzung. Angeblich hätte sie fast ihr Kind verloren. Die Frau Schmick hat ihn dann rausgeschmissen. Eiskalt rausgeschmissen. Dabei ist er über zwei Jahre für sie gefahren. Immer zuverlässig. Und wenn die zu Unzeiten keinen Fahrer hatten oder jemand ausgefallen ist, dann war er immer da. Das war alles so ungerecht.«

»Er war doch selbständig. Konnte er da nicht trotzdem weiterarbeiten? Das Taxi ist auf seinen Namen zugelassen. Ich gehe davon aus, dass es seins war«, wandte Klose ein.

Brigitte Kulisch schaute ihn verständnislos an.

»Das kann man doch gar nicht vergleichen. Wenn man als Taxifahrer allein arbeitet, dann muss man den ganzen Tag an irgendwelchen Bahnhöfen oder freien Taxiständen stehen und warten. Da wartet man, bis man schwarz wird. Die ganzen gewinnbringenden Fahrten von Anrufern und Taxibestellern fallen weg. Da ist 'ne harte Konkurrenz. Mein Sohn konnte nach dem Rausschmiss kaum noch die laufenden Kosten im Monat bezahlen.

Als sie ihn rausgeschmissen haben, hat er gesagt, die feinen Pinkel aus Bredeney haben mir alles kaputt gemacht. Das ist doch kein Leben, wenn du jeden Monat kämpfen musst, damit du überlebst, und die Kollegen dich mobben, weil du angeblich eine Schwangere misshandelt hast. Das hat ihn alles total mitgenommen. Dazu kamen auch noch Schulden, und er sollte seinen Mercedes verkaufen.

Die Schulden stammten noch aus der Zeit, als er drogenabhängig war und kleine Dinger gedreht hat, damit er die Drogen bezahlen konnte. Da waren Gerichtskosten und das ganze Geld für die Anwälte. Monatlich hat er das abgezahlt, bis es nicht mehr ging. Das hat ihn alles runtergezogen. Dabei hatte er vor dem Streit mit diesen feinen Herrschaften alles so gut in den Griff bekommen. Er hatte 'ne Drogentherapie erfolgreich abgeschlossen und war seit drei Jahren völlig drogenfrei. Das hat alles so viel Kraft gekostet. Mit Drogen wollte er nichts mehr zu tun haben. Christian hat sich zum absoluten Gegner jeder Art von Drogen entwickelt. Er hatte einen Hass auf die Drogen, auch auf Zigaretten.

Mein Gott, jetzt ist er tot. Ich kann nicht glauben, dass ich ihn nie wiedersehe. Heute Mittag hat er noch da gestanden.«

Brigitte Kulisch deutete mit ihrem Kopf auf den leeren Platz vor der Küchenzeile.

Klose und Hoffmann schauten sich kurz an.

»Frau Kulisch«, begann Klose vorsichtig.

»Wir haben noch keine abschließenden Erkenntnisse. Aber Ihr Sohn steht in dem Verdacht, Frau Heitkamp körperlich angegriffen und erheblich verletzt zu haben. Der Ehemann von Frau Heitkamp hat deshalb wohl auf Ihren Sohn geschossen und ihn dabei tödlich verletzt.«

Entsetzt schaute Brigitte Kulisch auf.

»Das kann ich mir nicht vorstellen. Das glaube ich im Leben nicht. Er war kein schlechter Kerl. Er hat sich für Behinderte im Verein Lebenshilfe hier in Essen ehrenamtlich engagiert. Hat Fahrten mit den Behinderten organisiert und sich unentgeltlich als Fahrer zur Verfügung gestellt.«

»Wie gesagt, das sind auch nur vorläufige Erkenntnisse. Wir müssen die weiteren Ermittlungen abwarten.«

Brigitte Kulisch schien die Worte von Klose nicht mehr zu hören. Sie senkte erneut ihren Blick. Neue Tränen breiteten sich wie kleine Seen auf dem verwaschenen Sweatshirt aus, und ihre Schultern begannen zu zittern.

11.

Breitner hatte Dr. Gruber gebeten, nach der ersten Leichenuntersuchung am Tatort noch am selben Abend Holger Heitkamp zu untersuchen und die Ergebnisse fotografisch zu dokumentieren. Die gesamte Kleidung wurde sichergestellt, und Holger Heitkamp erhielt Ersatzkleidung aus der Kleiderkammer der Justizvollzugsanstalt Essen. Nachdem er zunächst bekleidet aus allen Blickwinkeln fotografiert worden war, musste die gesamte Prozedur in unbekleidetem Zustand wiederholt werden. Bis auf den kleinen Einstich durch die Spritze bei der Blutentnahme wies Holger Heitkamp keine Verletzung auf; allerdings hatte er erhebliche Blutanhaftungen an Armen und Beinen. Blut hatte seine Kleidung an zahlreichen Stellen durchtränkt und war mittlerweile auf der Haut getrocknet. Dr. Gruber nahm peinlich genau von sämtlichen Blutanhaftungen am Körper von Holger Heitkamp Blutproben. Weder nach dem Eintreffen von Breitner und Koch im Klinikum noch während der gesamten Untersuchung durch Dr. Gruber hatte Holger Heitkamp ein einziges Wort gesagt. Nach der Untersuchung hatte Breitner ihn von den Kollegen der Schutzpolizei in die Gewahrsamszellen des Polizeipräsidiums bringen lassen, wo er sich auch noch am Samstagmorgen befand.

Die Obduktion der Leiche von Christian Kulisch war eilig, man hatte sie daher schon für Samstagmorgen angesetzt. Breitner und Staatsanwalt Dr. Berg hatten der bereits für 7 Uhr angesetzten Prozedur beigewohnt. Das Ergebnis war eindeutig: Christian Kulisch war durch drei Schüsse getötet worden.

Seine Leiche wies zwei Einschusslöcher im Oberkörper und einen Schuss in den Kopf auf, wobei letztendlich der Kopfschuss unmittelbar zum Tod geführt hatte.

Nach der Obduktion war Breitner das kurze Stück von der Pathologie zum Präsidium gefahren. Er war morgens mit seinem Saab direkt zur Pathologie gefahren und wollte seinen Saab nicht auf dem pathologieinternen Parkplatz stehen lassen. Schon auf dem Weg zum Präsidium erhielt er einen Anruf von Klose.

»Tom, du musst sofort kommen. Holger Heitkamp rastet aus. Er randaliert in der Zelle, schreit herum und verlangt, mit dem Ermittlungsleiter zu sprechen. Der fängt an, sich selbst zu verletzen, rennt gegen die Tür. Der Wachhabende hat vergeblich versucht, ihn zu beruhigen.«

»Ich bin in drei Minuten bei euch«, beendete er das Gespräch und parkte seinen Wagen auf dem kleinen Parkplatz unmittelbar vor dem Haupteingang des Polizeipräsidiums. Schnellen Schrittes lief er direkt zum Polizeigewahrsam. Mit Klose und dem wachhabenden Polizeiwachtmeister begab er sich zu Holger Heitkamps Zelle eine Etage tiefer. Schon im Flur hörte er Heitkamps dumpfe Schreie, ohne dass konkrete Worte auszumachen waren.

»Herr Heitkamp, mein Name ist Thomas Breitner. Wir werden jetzt Ihre Zellentür aufschließen, also beruhigen Sie sich. Treten Sie von der Tür zurück. Ich bin hier, um mit Ihnen zu reden.«

Das Geschrei ging mit neuer Energie und erhobener Stimme weiter. Jetzt konnte man einzelne Sätze verstehen.

»Ich will sofort zu meiner Frau. Ihr Schweine. Lasst mich raus!«

Durch den Zellenspion konnte Breitner sehen, wie Holger Heitkamp sich mit kurzem Anlauf gegen die Tür warf, aber abgesehen von einem dumpfen Knall nicht einmal ein Zittern der Zellentür bewirkte.

»Herr Heitkamp, wenn Sie sich nicht sofort zusammenreißen und ruhig verhalten, muss ich einen Arzt benachrichtigen. Ihr Verhalten nutzt keinem etwas.«

»Ihr Schweine. Lasst mich raus.«

»Erst recht nicht Ihrer Frau.«

Breitner wurde laut.

»Jetzt reißen Sie sich zusammen. Ich werde nur mit Ihnen reden, wenn Sie sich beruhigen. Ich zähle jetzt bis 10. Und wenn Sie bis 10 nicht von der Tür zurückgetreten sind, werde ich den Arzt verständigen und Sie nicht über den Zustand Ihrer Frau informieren können.«

Holger Heitkamp hielt inne.

»Das kann doch alles nicht wahr sein. Ich kann nicht mehr. Ich kann nicht mehr.«

Er wich von der Zellentür zurück, und sein verzweifeltes Schreien verlor sich in einem kläglichen Wimmern.

»Ich kann nicht mehr.«

Breitner nickte dem Wachhabenden zu, der daraufhin die Zellentür aufschloss. Zusammen mit Klose betrat er die Zelle.

Holger Heitkamp befand sich in einem desolaten Zustand. Seine graue Jogginghose aus der Kleiderkammer der JVA Essen war verschlissen und schmutzig. Er schwitzte erheblich, was durch die Schweißflecken im Achselbereich des ursprünglich weißen T –Shirts deutlich sichtbar war. Seine sonst strahlenden Augen waren gerötet und geschwollen. Er atmete schwer.

»Ihre Frau lebt. Sie ist in einem sehr kritischen Zustand, aber sie lebt. Ich habe gestern Abend noch mit Prof. Schmied von der Krupp –Klinik gesprochen. Er will mich informieren, sobald sich etwas verändert. Die Familie Ihrer Frau wurde bereits gestern Abend benachrichtigt und befindet sich im Krankenhaus. Wenn Sie sich jetzt ruhig verhalten, dann nehmen wir Sie mit in unser Büro, und Sie können beim Telefonat mit den behandelnden Ärzten dabei sein. Wie sieht's aus? Sollen wir so vorgehen? Haben Sie sich wieder im Griff?«

Holger Heitkamp atmete weiterhin schwer und rührte sich nicht. Sein entsetztes Gesicht schien eingefroren. Dann nickte er. Seine wie zum Angriff angewinkelten Arme sanken seitlich herab.

»Wir legen Ihnen jetzt Handschellen an und fahren dann mit dem Fahrstuhl nach oben.«

Klose nahm die mitgeführten Handschellen und legte sie Holger Heitkamp an, der ihm seine Arme bereitwillig entgegenstreckte. Dann nahmen sie Holger Heitkamp in die Mitte und verließen die Zelle. Hinter ihnen verschloss der Polizeiwachtmeister mit einem lauten Krachen die schwere Zellentür.

In Breitners Büro nahm Klose Holger Heitkamp die Handschellen ab und wies ihm einen Stuhl vor dem Schreibtisch.

»Möchten Sie auch einen Kaffee?«, wandte sich Breitner an Holger Heitkamp, während er bereits die Glaskanne von der Kaffeemaschine nahm, um Wasser zu holen.

Holger Heitkamp blickte mit müden Augen auf.

»Danke. Gern.«

»Bring bitte Milch aus der Küche mit«, trug Klose ihm auf. Breitner kannte ihn als leidenschaftlichen Kaffeetrinker. Nur eine Minute später war er wieder zurück und konnte erleichtert feststellen, dass sich die Situation zunehmend entspannte. Klose hatte sich auf den Bürostuhl hinter Breitners Schreibtisch gesetzt und den Computer hochgefahren, derweil er mit Holger Heitkamp über die Vorzüge von Kaffee gegenüber Tee plauderte.

»Schwarzer Tee am Morgen verursacht einfach Übelkeit. Abgesehen davon hab ich auch morgens nicht die Zeit, zehn Minuten im Schneidersitz auf meinen Tee zu warten.«

Es war wichtig, endlich einen Zugang zu Holger Heitkamp zu bekommen, nachdem er, warum auch immer, bis zu diesem Morgen beharrlich geschwiegen hatte.

Breitner füllte ohne ein Wort Wasser in den Behälter der alten, zu Hause ausrangierten Vollplastik –Kaffeemaschine ein und häufte im Filter frisch duftenden Kaffee für gut zehn Tassen Kaffee an. Er schaltete die Kaffeemaschine ein, setzte sich zwischen Klose und Holger Heitkamp und griff nach dem Telefon, das er direkt vor sich auf den Tisch stellte.

»Gibst du mir bitte den Schreibblock und die Akte vom Schreibtisch«, wandte er sich an Klose, der, ohne den Blick von Holger Heitkamp zu wenden und fleißig weiterredend, Schreibblock und Kugelschreiber an Breitner weiterreichte. »Strafsache gegen Heitkamp, Holger wegen Totschlag u.a.« stand auf der Ermittlungsakte. Noch gestern Nacht hatten Breitner und Koch sowie Klose zusammen mit Hoffmann jeweils einen ausführlichen Bericht über ihre Ermittlungen in den Computer getippt, in der virtuellen Ermittlungsakte gespeichert und für die irdische Akte ausgedruckt. Zuvor hatten Breitner und Koch noch kurz das Krupp –Krankenhaus aufgesucht und sich persönlich nach dem Zustand von Sonja Heitkamp und ihrem Kind erkundigt.

»Ich weiß, die Kaffeemaschine lässt nichts Gutes erwarten. Sie ist eine Spende von unserem großzügigen Kollegen Breitner. Er wollte sich das Geld für die Verschrottung sparen«, versuchte Klose, die Stimmung aufzulockern, und schaute dabei spöttisch auf Breitner.

»Beim Kaffee wird aber nicht gespart. Im Moment haben wir einen exzellenten Kaffee aus hundert Prozent Arabica – Bohnen. Erste Ernte des Jahres aus El Salvador. Das muss man sich vorstellen. El Salvador. Das wissen die Jungs hier gar nicht zu würdigen. Mineralreiche Asche, Lavaböden, Sonne und Wärme. Ideale Bedingungen für den Anbau der anspruchsvollen Arabica –Kaffeekirschen. Das interessiert hier keinen.«

Breitner blätterte in seinem Notizblock und suchte die handschriftlichen Notizen über seinen Besuch in der Krupp Klinik. Schnell fand er die Telefonnummern der neurochirurgischen und der gynäkologischen Abteilung neben einer kurzen Notiz. Danach sei gestern Abend zunächst in einer Notoperation versucht worden, die Hirnblutungen von Sonja Heitkamp zu stoppen und damit den erheblichen Druck auf das Gehirn zu reduzieren. Durch die Schädeldecke habe man Drainagen zum Ablaufen des Blutes gelegt, was zur vorläufigen Entlastung des Gehirns geführt habe. Nach der Operation sei man zunächst davon ausgegangen, dass Sonja Heitkamp keine Überlebungschance habe, doch ihr Allgemeinzustand habe sich so weit stabilisiert, dass spätestens für den Morgen die Kaiserschnittgeburt des Kindes vorgesehen sei. Man befürchtet ein unkontrolliertes Zusammentreffen der mit dem Todeszeitpunkt einhergehenden Rettungs – und Reanimierungsmaßnahmen und der hierdurch eventuell ausgelösten Geburt. Nach der künstlich eingeleiteten Geburt sei dann eine weitere Gehirnoperation geplant.

»Alles Ignoranten, Banausen.«

Klose redete geübt, ohne Pause. Keine Gelegenheit für Holger Heitkamp, sich düsteren Gedanken zu widmen.

»Und natürlich umweltfreundlich und Fair Trade. Das sind Kaffeebohnen ausschließlich aus Rainforest –Alliance –zertifiziertem Anbau. Der kostet ein Vermögen. Und jetzt raten Sie, wer den bezahlt hat.«

Fast konnte man ein Lächeln auf Holger Heitkamps Gesicht erahnen.

»Herr Heitkamp. Sind Sie bereit für den Anruf?«, unterbrach Breitner schroff.

»Und zwar bereit mit allen Konsequenzen. Ich weiß nicht, was uns erwartet. Wir müssen mit dem Schlimmsten rechnen. Nach den bisherigen Untersuchungen hat Ihre Frau schwerste Kopfverletzungen erlitten. Noch gestern gab es eine Notoperation, die Ihre Frau überstanden hat. Für heute Morgen ist vorsorglich die Geburt ihres Kindes vorgesehen.«

Holger Heitkamp blickte auf, und seine hellen Augen füllten sich mit Tränen.

»Das kann doch alles nicht wirklich passiert sein. Das sollte der schönste Tag in unserem Leben werden.«

Sein Kinn zitterte, und aus den tränenüberfüllten Augen

drohten Tränen sich Bahn zu brechen. Holger Heitkamp wischte sie mit seinem Handrücken weg, so als umfasste sein Versprechen, sich zusammenzureißen, auch die Zusage, keine Gefühlsregungen zu zeigen. Breitner realisierte diese Geste unkommentiert, wartete einen kurzen Moment und wählte dann die Nummer des Oberarztes der gynäkologischen Abteilung, einem Dr. Leitner.

Leitner war nicht gleich am Telefon, aber Breitner ließ es weiterklingeln. Gerade wollte er auflegen, als eine gehetzte Stimme mit letztem Atem »Leitner, gynäkologische Abteilung« ins Telefon schnaubte.

»Kriminalhauptkommissar Breitner, Polizei Essen. Ich habe Ihre Nummer von Prof. Schmied erhalten. Er teilte mir gestern Abend mit, dass heute Morgen eventuell ein Kaiserschnitt bei seiner Patientin Sonja Heitkamp durchgeführt werden soll. Ich wollte mich …«

Weiter kam Breitner nicht.

»Ich komme gerade aus der Frühchenabteilung. Der Kaiserschnitt ist problemlos verlaufen. Frau Heitkamp hat gestern Nacht um genau 22:52 Uhr einen kleinen Jungen zur Welt gebracht. Das Baby wurde in der zweiunddreißigsten Schwangerschaftswoche geboren und wiegt nur knapp 2200 Gramm. Deshalb befindet er sich in einem Säuglingsinkubator, also einem Brutkasten. Er macht aber einen sehr stabilen und gesunden Eindruck.«

Man konnte die Freude und Erleichterung von Dr. Leitner über die unproblematische Geburt des Jungen förmlich spüren.

»Auch für die Mutter hat sich jedenfalls die Geburt nicht

nachteilig ausgewirkt. Prof. Schmied operiert sie seit 9 Uhr, also seit circa einer Stunde.«

»Das ist ja mal wirklich eine gute Nachricht.«

Die Begeisterung von Dr. Leitner steckte an, und Breitner musste ein paar Freudentränen hinunterschlucken. Holger Heitkamp hing mit seinem Blick an seinen Lippen.

»Herr Breitner, ich muss Ihnen aber ehrlich sagen, dass Frau Heitkamp nach Mitteilung von Prof. Schmied trotzdem so gut wie keine Überlebenschancen hat. Sie hat derartig schwere Hirnverletzungen, dass sie im Überlebensfall schwerste Hirnschäden zurückbehalten wird. Die Familie von Frau Heitkamp ist über alles informiert. Während ihre Schwester auf Frau Heitkamp wartet, befinden sich die Eltern auf der Frühchenabteilung.«

»Herr Heitkamp sitzt vor mir, und ich muss ihn kurz von den Neuigkeiten unterrichten. Ich rufe Sie gleich nochmals zurück. Eine gute Nachricht duldet manchmal keinen Aufschub.«

Dr. Leitner lachte.

»Na klar. Ich bin jetzt gleich erst mal mit Prof. Czymec auf Visite und in circa eineinhalb Stunden wieder über diesen Anschluss erreichbar.«

»Vielen Dank. Bis später.«

Breitner legte auf und schaute in die erwartungsvollen Gesichter von Holger Heitkamp und Klose.

»Herr Heitkamp. Ich kann Ihnen gratulieren. Sie sind Vater eines kleinen Jungen geworden. Er muss noch im Brutkasten bleiben, scheint aber gesund zu sein. Ihre Frau hat die Geburt überstanden und wird zurzeit von Prof. Schmied operiert.«

Holger Heitkamps wasserblaue Augen waren immer noch gerötet, und Tränen liefen über seine Wangen. Er schaute auf.

Plötzlich erklärte er ohne jede Vorwarnung oder auch nur das kleinste Zeichen: »Ich bin vom Radfahren gekommen, und da stand er da und schlug mit einem riesigen Hammer auf meine Frau ein. Immer und immer wieder. Dieses Bild geht mir nicht aus dem Kopf. Ich schrie und versuchte, ihn festzuhalten, aber er war wie von Sinnen. Dann rannte ich zum Wohnzimmerschrank und holte meine Waffe. Ich schoss so lange auf ihn, bis er aufhörte und zusammenbrach.«

12.

Ich habe am Samstagmorgen lange geschlafen und bin gegen Mittag noch einmal zum Einkaufen nach Kirchhellen gefahren, um Getränke und verschiedene Lebensmittel zu besorgen, die für den Transport mit dem Fahrrad zu schwer sind. Nachdem ich die Getränkekiste im Keller verstaut und die übrigen Lebensmittel in meine Wohnung gebracht habe, mache ich mir einen wirklich guten Obstsalat und bestrafe die scharfen Gürkchen vom Vortag, indem ich sie einzeln nacheinander verdrücke. Dann verbringe ich einen sonnigen Nachmittag auf meinem riesigen Balkon und entspanne ein bisschen bei der Gartenarbeit.

Gegen Abend mache ich es mir vor dem Fernseher gemütlich und zappe durchs Programm.

Es ist bereits kurz vor acht, und eigentlich müsste ich mich schon dringend zum Ausgehen fertigmachen. Um 20:30 Uhr bin ich mit meiner Freundin Susanne in Oberhausen verabredet, und sie hasst jede Form von Unpünktlichkeit, also auch die »Mein Auto ist nicht angesprungen« – oder »Die Autobahn war gesperrt« – oder noch besser »Ich habe mein Schminketui in der Kanzlei liegen lassen und musste improvisieren« – Entschuldigungen. Das geht alles gar nicht. Dafür hat Susanne überhaupt kein Verständnis. Also setze ich mich erst mal im Schlafzimmer an meinen Schminktisch, um mich aufzudonnern. Wir wollen eine gepflegte Kneipentour durch die Altstadt von Oberhausen machen, wo meine liebe Freundin Susanne nur allzu gut bekannt ist. Ihre Familie wohnt dort seit

Generationen, und sie kennt jede gute und auch schlechte Kneipe.

Ich bin gerade beim alle Aufmerksamkeit erfordernden Wimperntuschen, als ich mein Handy klingeln höre. Es liegt unten in der Küche auf der Theke. Okay. Ich habe jetzt zwei Möglichkeiten. Entweder unterbreche ich sofort meine wirklich anspruchsvolle Tätigkeit und nehme in Kauf, dass das Gesamtwerk Schaden nimmt. Dann muss ich aber auch in Kauf nehmen, dass meine beste Freundin zumindest zwei frisch gezapfte Bitburger auf meine Rechnung braucht, um sich vom Schock meines späteren Eintreffens zu erholen und wieder bessere Laune zu bekommen. Oder ich behalte die Ruhe und lasse es genau sechsmal klingeln, bis sich die Mailbox einschaltet. Ich entscheide mich für die zweite Variante und tusche ungerührt meine Wimpern weiter. Wahrscheinlich eh nur ein lästiger Mandant, dem ausgerechnet am Samstagabend einfällt, dass er am Montag unbedingt einen Termin benötigt.

Das Klingeln hört auf, und meine Wimpern sehen grandios aus. Schwarz, lang und unwiderstehlich. Das Klingeln geht von neuem los. Das macht mich unsicher. Schon folgt der zweite Klingelton. Ein unangenehm drängendes Piepen. Vielleicht ist es ja auch Susanne, die irgendein Problem hat. Das dritte Piepen. Ich unterbreche meine Schminksession und bin in wenigen Sekunden unten in der Küche, nachdem gerade das fünfte Piepen verklungen ist.

»Bäcker«, sage ich mit fester Stimme, noch bevor das sechste Piepen einsetzen kann, und schwöre mir, den Klingelton in eine sanft ansteigende Melodie abzuändern.

»Breitner, Kripo Essen, KK 11. Guten Abend Frau Bäcker. Rechtsanwältin Anna Bäcker?«

»Richtig.«

Ich ahne, dass Arbeit auf mich zukommt und unsere spritzige Kneipentour in Gefahr gerät. Fast bereue ich, das Gespräch angenommen zu haben. Als ich vor ziemlich genau zehn Jahren meine Arbeit als Anwältin aufgenommen habe, bedeutete noch jeder neue Fall Spannung pur, und jede noch so tolle Party oder Kneipentour am Wochenende wäre durch einen Anruf der Kripo konkurrenzlos in den Hintergrund verbannt worden. Das hat sich im Laufe der Zeit und mit zunehmender Routine grundlegend geändert. Nur bei Verhaftungen in wirklich schwierigen Fällen, bei denen der Erlass eines Haftbefehls nicht sicher ist, auf der Kippe steht und bei denen natürlich auch ein entsprechender Vorschuss durch die Familie oder Freunde gezahlt wird, bin ich bereit, den Mandanten im Polizeigewahrsam aufzusuchen und ihn bei einer ersten polizeilichen Vernehmung unterstützend zu begleiten oder entscheidende Gespräche mit der Staatsanwaltschaft oder dem Haftrichter zu führen.

»Wir haben hier einen Holger Heitkamp, der angibt, von Ihnen anwaltlich vertreten zu werden.«

Heitkamp. Heitkamp. Im ersten Moment sagt mir der Name nichts.

»Holger Heitkamp?«, ich wiederhole den Namen mit einer Betonung, als leide ich an einer ausgeprägten Sprachbehinderung.

»Ja. Holger Heitkamp. Er hat Sie als Verteidigerin benannt

und hatte in seinem Portemonnaie eine Visitenkarte von Ihnen.«

Jetzt kommt die Erinnerung. Was macht denn dieser brave, untadelig wirkende Typ bei der Kripo?

»Richtig. Ich vertrete seine Frau in einer kleineren Strafsache, bei der sie die Geschädigte ist.«

»Ach. Sie vertreten Frau Sonja Heitkamp?«

»Richtig. Frau Sonja Heitkamp.«

Wie ein Papagei plappere ich den Namen nach.

»Hm. Das könnte etwas problematisch werden. Auf Einzelheiten kann ich im Moment aus ermittlungstaktischen Gründen noch nicht eingehen. Aber Herr Heitkamp steht im dringenden Verdacht, einen Menschen getötet zu haben.«

Der Schock sitzt.

Es verschlägt mir den Atem. Damit hatte ich nicht gerechnet.

Stille am Telefon.

Wie ein Blitz trifft mich der Gedanke.

»Ist Frau Heitkamp das Opfer?«, frage ich entsetzt.

»Frau Sonja Heitkamp ist ebenfalls Opfer eines massiven tätlichen Angriffs geworden. Sie lebt aber noch und befindet sich schwer verletzt im Krupp –Krankenhaus. Zum jetzigen Zeitpunkt können wir noch nicht genau sagen, was sich zugetragen hat. Sicher ist aber, dass Herr Heitkamp einen Mann erschossen hat. Grundsätzlich käme auch Notwehr in Betracht. Oder sagen wir es so, grundsätzlich können wir Notwehr jedenfalls nach der Einlassung Ihres Mandanten nicht ausschließen.«

Ich hindere den Kripobeamten daran, weiterzureden, und falle ihm ins Wort.

»Er ist nicht mein Mandant. Ich vertrete seine Frau, Sonja Heitkamp.«

In meinem Kopf machen sich sofort entsetzliche Szenarien breit. Sonja Heitkamp hatte sich rechtlich wegen einer Scheidung oder doch zumindest Trennung beraten lassen. Vielleicht war der getötete Mann ihr Liebhaber, und beide waren von Holger Heitkamp überrascht worden. Keine fernliegende Möglichkeit.

»Angesichts der Tatsache, dass Frau Heitkamp aktuell noch meine Mandantin ist, kommt eine Verteidigung von Herrn Heitkamp nicht in Betracht. Egal, was letztlich tatsächlich passiert ist, könnte ich ansonsten in die Gefahr einer Interessenskollision geraten.«

Das war klar und deutlich. Ich bin selbst etwas überrascht von der Klarheit meiner Worte. Eigentlich bin ich schon sehr an spektakulären Strafverfahren interessiert, insbesondere wenn es sich dem ersten Anschein nach um einen gut zahlenden Mandanten handelt.

Stille im Handy.

»Das kann ich sehr gut verstehen. Das bringt uns im Moment zwar in gewisse Schwierigkeiten, da Herr Heitkamp sich ohne Anwalt nicht weiter zur Sache einlassen will. Aber ich werde ihm ausrichten, dass Sie seine Verteidigung nicht übernehmen werden.«

»Wenn er möchte, dann kann ich ihm einen sehr guten Kollegen von mir empfehlen. Rechtsanwalt Wolfgang Zimmer, auch aus Essen. Seine Handynummer habe ich gespeichert und kann sie Ihnen gleich durchgeben oder auch per SMS schicken, wenn Sie mir Ihre Nummer geben.«

Das mache ich immer so. Bezieht sich ein Strafverfahren auf

mehrere Personen, weil sie beispielsweise wegen bandenmäßiger Begehung von Straftaten beschuldigt werden, und mehrere der Beschuldigten von mir anwaltlich vertreten werden wollen, dann kann ich immer nur den ersten anrufenden Beschuldigten vertreten. Den oder die weiteren Beschuldigten, die sich bei mir melden – und das kommt durchaus vor –, vermittele ich dann an Kollegen, mit denen ich gut zusammenarbeiten kann. Und der Kollege Zimmer ist einer von ihnen; er leistet gute Arbeit, ist kein Weichei und sehr kollegial.

»Okay. Das werde ich Herrn Heitkamp ausrichten. Es wäre nett, wenn Sie mir die Handynummer von Herrn Zimmer vorsorglich telefonisch durchgeben könnten.«

»Bleiben Sie am Telefon. Ich muss ins Telefonregister meines Handys schauen.«

Kein einfaches Unterfangen. Leider habe ich ein Gedächtnis wie ein Sieb und nichts zu schreiben, um die Handynummer zunächst aus dem Telefonregister abzuschreiben. Nach mehreren Transaktionen, drei Zahlen ablesen und sagen, wieder ablesen und sagen, und kontrollablesen und sagen habe ich die Handynummer von Kollege Zimmer weitergeleitet. Der Kripobeamte ist trotz des kurzen Gedächtnisses ruhig geblieben.

»Darf ich noch einmal nach Ihrem Namen fragen?«

»Kriminalhauptkommissar Thomas Breitner vom KK 11. Ich bin Einsatzleiter in der Mordkommission.«

»Herr Breitner. Was ist mit meiner Mandantin passiert? Ich mache mir Sorgen. Ich weiß zwar nicht, ob sie mich auch in diesem Verfahren anwaltlich beauftragen wird, aber das ist jetzt auch erst mal zweitrangig. Wie schlimm sind ihre Verletzungen. Wird sie überleben?«

Wieder Stille.

»Herr Breitner, ich weiß, eigentlich dürfen Sie mir ohne Mandat nichts über den Fall sagen, aber Sie sind mir zumindest eine kurze Antwort auf diese Frage unabhängig von einer Mandatierung schuldig.«

»Sie haben recht. Ich kann Ihnen Folgendes sagen. Frau Heitkamp hat durch einen tätlichen Angriff schwerste Kopfverletzungen davongetragen. Nach Auskunft der behandelnden Ärzte wird sie die Verletzungen mit an Sicherheit grenzender Wahrscheinlichkeit nicht überleben. Für eine Rettung wurde sie zu spät ins Krankenhaus eingeliefert. Allerdings hat sich ihr Zustand heute im Laufe des Tages ein wenig stabilisiert. Sollte sie überleben, wird sie wohl schwerste Hirnschäden zurückbehalten.«

»Was ist mit ihrem Kind? Sie müsste jetzt hochschwanger sein.«

»Ihr Kind wurde gestern Abend durch einen Kaiserschnitt zur Welt gebracht. Es befindet sich auf der Säuglingsstation im Krupp-Krankenhaus. Der Junge ist circa acht Wochen zu früh geboren, und die Ärzte können noch nichts über etwaige Schädigungen sagen. Er befindet sich aber in einem stabilen Zustand. Aller Voraussicht nach wird er nach vorläufiger Einschätzung der Ärzte keine Schäden zurückbehalten. Seine Lungen funktionieren einwandfrei, und selbst die Nieren scheinen wohl schon zu arbeiten, was für eine so frühe Geburt eher ungewöhnlich ist. Die Ärzte sind jedenfalls sehr optimistisch.«

»Gott sei Dank. Wenigstens scheint das gutgegangen zu sein. Trotzdem ist das alles eine Tragödie. Danke für die Informationen. Ich nehme an, dass sich die Familie um Frau Heitkamp kümmert.«

»Ihre Familie wurde bereits gestern sofort nach dem Vorfall

durch uns informiert. Soweit ich es mitbekommen habe, sind ihre Eltern und eine Schwester ununterbrochen bei ihr im Krankenhaus.«

»Wenn ich noch irgendetwas für Frau Heitkamp oder ihre Familie tun kann, dann lassen Sie es mich bitte wissen. Es tut mir so leid für Frau Heitkamp.«

Ich stocke.

»Herr Breitner, sie war Anfang des Jahres auch noch in einer anderen Angelegenheit bei mir. Ich werde mit ihrer Familie Rücksprache halten und Sie gegebenenfalls darüber informieren. Anfang der kommenden Woche werde ich mich bei Ihnen melden.«

»Alle Informationen aus dem Umkreis von Frau Heitkamp sind zurzeit für uns von erheblicher Bedeutung. Darum muss ich Sie bitten, das so schnell wie möglich abzuklären und sich bei uns zu melden. Meine Durchwahl hier im Präsidium ist 829 –9980.«

»Das werde ich tun«, erkläre ich immer noch betroffen und verabschiede mich.

Der Abend ist gelaufen. Es ist 20:20 Uhr, und ich muss erst noch einmal zu Thorsten hinunter, um ihm von den Geschehnissen zu berichten. Mit Susanne verabrede ich mich telefonisch für 21:30 Uhr, und sie nimmt meine Verspätung mit dem Gespür einer guten Freundin trotz der kurzen Erklärung sehr verständnisvoll auf.

Als ich über meinen Balkon und den Garten zur Wohnung von Thorsten und Maya hastete, verdunkelten schwarze Wolken den Mond, die geradezu mystisch Kunde von einem Unwetter und einem langen, traurigen, verregneten Sommer taten.

13.

Sonja Heitkamp starb am Samstag, den 28.04.2007, um 21:14 Uhr im Krupp –Krankenhaus in Essen. Sie hatte den kurzen Kampf gegen den unvermeidlichen Tod verloren, während ihr Kind mit den ersten eigenen Atemzügen seinen Platz in dieser Welt behauptete und sich in der künstlichen Wärme des Brutkastens von der viel zu frühen Trennung aus dem schützenden Leib seiner Mutter erholte. In dieser Nacht wechselte das Wetter. Der herrliche Frühsommer wurde von einem Unwetter und später von traurigem Regenwetter abgelöst. Ein trüber Sommer wurde eingeläutet, mit wenigen freundlichen Sonnentagen.

Breitner befand sich noch im Polizeipräsidium, als ihn die Nachricht vom Tod Sonja Heitkamps erreichte. Trotz seiner Routine in der Mordkommission und der Ankündigung durch die behandelnden Ärzte machte ihn diese traurige Nachricht betroffen.

Der Anruf aus der Klinik war um 21:43 Uhr erfolgt. Breitner war gerade dabei, einen Vermerk über die Obduktion und die ersten Ergebnisse zu schreiben. Das war wichtig, weil der förmliche Obduktionsbericht erst Tage, vielleicht Wochen später zu den Ermittlungsakten gelangen würde. Der Tod von Sonja Heitkamp war nach Auskunft des behandelnden Oberarztes um 21:14 Uhr eingetreten. Breitner dachte darüber nach, was er zu diesem Zeitpunkt gerade gemacht hatte. Er hatte intern mit Klose telefoniert, der mit Hoffmann nur zwei Zimmer weiter saß, aber zu faul war, seinen Hintern zu bewegen und ihm persönlich mitzuteilen, dass er gemeinsam mit Hoffmann die Mutter von Christian Kulisch über den Tod ihres Sohnes informiert hatte. Klose hatte ihn daran erinnert, dass Holger Heitkamp spätestens bis 24 Uhr entlassen werden musste, wenn der Staatsanwalt keinen Haftbefehl beim Haftrichter des Bereitschaftsdienstes beantragen würde. Verdächtige dürfen von der Polizei maximal 48 Stunden ohne Haftbefehl festgehalten werden.

Klose und er hatten noch einmal – nach der langen Besprechung in der Ermittlungseinheit – kurz über den Fall gesprochen, nicht ahnend, dass genau in diesen Sekunden eine junge Mutter den Kampf um ihr Leben verloren hatte.

Unwillkürlich musste Breitner an die Anwältin denken, und er fragte sich, wie sie wohl vom Tod ihrer Mandantin erfahren würde. Er ging ins Büro von Klose und Hoffmann. Hoffmann hatte sich bereits in den wohlverdienten Feierabend verabschiedet. Klose tippte irgendetwas in den Computer.

»Sonja Heitkamp hat es nicht geschafft. Sie ist um 21:14 Uhr gestorben.«

Klose blickte überrascht auf. Im Morddezernat war er einiges gewöhnt, aber gerade jetzt hatte er nicht mit ihrem Tod gerechnet. Immerhin war die letzte Gehirn –OP überraschend gut verlaufen, und ihr Zustand hatte sich zunächst stabilisiert. Allerdings hatte Prof. Schmied mitgeteilt, dass er Teile des Gehirns entfernen musste und ein Überleben von Sonja Heitkamp, mit dem prognostisch nicht zu rechnen war, schwerste Behinderungen nach sich ziehen würde.

»Das ist sehr traurig. Aber ich sag's dir ehrlich. Ich an ihrer Stelle hätte auf gar keinen Fall überleben wollen.«

Breitner setzte sich in einen Besucherstuhl.

»Du hast recht. Das hätte ich ganz sicher auch nicht gewollt. Trotzdem ist das alles für die Familie sehr schwer. Es blieb nur wenig Zeit, sich mit dem Gedanken an den Tod auseinanderzusetzen. Und selbst wenn jemand mit schweren Hirnverletzungen im Bett liegt, so lebt er, und man hat das Gefühl, dass Berührungen und Worte noch ankommen. Man kann Abschied nehmen.«

Klose verstand und nickte.

»Als meine Mutter gestorben ist, kam das auch sehr unerwartet; das Schlimmste war, dass ich sie nicht wenigstens noch einmal umarmen konnte.«

Breitner schaute seinen Kollegen überrascht an. Er kannte ihn nicht so einfühlsam. Mit seinem struppigen und immer gleich aussehenden graublonden Bürstenschnitt und seinem leicht übergewichtigen, aber trainierten Körper wirkte Klose grobschlächtig. Passend zu seiner ruppigen Art und seiner großen Klappe eben wie ein lebender Bulldozer.

»Wir können uns immerhin freuen, dass ihr Kind überlebt hat«, versuchte Breitner die drohende und ihm zunehmend unangenehme Emotionalität versöhnlich aufzufangen.

Beide schwiegen eine Zeitlang.

»Wir müssen Berg und Holger Heitkamp informieren und eventuell psychologische Hilfe für ihn anfordern.«

Klose telefonierte mit dem wachhabenden Polizeibeamten, bevor sich beide müden Schrittes zum Polizeigewahrsam aufmachten, wo sich Holger Heitkamp seit heute Nachmittag wieder in seiner Gewahrsamszelle befand.

14.

Samstagnacht um 23 Uhr wurde Holger Heitkamp aus dem Polizeigewahrsam entlassen. Breitner und Staatsanwalt Dr. Berg hatten sich kurz nach der Nachricht aus dem Krankenhaus vom Tod Sonja Heitkamps im Polizeipräsidium getroffen und das weitere Vorgehen besprochen. Eigentlich waren beide bereits für 18 Uhr verabredet gewesen, doch im Verlauf des Samstagnachmittags war es in Essen zu einigen Verhaftungen in anderen Polizeidezernaten gekommen. Dr. Berg hatte den Bereitschaftsdienst für das Wochenende übernommen und musste daher für die Mitglieder einer umherziehenden Einbrecherbande zahlreiche Haftbefehle beim Haftrichter beantragen. Außerdem hatte die Presse versucht, im Fall Heitkamp und auch im Fall der Einbrecherbande Informationen von ihm zu bekommen. Breitner wollte sich gerade mit Hilfe der hässlichen Vollplastik –Kaffeemaschine einen Kaffee aufbrühen, um die beginnende Müdigkeit zu vertreiben, als sein Telefon klingelte.

Im Gegensatz zu vielen seiner Kollegen war Breitner in den Genuss eines eigenen Büros gekommen. Er hatte auf seine Uhr geschaut und war sich ziemlich sicher, dass Berg am anderen Ende der Leitung war. Beide arbeiteten seit vielen Jahren zusammen und kannten einander ziemlich gut. Deshalb wusste Breitner, dass dem gewissenhaften Berg trotz des ganzen Pressetrubels die ablaufende Frist für die rechtzeitige Beantragung eines Haftbefehls gegen Holger Heitkamp nicht entgangen war. Der Kaffee war fast durchgelaufen, als Berg aus dem alten

Gebäude der Staatsanwaltschaft eintraf und ungefragt auf dem Besucherstuhl Platz nahm.

»Was machen wir mit Holger Heitkamp?«, hatte Berg ohne Einleitung gefragt. »Weiß er schon, dass seine Frau ihren Verletzungen erlegen ist?«

»Ja. Klose und ich waren vorhin bei ihm in der Zelle und haben es ihm so schonend wie möglich beigebracht. Gott sei Dank gab es nicht wieder einen Zusammenbruch. Er hat es relativ gefasst aufgenommen. Ich hab ihm erklärt, dass ich noch heute Abend seine Haftsituation mit dir bespreche.«

»Seine Notwehrversion scheint nicht völlig abwegig. Immerhin hat Christian Kulisch durch die Heitkamps seine Existenz verloren und wurde nach seinen Strafregisterauszügen auch schon wegen Körperverletzungsdelikten verurteilt. Die extreme Reaktion auf das Rauchen im Taxi, die ja auch von der Mutter beschrieben wird, spricht für sich. Zudem hat er sich als ehemaliger Drogenabhängiger bis zu seinem Tod in regelmäßiger psychologischer Betreuung befunden. Das lässt zumindest auf eine gewisse psychische Labilität schließen.«

Berg schaute Breitner erwartungsvoll an und nahm einen Schluck von seinem dampfenden, wohlriechenden Kaffee aus El Salvador.

»Im Moment können wir ihm seine Einlassung nicht widerlegen. Wir haben zu wenige ausgewertete Beweise. Die Zeugin Peters hat in ihrer ersten informatorischen Vernehmung den äußeren Ablauf im Wesentlichen bestätigt. Kurz nachdem Kulisch bei den Heitkamps eingetroffen ist, sind die drei Schüsse gefallen. Die Obduktion von Sonja Heitkamp steht zwar noch aus und wird voraussichtlich auch nichts ergeben, was seiner Einlassung widerspricht. Die schweren Kopfverletzungen sind eindeutig auf das Einwirken stumpfer Gewalt zurückzuführen, die mit hoher Wahrscheinlichkeit durch den im Haus der Heitkamps sichergestellten Hammer ausgeübt wurde.«

Auch Breitner setzte sich.

»Ich verstehe nur nicht, warum er ohne Anwalt nichts weiter sagen wollte.«

»Ist doch grundsätzlich kein Problem. Warum habt ihr ihm keinen besorgt. Hier in Essen gibt es doch den Anwaltsnotdienst. Da erreichst du eigentlich rund um die Uhr einen Strafverteidiger.«

»Er wollte aber eine bestimmte Anwältin und hat uns gebeten, ihre Visitenkarte aus seinem Portemonnaie in seinem Haus zu holen und sie anzurufen. Ich hab sie abends erreicht, sie wollte das Mandat aber nicht übernehmen, weil sie Sonja Heitkamp noch in einem anderen Strafverfahren vertreten hat, in dem sie auch Geschädigte war. Sie hat angedeutet, dass Sonja Heitkamp wohl auch noch in einer weiteren Angelegenheit bei ihr war, konnte mir aber erst mal wegen der Schweigepflicht nichts sagen. Sie wollte erst abwarten und mit der Familie sprechen. Ich werde da nachhaken.«

»Welche Anwältin wollte er haben?«

»Sie heißt Anna Bäcker. Ist aus Essen.«

»Anna Bäcker ist eine gute Freundin von mir. Ich kenne sie schon seit ihrer Zulassung als Anwältin hier in Essen und hatte auch den einen oder anderen Fall mit ihr. Mich wundert, dass du sie nicht kennst.«

»Den Namen hab ich auch schon gehört. Hatte aber bisher nichts mit ihr zu tun.«

Berg hielt inne und dachte laut nach.

»Wenn wir jetzt einen Haftbefehl beantragen, dann schlägt uns der Haftrichter den um die Ohren. Heitkamp ist noch niemals strafrechtlich aufgefallen, er hat einen festen Wohnsitz und einen super Job. Immerhin wurde Kulisch im Haus der Heitkamps getötet. Was hatte er da zu suchen? Die ersten ermittelten Indizien stützen die Notwehrversion von Holger Heitkamp. Also gibt es nicht den Hauch eines Haftgrundes, und die Presse feiert Heitkamp bereits als Helden. Die BILD von heute schreibt ‚Mörder schlug auf Hochschwangere ein. Ehemann erschießt brutalen Mörder bei seiner grausamen Tat?. Alle haben Verständnis für Heitkamp. Und wenn ich ehrlich bin, geht's mir nicht viel anders.«

»Wir ermitteln so lange weiter, bis sämtliche Beweismittel ausgewertet sind. So wie die Dinge stehen, kann man tatsächlich Verständnis für Heitkamp aufbringen. Also keinen Antrag auf Haftbefehl«, resümierte Breitner.

»Dann haben wir wenigstens später die Möglichkeit, noch einen Haftbefehl zu beantragen, sollte sich tatsächlich etwas grundlegend anderes herausstellen. Wenn der Erlass eines Haftbefehls bei der mageren Beweislage abgelehnt wird, haben wir später auch bei neuer Beweislage kaum noch Chancen, den Haftbefehl durchzukriegen.«

Breitner hatte sich erneut zu den Gewahrsamszellen begeben und den wachhabenden Polizeibeamten mitgeteilt, dass Holger Heitkamp entlassen werden sollte. Er hatte ihm seine persönlichen Gegenstände ausgehändigt; sie beschränkten sich allerdings auf sein Portemonnaie, das die Kripo zuvor aus seinem Haus nach teilweiser Freigabe des Tatorts abgeholt hatte.

Seine persönliche Bekleidung blieb weiterhin sichergestellt bei den Asservaten in Breitners Büro.

»Sie werden jetzt aus dem Gewahrsam entlassen. Die Staatsanwaltschaft hat entschieden, zurzeit keinen Haftbefehl gegen Sie zu beantragen. Ihr Haus dürfen Sie bis zur endgültigen Freigabe nicht betreten.«

Mit gesenktem Kopf nahm Holger Heitkamp sein Portemonnaie entgegen. Er zeigte keine Regung. Ungewaschen und unrasiert verließ er das Polizeipräsidium, bekleidet mit den Sachen aus der Kleiderkammer der JVA. Breitner begleitete ihn bis zum Hauptausgang und schaute ihm hinterher, wie er die große Kreuzung an der Ampel hinüber zum Amts – und Landgerichtsgebäude überquerte und dabei den Inhalt seines Portemonnaies inspizierte. Das Angebot, jemanden anzurufen und sich vom Polizeipräsidium abholen zu lassen, hatte er Holger Heitkamp gar nicht erst gemacht. Schließlich wusste er, dass Holger Heitkamp über mehr als 300 Euro in seiner Geldbörse verfügte, nachdem er sie gründlich untersucht hatte. Es widerstrebte ihm als Vollblutkriminalbeamter, einen Mann in die Freiheit zu entlassen, der einen Menschen mit drei Schüssen getötet hatte.

15.

Kein ärztlicher Eingriff hätte Sonja Heitkamp retten können. Dafür war sie viel zu spät ins Krankenhaus eingeliefert worden. Prof. Schmied hatte Teile ihres Gehirns entfernen müssen, um die Schädeldecke wieder schließen zu können. Am Montag, dem 30.04.2007, wurde ihre Leiche an die Gerichtsmedizin Essen überstellt. Die Obduktion führte Dr. Gruber von der Universitätsklinik Essen unter Mitwirkung der Pathologin Dr. Meise und in Anwesenheit von Staatsanwalt Dr. Berg sowie Kriminalhauptkommissar Breitner durch.

Dr. Gruber diktierte in perfektem Hochdeutsch in sein Diktiergerät:

»Äußere Besichtigung. Auf dem Sektionstisch liegt die vollständig entkleidete Leiche einer Frau, die erst kürzlich durch einen Kaiserschnitt entbunden hat. Körperlänge 171 Zentimeter, Körpermasse gewogen 74 Kilogramm.

Die Leiche zeigt deutliche Zeichen einer medizinischen Versorgung: Der behaarte Kopf ist mit einem Haubenverband versehen. Aus dem Mund ragen ein sogenannter Güdel –Tubus, daneben ein weiterer Beatmungstubus sowie eine Magensonde. Diese sind mit Klebebändern fixiert und in regelrechter Lage.

Am Nacken, am Rücken sowie an den abhängigen Partien der Arme und Beine zeigen sich deutlich ausgebildete, an den Aufliegestellen ausgesparte und auf festen Daumendruck nicht mehr wegdrückbare blauviolette Totenflecke. Zunächst am Rücken, am Gesäß sowie an den rückwärtigen Partien der Unter – und Oberschenkel sind keine frischen oder älteren

Verletzungsspuren zu erkennen. Die Leichenstarre ist an sämtlichen Gelenken deutlich ausgebildet.

Ausgehend vom linken oberen Ohrmuschelansatz verläuft eine 29 Zentimeter lange, durch fortlaufende Naht geschlossene Operationswunde zunächst in Richtung auf das Hinterhauptsbein, dann ansteigend auf die Scheitelhöhe bis mittig vor zum Stirnbein knapp links der Mittellinie. Größere Teile des knöchernen Schädeldaches links scheinen operativ entfernt zu sein. Die Kopfhaut ist hier deutlich prall tastbar. Das Kopfhaar ist bis auf ein kleines Haarbüschel am Hinterkopf vollständig abrasiert. Knapp rechts von diesem Haarbüschel zeigen sich drei große Prellmarken.«

Routinemäßig begutachtete er die Leiche Sonja Heitkamps äußerlich, bevor er zur inneren Besichtigung überging.

»Kopfhöhle. Die Kopfschwarte lässt sich gut vom knöchernen Schädeldach abpräparieren. Entsprechend der bei der äußeren Besichtigung beschriebenen chirurgisch gesetzten Naht linksseitig zeigt sich eine massive Einblutungszone in die Kopfschwarte. Ein großer Teil des linksseitigen Schädeldaches wurde chirurgisch entfernt. Es zeigt sich hier ein 13 mal 9 Zentimeter messender Defekt, aus dem locker geronnenes Blut sowie Hirngewebe hervorquellen. Die Kopfschwarte wird nun weiter nach vorne über die Augenhöhlen sowie den Nasenrücken präpariert. Rechtsseitig in der Augenhöhle keine Auffälligkeiten. Bei weiterer Präparation des linken Augapfels zeigt sich hier eine deutliche Umblutung. Die filigranen knöchernen Strukturen beider Augenhöhlen sind intakt. Auch am Nasenrücken lassen sich keine knöchernen Verletzungsspuren feststellen. Es zeigen sich hier jedoch Einblutungen. Das Restschädeldach wird entfernt. Es misst 17 Zentimeter längs und circa 14 Zentimeter quer und ist zwischen 0,4 und 0,7 Zentimeter dick.

Nach Abpräparation der harten Hirnhaut von der Schädelbasis zeigen sich nun entsprechend der bei der äußeren Besichtigung beschriebenen Prellmarken am Hinterkopf dicht nebeneinander und in unmittelbarem Zusammenhang sieben verschieden große Schädelbruchlinien, von denen die größte annähernd in der Mittellinie steil nach unten in Richtung auf das große Hinterhauptsloch verläuft.

Die inneren Hirnhäute sind zart. Vereinzelt fehlen Anteile der linken Großhirnhalbkugel. Über beiden Stirnhirnlappenpolen und basisnah zeigen sich zahlreiche, deutlich ausgebildete Kontusionsherde. Am Hirngrund sind die Gefäße regelrecht angelegt und zart. Am Kleinhirn ein massiver Druckkonus.«

Dr. Gruber entnahm der in diesem Zustand unmenschlich wirkenden Leiche von Sonja Heitkamp die wichtigsten Organe und wog sie.

»Gehirn 1227 Gramm.«

Es folgten Herz, Milz, Niere links und Niere rechts, Leber sowie Lunge links und rechts. Dies geschah in einer Geschwindigkeit, die Breitner an einen Metzger erinnerte und erschaudern ließ. So viele Obduktionen hatte er schon erlebt, trotzdem konnte er sich nicht an den Anblick gewöhnen. Die Entmenschlichung des Menschen. Alles nur Fleisch, Knochen, Organe, Muskeln, Blut. Das Schlimmste war das Abpräparieren der Kopfschwarte. Wie eine fleischige Maske wurde das Gesicht vom Schädelknochen abgezogen. Letztlich verwunderte ihn, dass es jedes Mal gelang, das Gesicht der entseelten Toten nach der Obduktion wiederherzustellen. Alles saß an seinem Platz, als Dr. Gruber Sonja Heitkamp innerlich und äußerlich mit größter Sorgfalt untersucht hatte.

»Hiermit beendet der Obduzent die Leichenöffnung und gibt sein vorläufiges Gutachten dahin gehend ab:

Die Sektionsergebnisse haben Folgendes ergeben. Leiche einer 34 Jahre alten Frau mit Zeichen mehrfacher massiver stumpfer Gewalteinwirkung gegen den Kopf.

Die Frau weist schwere Verletzungen am Gehirnschädel auf. Drei deutliche Prellmarken am Hinterkopf etwa in Höhe einer gedachten Hutkrempenlinie wie oben beschrieben mit deutlicher Einblutungszone in der darunterliegenden Kopfschwarte. Von hier ausgehend drei leicht klaffende Schädelbrüche, die steil nach unten bis zur Rückseite des großen Hinterhauptloches verlaufen, dieses links umrunden und dann nahe der Mittellinie steil ansteigen zur linken Felsenbeinpyramide bis hin zum Türkensattel. Aussprengung eines kleinen Knochenstückes am Übergang zwischen linker Felsenbeinpyramide und Türkensattel. Deutliche Einblutung in die linke Paukenhöhle. Jetzt noch massive Blutung unter der harten Hirnhaut mit circa 100 Millilitern locker geronnenem Blut. Massive Hirnschwellung. Schwere doppelseitige Hirnrindenprellungsherde über beiden Stirnhirnpolen sowie an der Basis der Stirnhirnpole. Weiterhin Hirnrindenprellungsherde über beiden vorderen Schläfenhirnpolen.

Die Leiche befand sich im Zustand nach neurochirurgischer Operation. Wie oben beschrieben, Operationswunde an der linken Schädelseite mit massiver Umblutung bis an den linken Oberaugenbogen heran. Aussägen eines größeren Knochenstückes des linken Schädeldaches. Zustand nach Abtragung von Hirngewebsanteilen vor Deckung lediglich mit der Kopfhaut. Zartes Gefäßsystem. Keine vorbestehenden, todeswürdigen inneren Organerkrankungen. Saftreichtum beider Lungen. Schocknieren.

Als Todesursache kann zentrales Regulationsversagen bei massivem Schädel –Hirn –Trauma mit Blutung unter der harten Hirnhaut und schweren Hirnrindenprellungsherden festgestellt werden.

Weiterhin muss festgestellt werden, dass eine frühere neurochirurgische operative Behandlung nicht etwaige Hirnschädigungen, aber den Tod der Frau verhindert hätte. Unterstellt man die Angaben des Ehemanns, hätte nach Rücksprache mit dem behandelnden Neurochirurgen, Professor Schmied, Krupp –Klinik Essen und in Übereinstimmung mit dem Obduzenten eine Zeit von circa zehn Minuten ausgereicht, um die todesursächliche Schwellung und Einblutung ins Hirn zu verhindern.«

Berg und Breitner schauten sich kurz an, und Dr. Gruber machte eine kurze Pause, um sich dann erneut auf sein Diktat zu konzentrieren.

»Es handelt sich um einen nichtnatürlichen Tod. Die Prellmarken am Hinterkopf mit dem darunterliegenden massiven Schädelbruchsystem und den Gehirnverletzungen sprechen für zumindest drei massive Schläge mit einem stumpfen Gegenstand auf den Hinterkopf. Bei dem aufgefundenen Hammer handelt es sich mit an Sicherheit grenzender Wahrscheinlichkeit um das Tatwerkzeug.

Es werden folgende Asservate sichergestellt: Teile der inneren Organe für eventuell notwendig werdende feingewebliche Untersuchungen. Der obere Teil der Halswirbelsäule im Ganzen in Hartungsflüssigkeit. Herzblut, Mageninhalt sowie Teile von Leber und Niere für giftchemische Untersuchungen.

Oberschenkelvenenblut und Urin für Alkoholbestimmungen. Hämatomblut für Alkoholbestimmungen. Falls durch die Staatsanwaltschaft keine andere Verfügung ergeht, werden die Asservate für toxikologisch –chemische Untersuchungen nach einem Jahr, Blutproben nach zwei Jahren, Feuchtpräparate für Histologie nach zwei Jahren, sonstige Asservate nach zwei Jahren ohne weitere Rückfrage entsorgt.«

Dr. Gruber unterbrach erneut seinen routinemäßigen Redefluss und schaute Staatsanwalt Dr. Berg an, der verstand und ebenso routinemäßig nickte.

»Der bei der Obduktion anwesende Staatsanwalt Dr. Berg ordnet die Alkoholbestimmungen sowie die giftchemischen Untersuchungen an. Weiterführende Untersuchungen erfolgen nur auf besonderen Auftrag. Die Beantwortung weiterer Fragen sowie eine abschließende Beurteilung bleiben vorbehalten. Gegen die Freigabe der Leiche zur Erd – oder Feuerbestattung bestehen aus rechtsmedizinischer Sicht keine Bedenken.«

16.

Obwohl ich inzwischen gelernt habe, mit dem beruflichen Teil meines Lebens professionell umzugehen und auch traurigen Fällen den Einzug in mein Privatleben im Wesentlichen zu verwehren, hatte mich das Telefonat mit Kriminalhauptkommissar Breitner doch ziemlich berührt. Die Kneipentour mit meiner Freundin Susanne kreiste um das Schicksal meiner Mandantin Sonja Heitkamp, und wir sahen uns zu heftigen Spekulationen veranlasst. Letztlich konnten wir uns auf die mageren Informationen der Kripo aber keinen Reim machen, und erst das dritte Bier und ein paar eintreffende Bekannte beendeten unsere Mutmaßungen und ließen endlich die erhoffte lockere Kneipenstimmung aufkommen.

Nach der Kneipentour fuhr ich mit dem Taxi nach Hause und versuchte mit müde blinzelnden Augen und in leicht angetrunkenem Zustand, über das Internet und die lokalen Websites mehr Informationen über Sonja Heitkamp zu bekommen. In »essen – lokal« fand ich einen etwas ausführlicheren Bericht:

»Hochschwangere Frau in ihrem Haus überfallen!
Am Freitagnachmittag wurde eine 34 –jährige hochschwangere Frau in ihrem Haus in Essen –Bredeney mit schwersten Kopfverletzungen aufgefunden. Der vermeintliche Täter, ein 27 –jähriger Mann aus Essen, wurde vom eintreffenden Ehemann bei der schrecklichen Tat überrascht und erschossen. Der Ehemann (36) verständigte die Polizei, er stand unter Schock. Seine schwerverletzte Frau war im 7. Monat schwan-

ger und wurde ins Krupp –Krankenhaus gebracht. Die Ärzte haben sofort eine Notoperation eingeleitet. Das Kind konnte gerettet werden. Die Frau schwebt weiterhin in Lebensgefahr. Der Tat soll ein Streit zwischen dem Ehepaar und dem Täter vorausgegangen sein. Die Ermittlungen der Polizei dauern an.«

Das war immerhin etwas. Der Fall schien sich doch in eine andere Richtung zu entwickeln, als ich befürchtet hatte. Ich überlegte kurz, ob ich am Sonntag den Kollegen Zimmer anrufen und fragen sollte, ob sich Kriminalhauptkommissar Breitner bei ihm gemeldet hatte und um ganz nebenbei noch etwas mehr Informationen zu bekommen. Aber ich ließ es und verbrachte den Sonntag mit meiner Schwester Sophie im Pferdestall von Schloss Beck.

Jetzt sitze ich im ICE 543 und bin auf dem Weg von Essen nach Hannover. In Hannover habe ich einen Prozess wegen erpresserischen Menschenraubs. Meinem Mandanten wird vorgeworfen, gemeinsam mit drei weiteren Mittätern einen jungen Mann in Belgien gegen seinen Willen zwei Wochen festgehalten zu haben, um von dessen Familie zwei Millionen Euro zu erpressen. Das Opfer wurde durch ein Sondereinsatzkommando aus belgischen und deutschen Polizeibeamten in einer belgischen Wohnung befreit. Mein Mandant behauptet, das Ganze sei ein abgekartetes Spiel gewesen und der junge Mann sei freiwillig gegen Inaussichtstellung der Hälfte des erbeuteten Lösegeldes mitgekommen. Interessanterweise wurde das vermeintliche Entführungsopfer ungefesselt in der belgischen Wohnung vorgefunden und versehentlich mit einem der Angeklagten festgenommen. Erst nach langen Diskussionen und

Rücksprache mit der erpressten Familie glaubte die Ermittlungsbehörde dem jungen Mann, dass er das gesuchte Opfer sei.

Bisher läuft der Prozess eher bescheiden an. Das angebliche Entführungsopfer hat sich – nicht ganz unerwartet – tatsächlich als eben solches zu erkennen gegeben und bestritten, bei der Sache freiwillig mitgemacht zu haben, und daher natürlich gegen meinen Mandanten und die übrigen Mitangeklagten ausgesagt. Die Verteidiger der anderen Angeklagten kommen aus Hamburg, Hannover und Berlin, dazu der Kollege Spitz aus dem Ruhrgebiet. Ich fahre zweite Klasse, die mein Kollege Thorsten Stücker gern als Holzklasse bezeichnet, während Spitz von der berühmten Kanzlei Bari aus Marl selbstverständlich erster Klasse anreist.

Auf dem Weg in sein VIP –Abteil muss der Kollege dem Schaffner ausweichen und beugt sich just in meiner Höhe mit dem Oberkörper über meinen Sitz. Ich habe mich samt Arbeitstasche und aktengefülltem Rucksack neben einen schwergewichtigen, älteren, sehr freundlichen Herrn gequetscht und bin nicht scharf darauf, in dieser etwas entwürdigenden Situation – als vermeintliche Staranwältin im Viehwaggon – von dem Kollegen erkannt und gegrüßt zu werden. Daher verhalte ich mich unauffällig und vertiefe mich in meine Akte, die ich umständlich auf meiner Tasche plaziert habe, bis Kollege Spitz eiligen Schrittes weitergegangen ist.

Der Prozess ist anstrengend. Wir hören einen Entlastungszeugen, der detailreich ein Gespräch mit dem angeblich Entführten wiedergibt, bei dem dieser erklärt haben soll, er rechne mit der Hälfte der erpressten Beute. Das Gericht ist mit zwei Berufsrichtern und zwei Schöffen besetzt. Sie sind von dieser Aussage erkennbar nicht begeistert. Der Prozess scheint aus ihrer Sicht doch nicht so glatt in Richtung Verurteilung wegen erpresserischen Menschenraubs zu verlaufen. Der Schöffe mit den schwarzen Haaren und der auffälligen Brille beugt sich aufgeregt nach vorn. Ich denke, Herr Koller, nicht schon wieder.

Schöffe Koller war bereits einmal nach einer vorschnellen Äußerung, die seine manifestierten Sympathien für das angebliche Opfer offenbarte, wegen Befangenheit abgelehnt worden. Ich hatte das angebliche Opfer gefragt, warum es sich in psychologische Betreuung begeben hatte. Der Schöffe war mir ins Wort gefallen und hatte erklärt, dass sich die Notwendigkeit psychologischer Betreuung doch offensichtlich aus dem schreckliche Tatgeschehen ergebe. Ich hatte wegen der Eindeutigkeit seiner Äußerung kurz auflachen müssen und eine sofortige Unterbrechung erbeten, um einen unaufschiebbaren Antrag zu stellen, wie es im Juristendeutsch so schön heißt. Damit ist nichts anderes als die Stellung eines Befangenheitsantrages gegen den Schöffen gemeint. Seine Äußerung ließ erkennen, dass er offensichtlich von dem schrecklichen Tatgeschehen einer Entführung ausging. Und das, obwohl wir gerade am Anfang des Prozesses standen und die Verteidigung gerade nachweisen wollte, dass es keine Entführung gab. Auch ein Laienrichter kann ebenso wie ein Berufsrichter wegen einer erkennbaren Voreingenommenheit abgelehnt werden. Mein Antrag wurde erwartungsgemäß durch die übrigen Richter der Strafkammer abgelehnt. Kein Richter bescheinigt dem Kollegen Voreingenommenheit. Der Befangenheitsantrag gab uns jedoch einen kleinen Hoffnungsschimmer für eine – angesichts der befangenen Äußerung sicher notwendigen – Revision in dieser Strafsache.

Auch jetzt merkt man dem Schöffen an, dass er dem Zeugen, der den angeblich Entführten als zweifelhaften Charakter schildert, am liebsten an den Kragen oder ihm doch zumindest einmal ordentlich über den Mund fahren würde.

Kollege Bertram flüstert mir leise zu: »Wenn du Gas gibst, kannst du den Schöffen heute wieder aus der Bahn werfen.«

Ein leises Lachen entfährt mir, und ich schaue verkrampft auf meine Mitschriften. Warmes Wetter, stickige Luft. Ein provokantes Wort, und der Schöffe wird erneut die Nerven verlieren.

Auf der Rückfahrt im Holzabteil habe ich gerade die Akten zur Seite gelegt und beginne, mich nach dem anstrengenden Arbeitstag zu entspannen. Ich ziehe in Betracht, mir ein Entspannungsbier vom Bistro zu leisten, obwohl wir erst Montag und damit den Beginn einer sehr langen Arbeitswoche haben. Da dröhnt mein Handy laut durchs Abteil, und meine Mitreisenden drehen sich genervt zu mir um. Bitte, wer im Viehwaggon fährt, darf keine Ansprüche stellen. Ich ärgere mich natürlich insgeheim über meine Nachlässigkeit, das Handy bei Fahrtantritt nicht ausgestellt zu haben. Auf dem Display sehe ich Thorstens Büronummer.

»Bäcker«, hauchte ich ins Handy.

»Bist du schon im Zug auf dem Weg nach Essen?«, fragte er geistesgegenwärtig.

»Ja, was gibt's?«

»Die Schwester von Sonja Heitkamp, Susanne Piel, hat für morgen einen Besprechungstermin bei dir vereinbart. Sonja Heitkamp ist am Sonntag gestorben.«

17.

Der Termin mit Susanne Piel ist bereits für 14 Uhr angesetzt, und so stehe ich wieder einmal unter Zeitdruck, weil ich einen Gerichtstermin vor dem Schöffengericht in Gelsenkirchen hatte. Das Borkener Landei vor mir fährt einen Mercedes und blockiert die linke Spur mit einer Höchstgeschwindigkeit von 68 Stundenkilometern, obwohl 70 erlaubt sind.

Nach unzähligen Hinweisen auf meine Absicht, ihn zu überholen, bin ich fast schon gewillt, ihn rechts zu überholen, da blinkt er, um endlich abzubiegen.

Ein Versprechen! Okay. Ich zügele meine überschießende Energie und die Geschwindigkeit und treffe pünktlich in der Kanzlei ein.

Susanne Piel sitzt ungeduldig im Besucherzimmer. Als sie mich sieht, steht sie von ihrem Besucherstuhl auf. Sie macht einen verstörten, fahrigen Eindruck. Ihre Augen sind vom Weinen gerötet, ihre dunklen feinen Haare, die sie mit einem unpassenden pinken Gummiband im Nacken zusammengebunden hat, wirken verschwitzt. Einzelne Strähnen haben sich gelöst, sie streicht die aufständischen Haarfransen genervt hinter die Ohren. Ihre nachlässige Kleidung erscheint zusammengewürfelt und muffig. Unter ihrer modernen braunledernen Bikerjacke schaut ein viel zu langer, abgewetzter, grüner Fleecepullover hervor. Verzweiflung hat kein schönes Antlitz. Susanne Piel kann es kaum abwarten, allein mit mir in meinem Büro zu sitzen.

»Der Mann, den mein Schwager erschossen hat, ist der Taxifahrer, gegen den Sie im Namen meiner Schwester Strafanzeige erstattet haben.«

Mein Mund bleibt offen stehen.

»Er wollte sich unbedingt mit meiner Schwester und meinem Schwager treffen und alles besprechen und sich entschuldigen. Anscheinend war das aber nur ein Vorwand, und er hat mit einem Hammer auf meine Schwester eingeschlagen. Der Typ war ein Psycho. Mein Schwager ist dazugekommen und hat ihn erschossen. Da war's aber schon zu spät.«

Susanne Piel macht eine kurze Pause und holt tief Luft. Es fällt ihr schwer, ihre Tränen zu unterdrücken.

»Trotzdem ist mein Schwager an allem schuld. Er bestand darauf, unbedingt Strafanzeige gegen den Psycho zu stellen. Meine Schwester wollte das ganze Theater nicht. Sie hat mir erzählt, dass sie meinen Schwager mehrmals gebeten hat, die Sache endlich auf sich beruhen zu lassen. Aber er hat nicht gehört. Er hat die ganze Scheiße so hoch gekocht. Weil sein Kind gefährdet worden sei. Und jetzt? Jetzt interessiert ihn sein Kind nicht die Bohne. Er ist bei seinen Eltern in Hamburg und hat nicht mal nach dem Kleinen gefragt.«

Susanne Piel verliert endgültig die Fassung und fängt an, hemmungslos zu weinen. Ich krame aus einer Schublade ein Taschentuch und reiche es ihr. Da sie nicht aufhört zu weinen, gehe um den Schreibtisch herum und streiche beruhigend über ihre Schultern.

»Das ist wirklich alles einfach nur entsetzlich. Lassen Sie sich Zeit.«

Auch ich muss mich erst mal von dem Schock der delikaten Einzelheiten erholen.

Susanne Piel braucht eine Weile, bis sie plötzlich aufschaut und Wut in ihren rehbraunen Augen aufblitzt.

»Bitte setzen Sie sich mit der Polizei in Verbindung. Der Arzt hat uns erklärt, dass bereits Minuten ausgereicht hätten, um meine Schwester noch zu retten. Durch die Schläge hatte sie Blutungen im Gehirn. Wäre sie eher ins Krankenhaus gekommen, hätte sie überleben können. Und einer der Polizeibeamten hat uns erzählt, dass ihr bekloppter Ehemann es noch nicht einmal geschafft hat, bei seinem ersten Notruf die Adresse durchzugeben. Das hat er erst beim zweiten Notruf hingekriegt, und zwar zehn Minuten später. Das war die Zeit, die meiner Schwester gefehlt hat. Deshalb hasse ich Holger.«

»Ich kann Ihre Wut sehr gut verstehen. Trotzdem müssen Sie sich erst mal beruhigen und einen klaren Kopf bekommen. Wut ist ein schlechter Ratgeber. Nach dem Beratungsgespräch mit Ihrer Schwester und Ihrem Schwager war mir schon klar, dass Ihr Schwager über die Gefahr, nach der Auseinandersetzung mit dem Taxifahrer sein Kind zu verlieren, zutiefst geschockt war und unbedingt gegen ihn Konsequenzen erzwingen wollte. Ich hatte aber den Eindruck, dass auch Ihre Schwester ein Vorgehen gegen den Taxifahrer für erforderlich hielt, um in Zukunft andere Personen vor seinem Ausrasten zu schützen.«

»Das stimmte anfangs auch. Trotzdem war es ausschließlich Holgers Idee, Strafanzeige gegen Kulisch zu erstatten. Er wollte Rache, war in einem richtigen Rausch. Und nachdem Sie die Taxifirma angeschrieben und Strafanzeige gegen ihn erstattet hatten, war die Luft bei meiner Schwester endgültig raus. Das war ihr schon zu viel. Holger hat sie dann aber immer wieder bedrängt, dass sie bei Ihnen anrufen soll, und er hat auch in meinem Beisein mehrfach geäußert, dass der Taxifahrer dafür bluten soll. Meine Schwester hat jedes Mal gesagt ‚nun lass doch endlich gut sein, Schatz'. Nachdem der Taxifahrer sogar seinen Job verloren hatte, wollte sie, dass mein Schwager die Strafanzeige zurückzieht. Aber der war davon richtig besessen. Er wollte den Mann zerstören.«

»Umso unverständlicher ist es, dass er nicht sofort alles nur Mögliche unternommen hat, um Ihre Schwester und erst recht das ungeborene Kind zu retten«, überlege ich laut.

Wie kann es sein, dass jemand mit allen Mitteln versucht, das Leben eines anderen zu vernichten, weil der das Leben seines Kindes gefährdet hat, und dann selbst absolut fahrlässig dieses Leben in Gefahr bringt? Es muss ihm doch klar gewesen sein, dass es für das Überleben seiner Frau und seines Kindes auf jede Sekunde ankommt. Natürlich spielt der situationsbedingte Schock eine große Rolle. Das kann aber nicht so weit gehen, dass sein Verhalten keine juristische Rolle mehr spielt. Immerhin hatte er die zugespitzte Situation selbst provoziert. Susanne Piel schaut mich fast befriedet an, als habe sie meine Gedanken lesen können. Ihre Tränen sind versiegt. Sie sucht eine Verbündete. Davon darf ich mich aber in meiner juristischen Vorgehensweise nicht beeinflussen lassen.

»Ich werde ein Gespräch mit dem Staatsanwalt und der Polizei führen, um genau zu erfahren, was sich nach den Ermittlungsakten ereignet hat. So lange kümmern Sie sich um den kleinen Sohn Ihrer Schwester und Ihre Eltern. Sobald ich mehr weiß, ruf ich Sie an. Ich möchte, dass Sie sich erst einmal beruhigen und mich meine Arbeit machen lassen. Ihr Schwager hat immerhin den Mörder Ihrer Schwester erschossen. Ich gehe mal davon aus, dass Sie diese Tatsache nicht gerade unglücklich macht. Die Staatsanwaltschaft wird deshalb ohnehin gegen ihn ermitteln. Vergessen Sie bitte nicht, dass er den Taxifahrer bei seiner Tat überraschte und vielleicht einfach mit der Situation völlig überfordert war. Da kommt es auf jede Einzelheit an, die von der Polizei ermittelt wird. Wenn es stimmt und beweisbar ist, dass er grundlos noch mal zehn Minuten gewartet hat, bis er dann endlich die Rettungsmaßnahmen eingeleitet hat, dann könnte er tatsächlich in gewisser Weise mitverantwortlich für den Tod Ihrer Schwester sein. Immerhin hätte es ja völlig ausgereicht, seine Adresse beim Notruf anzugeben.«

Eine gewisse Erleichterung macht sich bei Susanne Piel breit. Sie kramt aus ihrer großen braunen Umhängetasche eine Schachtel Gauloises légères heraus.

»Darf ich hier rauchen?«, fragt sie höflich, und ich muss unwillkürlich an ihre Schwester denken, die noch vor ein paar Wochen auf genau diesem Platz vor mir saß und sich ebenfalls eine Zigarette anzündete. Wieder sehe ich die Ähnlichkeit der beiden Frauen, und doch könnten die Bilder nicht unterschiedlicher sein.

»Sie dürfen«, entgegne ich mit einem milden Lächeln und nehme die Zigarette, die Susanne Piel mir anbietet. Sie gibt mir mit einem neongrünen Zippo Feuer, und ich genieße den leichten Nikotinrausch, den kurzen Schwindel, der sich beim ersten Zug an der Zigarette ausbreitet. Ich bin keine Raucherin im eigentlichen Sinn, aber es gibt Situationen, in denen eine Zigarette einfach guttut. Es ist Zeit, Susanne Piel über juristische Einzelheiten zu informieren.

»Sie müssen wissen, dass Opfer oder Angehörige von Opfern das Recht haben, sich bei bestimmten Straftaten wie beispielsweise Körperverletzung oder Tötungsdelikten dem Strafverfahren gegen den Täter anzuschließen. Sie können dann auch förmlich im Prozess agieren und Anträge stellen oder auch Rechtsmittel einlegen. Als Schwester von Sonja Heitkamp hätten Sie grundsätzlich das Recht dazu. Wir können uns in Ihrem Namen einem etwaigen Strafverfahren gegen Ihren Schwager aber nur anschließen, wenn auch die Staatsanwaltschaft am Ende ihrer Ermittlungen zu dem Ergebnis gelangt, dass er Mitschuld an dem Tod Ihrer Schwester hat.«

Susanne Piel schaut mich an und nickt brav.

»Ab jetzt kümmern Sie sich bitte nur noch um die persönlichen Dinge und lassen mich meine Arbeit tun.«

Sie unterschreibt eine Prozessvollmacht für eine Nebenklage, wie die Opfervertretung juristisch benannt ist. Wenn sich herausstellen sollte, dass Holger Heitkamp grundlos damit gewartet hat, über den Notruf Hilfe zu bekommen, dann wird das Ziel der Nebenklage, darüber sind wir uns einig, eine Anklage gegen ihn wegen unterlassener Hilfeleistung oder sogar fahrlässiger Tötung von Sonja Heitkamp sein.

Ich telefoniere mit dem Polizeipräsidium Essen und lasse mir das staatsanwaltliche Aktenzeichen des Ermittlungsverfahrens gegen Holger Heitkamp wegen der Tötung des Taxifahrers geben. Mit einem offiziellen Schreiben bestelle ich mich bei der Staatsanwaltschaft Essen und beantrage zunächst Akteneinsicht, um eine Zulassung der Nebenklage in einem etwaigen Strafverfahren zu überprüfen.

Zugleich stellte ich Strafantrag aus allen strafrechtlich relevanten Gesichtspunkten.

18.

Ich sitze bei meinem Lieblingsstaatsanwalt Dr. Benno Berg und warte auf ihn und Kriminalhauptkommissar Breitner. Die nette Frau Sievers von der Geschäftsstelle kennt mich schon. Sie weiß, dass Berg und ich befreundet sind. So hat sie mich in Übereinstimmung mit seinen früheren Anweisungen bereits in sein kleines Büro gebeten. Die Staatsanwaltschaft Essen befindet sich in einem alten Backsteingebäude und platzt förmlich aus allen Nähten. Zum Glück ist der Bau eines nagelneuen, schicken Gebäudes in vollem Gang und soll bald abgeschlossen werden.

Bergs Büro ist Hochparterre, mit exklusiver Sicht auf die Zweigertstraße, die an den Werktagen vor allem von den zahlreichen Besuchern des Amts – und Landgerichts Essen belebt wird.

Beide Gerichte sind in einem Gebäude nur einen Katzensprung von hier untergebracht. Auf der gegenüberliegenden Straßenseite befinden sich zahlreiche Anwaltskanzleien, die mit eindrucksvollen Namensschildern ihre Existenz deklarieren und auf sich aufmerksam machen. Die Straße wird in der Mitte durch Straßenbahnschienen geteilt, davor liegen überall Parkplätze, aufgelockert durch wunderschöne große Kirschbäume. Eine Augenweide. Jetzt im Mai stehen sie in voller Blüte. Auf dem Bürgersteig direkt vor dem Fenster laufen zwei mir bekannte Rechtsanwälte vorbei. Sie diskutieren laut schwatzend und tragen ihre Roben, als Anwälte unverkennbar, über dem Arm.

In Bergs eher spartanisch eingerichtetem Büro hängen einige Bilder von ihm und seinen beiden Kindern an der Wand über dem Schreibtisch. Zwei Mädchen. Zwillinge, wie ich weiß. Zu dritt unterwegs mit dem Fahrrad. Berg im schwarzen Fahrradtrikot mit aerodynamischem Helm. Auf einem Foto lachen alle drei. Die Mädchen sind vielleicht 14 oder 15 Jahre alt. Typische Teenager. Eins sitzt quer auf dem Schoß von Berg und droht, nach hinten wegzukippen, was Berg mit seinem Arm verhindert.

Auf dem Schreibtisch steht in Reichweite eine hässliche Glasschüssel, in der bis zum Rand Gummibärchen aufgetürmt sind; nur zu gern würde ich zugreifen. Die Herren lassen auf sich warten, und ich habe Hunger. Außerdem liebe ich Weingummi. Am liebsten Gummibärchen, wobei mir die Roten am besten schmecken. Früher hab ich erst immer alle anderen gegessen, zunächst die Gelben, dann die Orangefarbenen, die Grünen, die Weißen und zum Schluss, sozusagen als Höhepunkt die Roten. Das hat sich inzwischen grundlegend geändert. Jetzt esse ich die Roten zuerst. Das liegt daran, dass wohl auch andere dieselbe Vorliebe für die Roten haben und sich dann immer wieder über die große Anzahl von roten Gummibärchen in meiner Tüte gefreut haben. Das hat meine Einstellung zur Reihenfolge meines Genusses grundlegend geändert.

Endlich geht die Tür auf, und Berg, ungewohnt unhöflich, betritt schwatzend vor Kriminalhauptkommissar Breitner das kleine Büro.

»Du bist schon da. So viel Pünktlichkeit bin ich gar nicht von dir gewohnt«, schmunzelt Berg und schaut auf seine Armbanduhr. Stimmt. Wir waren für 14 Uhr verabredet, und es sind immer noch ein paar Minuten bis dahin.

»Danke für die freundliche Begrüßung. Wird nicht wieder vorkommen.«

Kriminalhauptkommissar Breitner schaut mich neugierig an. Was für ein Typ! Groß, kurze dunkelblonde Haare, markante Gesichtszüge, wettergegerbte Haut. Seine aufmerksamen grauen Augen mustern mich durchdringend. Das macht mich nervös.

»Wir haben uns bereits am Telefon kennengelernt. Breitner«, stellt er sich vor und streckt mir die Hand entgegen.

»Angenehm, Bäcker.«

Ich versuche, den festen Händedruck zu erwidern.

»Wie geht es dir? Du siehst phantastisch aus.«

Berg versucht, freundlich zu sein, und ich merke, wie mir die Röte ins Gesicht schießt. Ich bereue, dass ich vor dem Treffen nicht wenigstens noch meine Nase gepudert habe. Bestimmt glänzt sie wie eine Speckschwarte. Toll. Und jetzt starren mir beide ins Gesicht.

»Danke, du Charmeur«, antworte ich kurz.

»Ich hab leider gleich noch einen Besprechungstermin in der Kanzlei und wollte die Ermittlungsbehörden kurz vom Stand meiner Erkenntnisse in Sachen Heitkamp unterrichten«, erkläre ich scheinheilig.

Ich habe die volle Aufmerksamkeit der Herren.

»Anfang des Jahres war Sonja Heitkamp bei mir zu einem Beratungsgespräch. Ich hab natürlich rechtlich alles abgecheckt und bin durch ihre Eltern von meiner Schweigepflicht entbunden worden. Sie hatte wohl in Erwägung gezogen, sich von Holger Heitkamp zu trennen, und wollte sich ganz allgemein nach Unterhaltsansprüchen für sie und für das damals noch ungeborene Kind erkundigen. Da meine anwaltliche Tätigkeit ausschließlich auf Strafrecht ausgerichtet ist, habe ich sie innerhalb der Kanzlei an meinen Kollegen Stücker verwiesen. Bereits ein paar Tage später kam sie dann gemeinsam mit ihrem Ehemann Holger Heitkamp wieder in unsere Kanzlei und beauftragte mich, Strafanzeige gegen diesen Christian Kulisch zu erstatten.«

Ich mache eine kurze Pause und taxiere die Reaktionen von Berg und Breitner. Nichts. Beide schauen mich entspannt an, als wären ihnen diese unerquicklichen Tatsachen bereits bekannt.

»Ihr werdet das wahrscheinlich bereits ermittelt haben. Christian Kulisch war als Taxifahrer tätig und hatte die Eheleute Mitte Januar während einer nächtlichen Taxifahrt sehr rüde behandelt, weil Sonja Heitkamp wohl im Taxi geraucht hat. Er hatte völlig überraschend eine Vollbremsung hingelegt und die schwangere Sonja Heitkamp samt Ehemann vor die Tür gesetzt. Frau Heitkamp hatte noch Tage später leichte Blutungen. Ich fand die Reaktion auf das Rauchen ziemlich durchgeknallt und die Folgen bei Sonja Heitkamp dann doch so erheblich, dass ich letztlich Strafanzeige erstattet habe. Ich konnte natürlich nicht ahnen, dass der Taxifahrer so extrem reagieren würde.«

»Du musst dir keine Vorwürfe machen. Mit so einer Reaktion von Kulisch konnte nun wirklich niemand rechnen.«

Bergs dunkle Augen ruhen nachsichtig auf mir. Seine Einschätzung erleichtert mich.

»Danke. Ich fühle mich bei der ganzen Sache irgendwie mitschuldig. Ich frage mich heute, ob ich die Heitkamps von einer Strafanzeige hätte abhalten sollen. Auf der anderen Seite kann ich ja nicht jedes Mal aus Angst vor völlig überzogenen Reaktionen zukünftig keine Strafanzeigen mehr erstatten.«

»Wem sagst du das. Ich mache nichts anderes, als strafbares Verhalten zu ahnden und bei Gericht anzuklagen. Von solchen extremen Reaktionen der betroffenen Täter können und dürfen wir uns nicht abschrecken lassen. Und damit war hier auch nicht zu rechnen. Wer kann denn ahnen, dass Kulisch so ausrastet und Sonja Heitkamp erschlägt.«

Breitner sitzt regungslos da und sagt nichts. Vielleicht sieht er das anders. Vielleicht findet er meine Strafanzeige übertrieben. Er hat schließlich nur mit Kapitalstraftaten zu tun. Dagegen ist das unüberlegte Verhalten von Kulisch bei der Taxifahrt natürlich eine Bagatelle.

»Sonja Heitkamps Schwester ist meine Mandantin. Sie wird sich dem Strafverfahren als Nebenklägerin anschließen. Natürlich nur, so weit das möglich ist, wenn Holger Heitkamp auch aus Sicht der Staatsanwaltschaft eine Mitverantwortung am Tod seiner Frau trägt. Insoweit hat mir meine Mandantin erzählt, dass ein früheres Eintreffen von Sonja Heitkamp im Krankenhaus mit hoher Wahrscheinlichkeit zumindest die Rettung ihres Lebens bedeutet hätte. Das hat wohl der behandelnde Arzt Prof. Schmied der Familie von Sonja Heitkamp erklärt.«

Breitner mischt sich etwas genervt ein.

»Das sind natürlich unkluge Äußerungen des Arztes gegenüber der Familie. Und das zu einem sehr unpassenden Zeitpunkt. Damit heizt man nur Auseinandersetzungen an.«

Berg nickt zustimmend.

»Meine Mandantin hat zudem erfahren, dass Holger Heitkamp wohl nicht sofort, also nicht bei seinem ersten Notruf die Adresse vom Tatort durchgegeben hat, sondern erst zehn Minuten später bei einem weiteren Notruf«, setze ich noch eins obendrauf und verschweige, dass sie diese prekäre Tatsache durch einen Kollegen von Breitner erfahren hat.

»Von wem hat sie das denn gehört?«, kommt es prompt von Breitner.

»Das ist nun wirklich nicht von Bedeutung. Ich möchte aber wissen, ob es der Wahrheit entspricht.«

Es entsteht eine kurze Pause, während derer sich Berg und Breitner vielsagend anschauen.

»Ich werde das ohnehin nach Akteneinsicht erfahren«, insistiere ich.

Berg nickt wieder.

»Das ist richtig. Auch die Obduktion hat diese Einschätzung von Prof. Schmied bestätigt.«

»Dann kommt doch wohl bei Holger Heitkamp eine fahrlässige Tötung in Betracht«, erkläre ich schnell.

»Ich meine, man muss sich doch fragen dürfen, warum er alle Sinne beieinander hat und den Notruf wählt, dann aber nicht die eigene Adresse durchgeben kann«, ergänze ich.

Breitner muss schmunzeln.

»Das sind Überlegungen, die wir auch anstellen. Aber man muss sich andererseits schon wundern, wieso die Familie von Sonja Heitkamp in ihrem Mann keinen Helden sieht. Immerhin hat er den Mord gerächt und den Mörder erschossen.«

Seine Worte klingen wie eine Frage.

»Ja, das sollte tatsächlich zu denken geben«, antworte ich bedacht.

»Die Familie von Sonja Heitkamp setzt eben die Rache nicht über alles, schon gar nicht über das Leben der Schwester oder

Tochter. Und sein Verhalten nach der Entlassung aus dem Polizeigewahrsam hat auch nicht gerade zur Beruhigung der aufgebrachten Gemüter beigetragen. Holger Heitkamp hat sich weder bei den Ärzten noch bei der Familie nach seinem Sohn erkundigt. Und das, obwohl der Junge als Frühgeburt bis jetzt um sein Leben kämpfen musste. Er hat sich direkt in den Schoß seiner Eltern nach Hamburg geflüchtet.«

Langsam gerate ich in Rage.

»Der Typ verursacht bei mir Übelkeit”, füge ich unpassend hinzu.

Breitner lächelt mir überraschenderweise zu.

»Wenn das nicht ein schlagendes Argument ist.«

Dann richtet er sich an Berg.

»Du solltest sofort einen Haftbefehl beantragen. Wir können nicht zulassen, dass Frau Bäcker weiterhin unter Übelkeit leiden muss.«

Ich merke, wie ich erneut rot werde. Gerade war ich noch die schlagfertige Anwältin mit intelligenten, tiefsinnigen und gesalzenen Kommentaren, ohne den Boden der fairen Auseinandersetzung zu verlassen. Das ist Vergangenheit.

»Sehr witzig«, höre ich mich sagen, während mir die Hitze des Blutes ganz langsam von unten nach oben ins Gesicht steigt.

Breitner schaut mich immer noch belustigt an.

»Nein, im Ernst«, kommt mir Berg zu Hilfe.

»Heitkamp macht wirklich durch sein unsensibles Verhalten einen unsympathischen Eindruck, und man muss sich natürlich fragen, warum er direkt nach der Tat so lange geschwiegen hat. Er stand ja offensichtlich nicht unter Schock.

Was sollte das? Auf der anderen Seite war der Tod seiner Frau ein harter Schicksalsschlag. Sein Anwalt hat mir mitgeteilt, dass er in Hamburg bei seinen Eltern ist und dort psychologisch betreut wird. Er bekommt Medikamente und ist zurzeit ausweislich des Attestes seines behandelnden Arztes nicht vernehmungsfähig.«

»Der Arme«, entfährt es mir erneut.

»Hat er sich um sein Kind gekümmert?«

»Das stimmt. Es ist schon ungewöhnlich, wenn auch nicht unerklärbar, dass er sich nicht sofort nach dem Kind erkundigt hat. Das macht ihn nicht gerade sympathischer, spielt aber für unser Ermittlungsverfahren keine Rolle«, wendet Breitner ein.

Ich muss jetzt aufpassen, dass ich es mir nicht mit Polizei und Staatsanwaltschaft verderbe, weil ich zu parteiisch und emotional wirke. Solche Einschätzungen wie »Sie hat sich da in etwas verbissen« oder »Ihr fehlt ein bisschen der Abstand zu ihrer Mandantin« kann ich jetzt gar nicht gebrauchen. Das erzeugt ungewollte Opposition.

»Es ist zumindest ungewöhnlich«, versuche ich, so ruhig wie möglich zu bestätigen, und gebrauche dabei bewusst dieselben Worte wie Breitner, damit er mir jedenfalls zustimmen muss.

»Wenn er nicht plausibel erklären kann, warum er fast zehn Minuten gewartet hat, bevor er das zweite Mal den Notruf wählte, dann hat er eine Mitschuld an dem Tod Ihrer Mandantin.«

Na also Breitner, geht doch.

»Das ist richtig«, bestätigt Berg.

»Sollte dazu keine Einlassung kommen oder seine Einlassung das Verhalten nicht rechtfertigen, kommt eine Anklage wegen fahrlässiger Tötung in Betracht. Insofern sprechen das vorläufige Gutachten von Gruber und die Einschätzung von Prof. Schmied einfach eine zu deutliche Sprache. Mit hoher Wahrscheinlichkeit könnte sie noch leben, wenn Heitkamp beim ersten Notruf die Adresse durchgegeben hätte. So ist wertvolle Zeit sinnlos verstrichen. Für die Familie ist das schon ziemlich bitter.«

Damit bin ich zufrieden. Egal, wie schlecht es ihm geht. Ich habe kein Mitleid mit Holger Heitkamp. Ein Vater, der nach Hamburg fährt und sein Kind hier in Essen in einer kalten Welt allein zurücklässt, verdient kein Mitleid. Ein Stein fällt mir vom Herzen, und meine Verspannung löst sich. Ich greife nach den Gummibärchen und nehme mir ungefragt eine Handvoll davon, mit einer guten Ausbeute an Roten.

Wieder lächelte Breitner mich an.

»Ich bin mit dem Staatsanwalt befreundet«, erklärte ich nun auch mit einem Lächeln und schaute Berg dabei an. Schon damals fand ich Thomas Breitners Lächeln unwiderstehlich.

19.

Breitner dachte an Anna Bäcker, als er zurück ins Polizeipräsidium ging, und machte sich sofort an die Arbeit. Die Fotos von Karl, dem Kriminaltechniker, waren eingetroffen, und er ging Bild für Bild zusammen mit Klose aufmerksam durch. Beide saßen an dem kleinen Besuchertisch und hatten die Köpfe zusammengesteckt. Die Fotos waren von extrem guter Qualität. Jedes Haar war erkennbar.

Auf den ersten Bildern war Christian Kulisch in Körpergröße zu sehen, wie er auf dem glänzenden Marmorboden zwischen Küche und Wohnzimmer der Heitkamps lag. Breitner blätterte die Fotos durch. Mit zunehmender Anzahl richtete sich der Fokus stärker auf den Kopf von Christian Kulisch. Das fürchterlich entstellte Gesicht kam langsam näher. Blutspritzer um den Kopf von Kulisch und ein kleiner Blutsee direkt neben seinem Oberkörper in Höhe der Schussverletzung waren sichtbar. Die Blutspritzer um seinen Kopf konzentrierten sich auffällig auf der linken Kopfseite, Richtung Wohnzimmertisch. Ein unbestimmter Verdacht keimte langsam in Breitner auf.

»Wir müssen ein Blutspurengutachten einholen«, erklärte er, ohne dabei den Blick von den Fotos zu nehmen. Klose war ebenfalls konzentriert bei der Sache.

»Ich hole die Fotos von der Obduktion von Kulisch.«

Klose ging zum Schreibtisch, auf dem neben der Ermittlungsakte ein großer beiger DIN –A4 –Umschlag lag, mit dem Stempel des pathologischen Instituts Essen als Absender. Klose entnahm daraus weitere Fotos und sah sie durch. Aus den Obduktionsbildern suchte er die Fotos mit den Einschusswunden und hielt sie neben die Fotos des Kriminaltechnikers. Gut sichtbar auf den Fotos der Obduktion waren Stäbe, die aus den Wunden zur Verlängerung des Schusskanals herausragten. Breitner nahm Klose die Obduktionsfotos aus der Hand.

»Siehst du, was ich sehe?«, fragte er ungläubig. Klose nickte.

»Der Schweinehund!«

Es lag klar auf der Hand. Der letzte und tödliche Kopfschuss hatte Kulisch liegend getroffen. Er musste versucht haben, sich zur Seite zu drehen, und hatte dabei Kopf und Oberkörper nach links bewegt. Daher stammte der Blutsee direkt neben dem Oberkörper. Das Blut aus der stark blutenden Brustverletzung war in der seitlichen Lage auf den Boden geflossen. Er musste dabei den Kopf angehoben haben. Der letzte Schuss war von hinten erfolgt und hatte ihn am Hinterkopf getroffen. Die Blutspritzer waren mit hoher Energie nach links geschleudert worden; sie konzentrierten sich unmittelbar neben dem Kopf und reichten vereinzelt bis zum drei Meter entfernten Wohnzimmertisch.

Nach Breitners Einschätzung hatte Holger Heitkamp den am Boden liegenden, schwer verletzten Kulisch zu einem Zeitpunkt erschossen, als dieser bereits von den ersten Schüssen getroffen nicht mehr in der Lage war, sich zu wehren. Das war eindeutig Mord oder zumindest Totschlag.

Breitner ließ keine Zeit verstreichen. Nachdem er seine These ein zweites Mal gewissenhaft überprüft hatte, rief er Berg an und unterrichtete ihn von seinen neu gewonnenen Erkenntnissen. Berg unterbrach daraufhin seine Arbeit und kam sofort ins Präsidium. Beide schauten sich die entscheidenden Fotos gemeinsam an. Auch Klose, Koch und Hoffmann waren in Breitners Büro gekommen. Koch und Hoffmann waren bereits von dem Fall abgezogen worden und befassten sich nur noch am Rande mit den Ermittlungen. Eine Sonderkommission hatte man gar nicht erst eingerichtet. Täter und Opfer waren ermittelt. Es ging jetzt lediglich darum, die umfangreich gesicherten Beweise und Indizien auszuwerten.

»Du hast recht!«

Berg hielt die Großaufnahme von einem Teil des Kopfes dicht unter die Schreibtischlampe. Der Kopf war nach dem Schuss in den Hinterkopf zurück auf den Boden gefallen. Die Kugel war im Bereich von Nase und Mund wieder ausgetreten. Auf den ersten Blick konnte man in der Umgebung des Kopfes keine Gehirnteilchen entdecken, was aber nicht hieß, dass dort tatsächlich keine waren. Dies ließ sich erst bei der genauen pathologischen Analyse bestimmen. Es befand sich auch keine größere Blutlache neben dem Kopf. Aber links neben dem Kopf waren eindeutig dicht gestreute Blutstropfen zu erkennen, wie sie typisch für Blut sind, das bei einem Schuss herausgeschleudert wird.

Breitner legte die Fotos auf den Tisch und schaute Berg an.

»Ich weiß zwar nicht, ob wir es noch schaffen, deine Freundin, die Frau Bäcker, glücklich zu machen, indem wir Heitkamp auch wegen fahrlässiger Tötung ihrer Mandantin drankriegen. Aber einen vollendeten Totschlag zum Nachteil von Christian Kulisch werden wir ihm wohl nachweisen können.«

20.

Dass sich Deutsche besonders gut mit Italienern verstehen, ist nur ein Gerücht. Und zwar eines, das nicht stimmt. In diesem Sommer entfloh ich dem ungemütlichen deutschen Wetter und buchte kurzfristig mit meiner Schwester Sophie einen Urlaub in der Türkei. Im Club Magic Life waren die Italiener knapp in der Überzahl, und das führte dazu, dass die Animation erst in Italienisch und dann in Deutsch moderiert wurde. Ein echtes Minus für den Club. Am Strand konnte man kein ruhiges Plätzchen finden, ohne von dem lauten Geplapper der Italiener gestört zu werden; ich fühlte mich an die Zeit erinnert, als es noch kein Telefon gab. Und dass die Italiener uns im letzten Jahr aus der WM geschossen hatten, tat der länderübergreifenden Freundschaft auch nicht gerade gut. Aber all das ist nicht wirklich entscheidend. Das Schlimmste ist Berlusconi. Ein westeuropäisches Land, das so ein Staatsoberhaupt wählt, verdient keine Freundschaft mit einer Demokratie.

Unseren letzten Urlaubstag verbringen Sophie und ich am Strand unter einem Sonnenschirm. Sonne, schwimmen, schnorcheln, lesen, zwischendurch ein leichtes Essen im luftigen Café Sissi, alkoholfreie Fruchtcocktails an der Beachbar und interessante, kurzweilige Gespräche. Entspannung pur. Sophie bietet sich an, die nassen, sandigen Strandhandtücher an der Handtuchstation auszutauschen, während ich mich auf den Weg in unser geräumiges Hotelzimmer mache.

Ich durchquere es mit riesigen Schritten, um schnell den Balkon zu erreichen. Das Zimmer ist ungünstigerweise mit Teppichboden ausgestattet, und von Taucherbrille, Schnorchel, Flossen und meinen Beinen rieselt feiner getrockneter Sand. Kurz genieße ich den herrlichen Blick vom Balkon auf das tiefblaue Mittelmeer, befreie meine Füße und Beine vom Restsand und nehme mein tagsüber ausgeschaltetes Handy aus unserem Zimmertresor.

Per SMS werde ich davon unterrichtet, dass sich seit meinem Urlaubsbeginn vor neun Tagen insgesamt 26 Nachrichten auf meiner Mailbox befinden. In meinen Ferien höre ich grundsätzlich keine Mailbox ab. Durchschnittlich alle zwei Tage telefoniere ich kurz mit der Kanzlei, und meine Familie und meine Freunde wissen, dass sie mich entweder über das Hotel oder per SMS erreichen können. In beruflichen Notfällen können sich meine Mandanten an meinen Kollegen Thorsten wenden, der mich bei wirklich dringenden Problemen, die er nicht selbst lösen oder zumindest vertagen kann, per SMS informiert.

Die zweite SMS ist von Thorsten:

»Habe heute mit Berg telefoniert. Neuigkeiten iS Heitkamp. Bei Interesse Rückruf. LG Thorsten«

Bei Interesse Rückruf. Er sollte doch wohl wissen, dass mich jede Info in diesem Fall brennend interessiert. Schnell schaue ich auf die Handyuhr. 17:12 Uhr. Im Sommer haben wir dieselbe Zeit wie die Türken. Es ist Donnerstag und noch Bürozeit, also wähle ich Thorstens Nummer. Nach dem dritten Klingeln meldet er sich.

»Wie ist das Doppelzimmer mit Sophie? Sprecht ihr noch miteinander?«

»Sehr witzig. Das ist nicht das erste Mal, dass ich mit meiner kleinen Schwester ein Zimmer teile. Was gibt's Neues in Sachen Heitkamp? Wieso hast du mit Berg telefoniert?«

»Er hat sich über dich beschwert und meint, dass dir ein bisschen die Distanz zu deiner Mandantin fehlt.«

Spaßvogel. Ich bereue, ihm jemals etwas von meinen geheimen Selbstzweifeln nach dem Gespräch mit Berg und Breitner gebeichtet zu haben.

»Thorsten, was gibt's Neues?«

»Schon gut. Berg wollte heute mit dir sprechen, und weil du im Urlaub bist, hat Frau Alfs ihn mit mir verbunden. Ich weiß ja, wie heiß du auf Neuigkeiten bist. Habe ihm gesagt, dass wir heute telefonieren. Er bat mich, dich davon zu unterrichten, dass die gesicherten Blutspuren im Haus der Heitkamps gegen die Notwehrversion von Holger Heitkamp sprechen.«

Ich bin irritiert.

»Wieso sprechen die Blutspuren gegen Notwehr?«

»Pass auf. Bei dem Taxifahrer wurden drei Schussverletzungen festgestellt. Der letzte Schuss traf ihn in den Kopf und war sofort tödlich. Die beiden anderen Schussverletzungen in der Brust haben noch stark geblutet. Er muss zum Zeitpunkt dieser Schüsse also noch gelebt haben. Das Blut aus diesen Wunden befand sich aber direkt neben seiner Brust auf dem Fußboden. Also?«

»Also hat er auch auf dem Boden gelegen, als das Blut auf den Fußboden floss.«

»Also haben ihn diese beiden Schüsse erst mal niedergestreckt. Und es brauchte etwas Zeit, bis das Blut auf den Boden gelangen konnte. Das Blut fließt nur, solange das Herz pumpt. Erst der Kopfschuss hat dem ein Ende bereitet. Und die Blutspuren belegen, dass auch dieser Schuss beim liegenden Taxifahrer erfolgte. Also?«

»Also keine Notwehr für Heitkamp.«

»Also Anklage wegen Totschlags. Und?«

»Und?«

»Und es hat zumindest ein bisschen Zeit gekostet, den bereits liegenden Mann endgültig seines Lebens zu berauben. Also?«

»Also weniger Zeit für die Hilfe zugunsten seiner Frau und des Ungeborenen. Also auch deshalb Anklage?«

»Das hat Berg so noch nicht bestätigt. Er wartet wohl erst noch auf ein Blutspurengutachten vom Bundeskriminalamt, das er bereits vor einiger Zeit veranlasst hat.«

»Das sind ja richtig gute Nachrichten.«

»Höre ich da etwa Freude?«

»Auf gar keinen Fall. Äußerstenfalls ein kleines bisschen Genugtuung. Berg und Breitner beweisen nur, was Frau Piel von Anfang an geahnt hat, aber eben nicht beweisen konnte.«

Ich höre ein zartes Klopfen an der Hoteltür.

»Danke, dass du an mich gedacht und die SMS geschickt hast. Ich muss Schluss machen. Es klopft an der Tür. Wir sehen uns morgen.«

»Guten Flug. Grüß Sophie.«

»Danke. Mach ich.«

Mit einem großen Schritt bin ich an der Tür und öffne. Vor mir steht Sophie, in jeder Hand einen riesengroßen Cocktail. Ananas, cremig weiß, mit bunten Strohhalmen. Piña Colada. Und diesmal mit Alkohol.

Am nächsten Morgen kann ich für den Rückflug von Antalya nach Düsseldorf einen Fensterplatz ergattern. Für Sophie bleibt nur der unglückliche Mittelsitz. Ich genieße die letzten Urlaubsstunden und klemme meinen Kopf zwischen die Sitzlehne vor mir und dem Bullauge des Flugzeugs, so dass mein Blick in die Welt der Wolken eintauchen kann, die in dem blauen Meer des Himmels wie kleine Inseln dahintreiben. Der Mann im Sitz vor mir tut es mir gleich, ohne mich zu bemerken, und so lehnen wir für Sekunden Kopf an Kopf mit nur der Lehne des Sitzes dazwischen, einem Liebespaar zum Verwechseln ähnlich. Ich muss an Kriminalhauptkommissar Breitner denken, wie er in Jeans ganz lässig das kleine Büro von Staatsanwalt Berg betreten hatte.

Langsam erfüllte der Duft von warmem Essen das Flugzeug. Irgendetwas mit Curry. Die Stewardess bot Nudeln oder Huhn an. Und ich kehrte aus meinen Träumen zurück in die ebenfalls reizvolle Welt der Nudeln von Sterneköchin Karla Kuba, nach deren Vorgabe mein Flugzeugmenü kreiert war.

21.

Der trübe Sommer verging arbeitsreich. Zwar brachte der September noch ein paar schöne sonnige Tage, von milden Temperaturen kann aber heute bei gerade mal 13 Grad wirklich nicht die Rede sein. Der Drogenprozess in Dortmund hatte sich unerwartet noch bis in den Sommer hingezogen. Wir hatten in der Hauptverhandlung sämtliche verfahrensrelevanten Telefongespräche gehört, die bei der Telefonüberwachung aufgezeichnet worden waren. Da die Gespräche nicht ausschließlich in Deutsch geführt wurden, sondern außerdem in Türkisch und teilweise Arabisch, war das Abhören in der Hauptverhandlung müßig. Die anwesenden Dolmetscher waren hinsichtlich der Übersetzung oft uneinig, und so plätscherte das Verfahren von dem einen zum anderen Hauptverhandlungstag dahin. Letztlich wurde mein Mandant erwartungsgemäß zu den bereits anfangs in Aussicht gestellten vier Jahren, sechs Monaten Freiheitsstrafe verurteilt. Nun müssen wir die Revision gegen das Urteil abwarten, die ich mit einem ausführlichen Schriftsatz heute begründet habe. Im Büro fällt mir die Decke auf den Kopf, und ich mache mich auf zu interessanteren Beschäftigungen.

Aber heute ist einfach nicht mein Tag. Ich bin – wie immer ohne Termin – bei meinem Friseur. In der Mittagspause bin ich schnell um die Ecke zum Friseur gehastet, und das ohne Mantel, was angesichts des nasskalten Wetters ausgesprochen mutig war. Es ist Dienstagmittag, und eigentlich hatte ich bei meinen spontanen Friseurbesuchen bisher immer Glück. Meistens brauchte ich nur eine oder zwei Kundinnen abzuwarten, bis ich endlich von meiner Lieblingsfriseurin Rosi bedient wurde. Heute ist alles anders. Es scheint, als habe sich halb Essen im Friseurladen »cut and style« eingefunden; und von Rosi findet sich auch keine Spur. Ich frage die aufgedonnerte Chefin, die anscheinend in einem aufdringlich riechenden Parfüm gebadet hat, nach Rosi. Sie trägt stolz ihr Namensschild »Nicole« auf der üppigen Brust.

»Rosi hat aufgehört. Sie ist mit ihrem Freund nach Kanada ausgewandert«, antwortet sie mit einem sympathischen Lächeln. Unglaublich. Nach Kanada. Mit ihrem Freund. Ich habe ganz andere Vorstellungen von Rosi gehabt. Sie wirkte immer nett und freundlich, aber auch irgendwie recht oberflächlich und einfach. Ich habe mir ausgemalt, dass sie wahrscheinlich Roswitha heißt, zumindest ein uneheliches Kind hat und unter ständiger Geldknappheit leidet. Merkwürdig. Man macht sich oft konkrete Vorstellungen von Menschen, mit denen man zu tun hat, und muss irgendwann feststellen, dass man die Personen aber auch überhaupt nicht kannte. Und dann ist man auch noch tatsächlich enttäuscht oder sieht zumindest die Person plötzlich mit ganz anderen Augen.

Neben Nicole hängt ein Spiegel an der Wand, aus dem mich plötzlich mein Gesicht anschaut. Na klasse. Von meiner Hochsteckfrisur haben Wind und Wetter nicht viel übrig gelassen und auf meiner Brust befindet sich – genauso auffällig wie Nicoles Namensschildchen – ein riesiger Kaffeefleck, der auch noch so plaziert ist, dass mein taillierter Blazer ihn nicht verdecken kann.

Mir reicht's. Ich verabschiede mich.

»Ich komm später noch mal wieder«; mit ordentlichen Haaren und einem sauberen T-Shirt, ergänze ich im Stillen. Man möchte ja ungern, dass die neue Friseurin Schutzhandschuhe anziehen muss oder eine plötzliche Allergie gegen ihren Beruf entwickelt. Ich verlasse den Friseurladen und laufe eiligen Schrittes auf der Rüttenscheider Straße zurück zu unserer Kanzlei.

Bei der Rüttenscheider Straße handelt es sich um eine Geschäftsstraße in direkter Nähe zu den Justizgebäuden und der Polizei, und so ist es um die Mittagszeit nicht ungewöhnlich, dass ich auf meiner Straßenseite in einiger Entfernung Kriminalhauptkommissar Breitner entdecke. Mich durchfährt ein Schock. Auf keinen Fall möchte ich ihm in diesem bedauerlichen Zustand begegnen. Es ist schwer, witzig und schlagfertig zu sein und einen guten Eindruck zu hinterlassen, wenn man einen unappetitlichen Fleck auf dem T-Shirt hat und statt einer Frisur einen Wischmopp auf dem Kopf trägt.

Darum wechselte ich kurzerhand die Straßenseite und konzentrierte mich auf die Schaufenster. Mist. Dabei hätte ich zu gern mit ihm gesprochen und ihn gefragt, ob inzwischen das Blutspurengutachten vom Bundeskriminalamt eingetroffen ist und ob er eigentlich verheiratet ist.

22.

Breitner war auf dem Weg zur Bäckerei in der Rüttenscheider Straße, in der es seiner Meinung nach die besten Thunfischbaguettes überhaupt gab. Thunfisch mit einer Marinade und knackigen Zwiebeln angemacht, zwischen frischem knusprigem Baguette. Der Weg vom Polizeipräsidium lohnte sich also. Kurz vor seinem Ziel entdeckte er Anna Bäcker. Schlank wie sie war, mit blonden hochgesteckten Haaren, stach sie ihm sofort ins Auge. Seine Laune hob sich, und er erwog, sie auf einen Kaffee einzuladen. Da wechselte sie plötzlich die Straßenseite, und er hatte den Eindruck, dass sie ihm aus dem Weg gehen wollte. Er schaute zu ihr hinüber, als sich ihre Wege kreuzten, aber sie richtete ihren Blick fest auf die Schaufenster. Vielleicht hatte sie sich bei der Unterredung mit Berg von ihm nicht ernst genommen gefühlt. Dabei war er sonst nicht der launige Typ, aber Anna Bäcker hatte ihn von Anfang an fasziniert. Sie war nicht nur hübsch, sondern hatte auch Herz und Verstand.

Ein klein wenig enttäuscht kaufte Breitner sein Thunfischbaguette und ging in Gedanken an Anna Bäcker zurück zum Präsidium.

Der ausgewertete Notruf, übertragen auf eine CD, war mit den originalen Tonbändern eingetroffen. Zunächst las Breitner das Protokoll des Tonbandes, in dem der Notruf verschriftet aufgeführt war. Aus dem Protokoll ergaben sich das Datum, die genaue Uhrzeit und ob es sich um einen eingehenden oder ausgehenden Anruf handelte. Der Anrufer hatte ohne Kennung angerufen. Daher befand sich in einem gesonderten Vermerk der Hinweis, dass die Telefonnummer erst durch Auskunft des Telefonproviders ermittelt werden konnte. Der Anruf ließ sich dadurch dem Festnetzanschluss von Sonja und Holger Heitkamp zuordnen. Der Text des Gesprächs war knapp und überschaubar. Holger Heitkamp hatte mehrfach erklärt, die Polizei solle sofort kommen. Während Breitner das Protokoll las, schaltete er den Computer ein, legte die CD mit den Tonbandaufnahmen ins Laufwerk und klickte die Audiodatei mit dem Notruf an, der am 27.04.2007 um 15:19 Uhr und 26 Sekunden eingegangen war.

»Polizei Notrufzentrale.«

»Hallo! Ich brauche Hilfe! Bitte schicken Sie Hilfe!«

»Wer spricht da, bitte?«

»Bitte, schicken Sie Hilfe!«

»Beruhigen Sie sich bitte. Sie müssen mir Ihre Adresse geben, damit ich Hilfe schicken kann. Hallo?«

…

»Hallo? Sind Sie noch da?«

»Ja, bitte schicken Sie Hilfe. Wir brauchen Hilfe.«

»Ich schicke sofort jemanden raus. Bitte nennen Sie mir die Adresse, wo die Polizei hinkommen soll.«

…

»Hallo?«

…

»Hallo? Sind Sie noch dran? Wenn ich Ihnen helfen soll, müssen Sie mir Ihre Adresse geben.«

…

»Hallo! Ich höre Sie noch atmen. Geht es Ihnen gut? Hallo? Reden Sie bitte mit mir. Hallo?«

…

»Sind Sie verletzt? Sagen Sie nur, wo Sie sich befinden. Es ist in wenigen Minuten jemand bei Ihnen. Hallo?«

…

»Hallo?«

…

Mit einem Klick wurde das Telefonat von Holger Heitkamp beendet. Breitner war immer noch dabei, das schriftliche Gutachten des LKA routinemäßig zu überfliegen, aber irgendetwas an der digitalen Aufnahme ließ ihn aufhorchen. Er legte das Gutachten zur Seite und steuerte mit dem Cursor die Aufnahme an ihren Anfang zurück. Erneut hörte er die hysterische Stimme von Holger Heitkamp und die zunehmende Aufregung in den Fragen der Mitarbeiterin aus der Notrufzentrale. Die Zeit zwischen den letzten Hallos der Mitarbeiterin und dem Ende des Gesprächs erschien wie eine Ewigkeit. Wieder und wieder hörte er den Notruf. Holger Heitkamp war klar und deutlich zu verstehen. Er klang hysterisch, aufgeregt, ja vielleicht sogar in gewisser Weise aggressiv. Jedenfalls sehr energiegeladen. Wieso also war die Mitarbeiterin der Notrufzentrale auf den Gedanken gekommen, dass Holger Heitkamp verletzt ist? War das Zufall, oder gab es einen Grund dafür?

Wir werden sie vernehmen müssen, dachte Breitner bei sich, als er erneut der Aufnahme lauschte. Er stellte den Lautsprecherpegel lauter.

»Polizei Notrufzentrale«, und »Hallo! Ich brauche Hilfe! Bitte schicken Sie Hilfe!«, dröhnte es laut. Das Rauschen in den Gesprächspausen hörte sich fast wie ein Stöhnen im Hintergrund an. Breitner wiederholte das digital aufgezeichnete Gespräch. Plötzlich war Breitner klar, warum die Mitarbeiterin der Notrufzentrale glaubte, dass Holger Heitkamp verletzt war. In den Gesprächspausen war ein leises Stöhnen zu hören. Und dieses Stöhnen kam nicht von ihm. Das war das Stöhnen des sterbenden Christian Kulisch. Jetzt lag alles klar vor Breitners geistigem Auge. Holger Heitkamp hatte während des Telefongesprächs mit der Notrufzentrale plötzlich bemerkt, dass Christian Kulisch durch die ersten beiden Schüsse nicht tödlich getroffen war und noch lebte. Er hatte kurz abgewartet, und als er sicher war, beendete er den Notruf ohne Angabe seiner Adresse, um Christian Kulisch in aller Ruhe erschießen zu können. Er wollte auf Nummer sicher gehen.

Breitner las noch einmal aufmerksam das schriftliche Gutachten des LKA durch. Und da stand es. Schwarz auf weiß. Genau zwölf Sekunden nach dem Beginn des Notrufs konnten die Kollegen vom LKA Hintergrundgeräusche im Telefonat ausmachen.

»Ab 15:19 Uhr, 48 Sekunden ist im Hintergrund des Anrufenden eindeutiges Stöhnen einer anderen Person zu hören. Das Stöhnen der Person im Hintergrund ist phonetisch deutlich von der Stimme des Anrufenden zu unterscheiden. Dies lässt sich insbesondere ab 15:19 Uhr und 54 Sekunden feststellen. Während der Anrufer antwortet ‚Ja, bitte schicken Sie Hilfe. Wir brauchen Hilfe?, ist das Stöhnen weiterhin parallel auf einer anderen Spursequenz des Tonbandes zu verzeichnen.« Der Telefonistin vom Notruf waren die parallelen Sequenzen nicht aufgefallen, und sie hatte daher den Eindruck, dass Holger Heitkamp verletzt sei.

Breitner lächelte zufrieden.

»Wir haben dich, schöner Holger.«

23.

Das Jahr 2007 war mit vielen Prozessen, viel Arbeit und vielen Besprechungsterminen mit Susanne Piel rasend schnell vergangen. Die Anklage gegen Holger Heitkamp wurde mir Anfang Januar 2008 zugestellt. Benno Berg hatte ihn wegen Totschlags zum Nachteil von Christian Kulisch, fahrlässiger Tötung durch Unterlassen zum Nachteil von Sonja Heitkamp und – was ich persönlich als besonders genialen Schachzug empfand –wegen versuchten Totschlags und gefährlicher Körperverletzung durch Unterlassen zum Nachteil von Benjamin Heitkamp, Sohn der Eheleute Heitkamp, angeklagt.

Aus Sicht der Staatsanwaltschaft war klar, dass Holger Heitkamp zunächst zweimal auf Christian Kulisch schoss, dann den Notruf absetzte und während des Notrufs feststellte, dass der noch lebte. Er unterbrach den Notruf nur deshalb, weil es ihm wichtiger war, den noch lebenden, aber schwerstverletzten Christian Kulisch zu erschießen, als die Hilfe für Ehefrau und Kind zu sichern. Allein diese Verzögerung hatte eine Rettung von Sonja Heitkamp vereitelt und die frühzeitige Einleitung der Geburt des Sohnes Benjamin zwingend notwendig gemacht. Holger Heitkamp waren der Tod seiner Frau und die gesundheitlichen Beeinträchtigungen seines Sohnes, der zum jetzigen Zeitpunkt noch nicht absehbare, vielleicht lebenslängliche Schäden zurückbehalten würde, rechtlich zuzurechnen. Wenn er vielleicht auch geglaubt hatte, dass seine Ehefrau bereits tot war, so war ganz offensichtlich für ihn, dass das Leben seines Sohnes an einem seidenen Faden hing und es für seine Rettung, gerade wenn er vom Tod seiner Ehefrau ausging, auf jede Sekunde ankam. Er hatte sich anders entschieden und damit den Tod, zumindest aber schwere körperliche Schäden seines Sohnes billigend in Kauf genommen, wie wir Juristen sagen.

Ich hatte mich schriftlich bereits im Ermittlungsverfahren für die Schwester der getöteten Sonja Heitkamp, Susanne Piel, und nach Anklagezustellung auch für Benjamin Heitkamp als Nebenkläger und damit als sogenannte Opferanwältin bestellt. Zwar erhielt Holger Heitkamp nach dem Tod seiner Ehefrau das alleinige Sorgerecht für Benjamin Heitkamp, aber die Eltern von Sonja Heitkamp, die sich nach dem Tod ihrer Tochter zusammen mit Susanne Piel ausschließlich um das Kind gekümmert hatten, beantragten konsequenterweise zunächst aus rein praktischen Erwägungen das Sorgerecht im September 2007. Sie mussten das Kind ärztlich versorgen lassen und beim Einwohnermeldeamt anmelden, was jeweils die Zustimmung des Sorgeberechtigten voraussetzte. Holger Heitkamp stimmte dem Antrag kommentarlos zu. Das passte für mich in das Bild, das ich mir inzwischen von ihm gemacht hatte. Wahrscheinlich war er froh, dass er sich dadurch um nichts mehr kümmern musste.

Er hätte sich aber hierzu besser von seinen Anwälten beraten lassen sollen. Nachdem die Großeltern des Kleinen das Sorgerecht für ihn erhalten hatten, waren sie auch berechtigt, mir in seinem Namen eine Vollmacht für den gerichtlichen Antrag auf Zulassung der Nebenklage zu erteilen. Während sie selbst sich nicht in der Lage fühlten, dem Prozess als Nebenkläger beizuwohnen, wollten sie doch, dass die Rechte ihres direkt von der Tat betroffenen Enkels gewahrt wurden. Und ich hatte mich sogleich für Benjamin Heitkamp dem Strafverfahren als weiterer Nebenkläger angeschlossen. Der Prozess gegen Holger Heitkamp wurde für Donnerstag, den 07.02.2008 anberaumt.

Wir haben Donnerstag, den 31.01.2008, und der Süden von Essen gehört nicht nur ordnungsrechtlich zum Rheinland, sondern fühlt sich insbesondere traditionell mit ihm verbunden. Wir haben Weiberfastnacht, und ich bin noch in unserer Kanzlei in Essen und arbeite. Meine Freundin Martina Groß, Staatsanwältin bei der Staatsanwaltschaft Essen, ruft mich über Handy an und fragt, ob ich auch noch ins »Alibi« gegenüber vom Landgericht komme. Eigentlich hatte ich geschworen, auf keinen Fall Weiberfastnacht zu feiern, stattdessen noch etwas zu arbeiten und dann früh ins Bett zu gehen. Morgen habe ich eine Fortsetzungsverhandlung in einem Jugendstrafverfahren vor dem Amtsgericht Herford. Außerdem steht der Prozess gegen Heitkamp für nächste Woche Donnerstag an, und ich wollte heute relativ früh schlafen gehen. Ich schaue in den Spiegel. Nicht gerade sehr erfreulich, was ich da erblicke. Alte Levi's –Jeans, von der mein Kollege Stücker behauptet, sie sähe aus, als sei sie 1989 vom DDR –Laster gefallen, und unter dem schicken dunkelbraunen Blazer ein langärmliges, langweiliges, beiges T –Shirt, das immerhin eng anliegt und meine Figur betont. Mein Gesicht könnte auch etwas mehr Schminke vertragen. Ich bin nicht wirklich zufrieden. Das Einzige, was gut aussieht, ist mein Mund, egal, ob geschminkt oder nicht. Ansonsten habe ich normale grünbraune Augen, die nur geschminkt faszinieren können, und riesengroße Elefantenohren, die ich von meinem Vater geerbt habe. Okay. Vielleicht ein bisschen übertrieben.

Was soll's. Schließlich muss ich auch mal wieder ausgehen; ich hab total Lust auf ein Bier inklusive Rausch. Wir haben Weiberfastnacht, und was zählen da schon eine altmodische Jeans und ein Prozess, der am nächsten Tag um 10 Uhr in Herford beginnt? Ich kann mich grell schminken, mit einem alten Lippenstift ein paar unterschiedlich große Herzen auf mein langweiliges T –Shirt malen, in der Hoffnung, dass sich der 24 – hours –superstay –Lippenstift nach der nächsten Wäsche wieder in Luft auflöst, den schicken Blazer aus Sicherheitsgründen in der Kanzlei lassen, die altmodische Jeans bis zu den Knien hochkrempeln, so dass meine modernen schwarzen Stiefel zum Vorschein kommen – und schon spüre ich den Karneval.

Ich kann mich an seine aufmerksamen Blicke erinnern, an seine graublauen klaren Augen, an sein herzliches, ungekünsteltes, wunderschönes Lachen und an meine dumme Frage, was er denn hier im »Alibi« macht. Angesichts der Tatsache, dass alle Besucher hier offensichtlich Karneval feiern wollten, entlarvte mich die scharfsinnige Frage als wirklich naturblond.

»Ich hatte gehofft, Sie hier zu treffen.«

War das nun ehrlich oder nur schlagfertig?

»Ist klar, Herr Breitner. Dass Sie witzig sind, konnte ich ja schon bei unserer letzten Begegnung feststellen.«

Habe ich eine Spur zu bissig gekontert? Wenn ich jemanden mag, dann bringen mich Komplimente – ob sie nun ernst gemeint sind oder nicht – immer gleich ein wenig aus der Spur.

Er hat sich nicht aus der Ruhe bringen lassen, amüsiert gelacht und mir dann ein Bier von der Theke geholt.

Tja, danach ist vieles im blauen Dunst verblasst, und ich muss mich anstrengen, um den genauen Ablauf des Abends bis hier in das große Doppelbett von Kriminalhauptkommissar Breitner zu rekonstruieren. Ich liege an ihn gekuschelt mit dem Kopf auf seiner behaarten Brust und habe tatsächlich noch meine Socken an. Ich höre ihn gleichmäßig atmen, mit einem leichten Schnarchen, und mir wird ganz warm ums Herz. Ich glaube, ich bin richtig verliebt. Er hat auf den ersten Blick einfach alles, was ich an Männern mag. Obwohl eine seiner Kolleginnen, die süße Rita, ständig versucht hat, ihn mir mit den allerbilligsten Tricks zu entreißen, wie »Ich wollte eure Zweisamkeit nicht stören, aber Tom, ich muss dich mal ganz kurz sprechen«, ließ sich Thomas Breitner nicht von mir ablenken. Höflich hat er kurz mit süß Rita gesprochen, um danach geradewegs zu mir zurückzukommen. Das war allerdings auch sein Glück. Immerhin hat mich direkt ein uncharmant angetrunkener Phillip, den alle, wie er sogleich mitteilen musste, Pippo nennen, in Beschlag genommen. Das ist Thomas Breitner nicht entgangen, und so hat er sich dann gar nicht mehr ablenken lassen. Augenscheinlich war ihm egal, was süß Rita oder die anderen Kollegen von ihm dachten. Sein offenkundiges Interesse an mir war ihm nicht peinlich. Mutige Männer, die zu ihren Gefühlen stehen, finde ich großartig – erst recht, wenn sich diese Gefühle auf mich beziehen.

Wir haben viel gelacht und schließlich irgendwann getanzt. Auch dabei hat er seine Augen nicht von mir gelassen und mich dann bei »superjeilezick« in den Arm genommen und gegen den zu dieser Zeit noch vorherrschenden Trend langsam getanzt. Das war mir so gar nicht unangenehm, und nur gefühlte Minuten später störte meine Freundin Martina, die Thomas Breitner schon lange kennt und die ihn mir genauso lange vorenthalten hat, um mir mitzuteilen, dass die Kneipe gleich schließt und wir uns dringend um ein Taxi bemühen sollten.

»Wir brauchen nur ein Taxi. Martina wohnt in Bottrop und wir beide in Kirchhellen«, hat er gesagt und dann über die nette Thekenbedienung ein Taxi rufen lassen. Wie süß. Er hatte bereits Erkundigungen über mich eingeholt und wusste, wo ich wohne. Auf dem Weg nach Kirchhellen haben wir Martina zu Hause abgesetzt, und dann hat er mich überredet, noch ein Bier bei ihm zu Hause zu trinken.

Und da bin ich nun. Unwesentliche Momente später sind wir beide hier in seinem großen Bett in seinem ungemütlichen und maximal auf 15 Grad geheizten Schlafzimmer gelandet. Er ist so süß, so liebevoll, so zärtlich, so leidenschaftlich. Ganz langsam und vorsichtig löse ich mich aus der Umarmung und taste mich vom Schlafzimmer ins Badezimmer vor. Auf dem Weg stoße ich auf meine verstreuten Kleidungsstücke und muss mit Entsetzen feststellen, dass neben meiner veralteten Jeans längst auch meine Unterwäsche den Charme vergangener Jahre verloren hat. Nicht nur, dass BH und Unterhose zwei unterschiedlichen Sets entspringen, leider löst sich bei der Unterhose auch noch das Gummiband aus dem Saum. Na klasse, sehr erotisch. Wer konnte auch mit diesem Ende rechnen?

Im Bad sticht mir sofort der kleine Wecker auf der Ablage ins Auge. 10 nach 6. Um Gottes willen. Ich muss umgehend nach

Hause, duschen, mich umziehen und zum Amtsgericht Herford fahren. Das sind fast zwei Stunden Fahrtzeit, und ich fühle mich alles andere als fit. Leise suche ich meine Sachen zusammen, streife sie mir unten im Wohnzimmer eilig über, was dem Gummiband im Slip überhaupt nicht gut bekommt. Leise telefoniere ich nach einem Taxi. Zum Glück wohne ich mit Thorsten Stücker in einem Haus zusammen. Er wird mir heute den kleinen Mazda seiner Frau Maya für die Fahrt nach Herford leihen müssen. Mein alter, heißgeliebter BMW steht noch brav auf seinem Platz im Parkhaus in Essen, wo ich ihn gestern Morgen, nichts ahnend von den wunderbaren Veränderungen in meinem Leben, abgestellt hatte.

Erst als ich bereits die Haustür hinter mir zugezogen hatte, fiel mir ein, dass ich in der Eile keine Nachricht hinterlassen hatte, nicht einmal meine Telefonnummer, aber ich hoffte inständig, dass Kriminalhauptkommissar Thomas Breitner genügend detektivischen Einsatz zeigen und mich nicht enttäuschen würde.

24.

Breitner wachte gegen 7 Uhr auf, kurz bevor der Radiowecker mit den Nachrichten auflärmte. Er tastete neben sich und setzte sich mit einem Ruck auf, als er realisierte, dass Anna nicht mehr im Bett war. Er glaubte, die Wärme ihres Körpers noch auf seiner Brust zu spüren. Als er aufstand, fiel ihm sogleich auf, dass ihre Kleidung verschwunden war. Vielleicht war sie noch unten in der Küche oder im Wohnzimmer. Mit drei großen Schritten ließ er die Holztreppe hinter sich. Nichts. Enttäuscht schaute er sich nach einer Nachricht von ihr um. Auch nichts. Dabei lagen Stift und Zettel gut sichtbar auf der Küchenablage neben dem Mobilteil des Telefons. Breitner lehnte sich nackt gegen die Küchenzeile und stützte sich mit beiden Händen auf der Arbeitsplatte ab. Was hatte das zu bedeuten? Vielleicht hatte sie heute Morgen einen dringenden Termin und keine Zeit für kleine Liebesbeweise? Ihr Geruch hing immer noch in der Luft.

Breitner duschte und hatte dabei das sentimentale Gefühl, alle Spuren ihrer gemeinsamen Liebesnacht zu beseitigen. Kurz stellte er die Dusche aus und genoss den Gedanken an den ersten Kuss und die zärtlichen Berührungen. Sie hatte ihn gefragt, ob sie ihn küssen solle. Er hatte gelacht und genickt. Und dann hatte sie ihn geküsst.

Auf dem Weg nach Essen ins Präsidium schaltete er das Radio ein. Wie bestellt, spielte WDR 2 Klee, Die Stadt.

»Wir können die Zeit zurückdrehen, von hier zu jedem Kuss davor.

Die Stadt ist heute wie ein Song, und ich bin voll mit Erinnerung.«

Breitner bekam eine Gänsehaut. Wie lange war es her, dass er überhaupt Gefühle für eine Frau entwickelt hatte? Nach seiner Trennung von Claudia hatte er einige wenige Liebschaften gehabt, darunter auch unverzeihlicherweise mit seiner Kollegin Rita. Unverzeihlich deshalb, weil sich ihr Arbeitsverhältnis durch die kurze Beziehung deutlich verspannt hatte. Zwar arbeiteten beide nicht im selben Kommissariat, aber es gab zwischen dem Kapitaldezernat und dem Drogendezernat, dem Rita angehörte, immer wieder Berührungspunkte, und ab und zu kam es auch zu einer Zusammenarbeit. Er hatte ihr nach nur drei gemeinsamen Wochen, in denen sie sich vielleicht an vier oder fünf Abenden gesehen hatten, nach einem gemeinsamen Wochenende wahrheitsgemäß erklärt, dass er sich ausgebrannt und nicht in der Lage fühle, eine Beziehung zu führen. Dass er keine Gefühle für Rita hatte und er daher ihre Nähe gerade an diesem letzten Wochenende als nahezu unerträglich empfand, verschwieg er. Unnötige Verletzungen waren nicht erforderlich. Sie hatte auch so die Situation verstanden und ihm über den Arm gestreichelt. »Man darf nichts erzwingen. Du brauchst viel Zeit.« Sie hatte auch nicht den elementaren Fehler begangen, ihn danach mit Telefonaten oder spontanen Besuchen am Arbeitsplatz oder zu Hause zu nerven, aber bei zufälligen Zusammentreffen konnte er förmlich spüren, dass ihre Gefühle für ihn immer noch da waren. Ein Blick zu viel, eine kurze Konzentrationspause im Redefluss, wenn er sich zu ihrer Gruppe gesellte, eine flüchtige Berührung. Das machte die Situation für ihn unangenehm, und er versuchte, ihr möglichst aus dem Weg zu gehen.

Eigentlich hatte er sich schon damit abgefunden, einfach nicht mehr in der Lage zu sein, für andere außer seinen Kindern, seiner Familie und in gewandelter Form auch für seine Ex – Frau Liebe zu empfinden.

Als er im Polizeipräsidium ankam, war es Viertel vor Acht. Noch zu früh, um bei der Kanzlei Stücker und Bäcker anzurufen. Er wusste, dass in Annas Kanzlei die Bürozeiten erst eine Stunde später, um 8:45 Uhr, begannen. Ungeduldig verbrachte er die verbleibende Zeit mit der Durchsicht von Akten, anschließend las er den Vermerk von Klose und Hoffmann über die Befragung von Renate Peters am Tag der Tat. Die Nachbarin der Heitkamps war heute für 9 Uhr zur Vernehmung geladen.

Pünktlich um 8:45 Uhr rief er in der Kanzlei an, erreichte aber nur die Sekretärin.

»Kanzlei Stücker und Bäcker, Alfs.«

»Kriminalhauptkommissar Breitner«, hatte er sich unauffällig gemeldet. »Ich würde gern mit Frau Bäcker sprechen.«

»Sie hat einen auswärtigen Termin und ist frühestens am späten Nachmittag wieder erreichbar«, erklärte Doris Alfs bereitwillig.

Erleichterung machte sich bei Breitner breit.

»Kein Problem. Es wäre nett, wenn Sie ihr ausrichten könnten, dass ich angerufen habe. Ich werde es aber auch heute Nachmittag nochmals versuchen. Wann wäre es denn sinnvoll?«, versuchte Breitner, weitere Informationen zu bekommen.

»Sie hat um 10 Uhr einen Gerichtstermin in Herford, eine Jugendstrafsache mit mehreren Zeugen. Das kann dauern.

Und dann die Fahrtzeit. Ich denke, dass sie frühestens gegen 16 oder 17 Uhr wieder zurück ist. Sie wollte auf jeden Fall noch mal ins Büro kommen, Herr Breitner. Kann ich sonst noch etwas ausrichten?«

»Nein danke. Nur, dass ich angerufen habe und mich heute Nachmittag noch mal melde. Sie kann es aber auch gern unter 829997 versuchen. Ich bin heute sicherlich bis 18 Uhr im Büro.«

»Habe ich alles notiert. Ich lege ihr einen Telefonzettel hin, so dass sie Sie nach ihrer Ankunft sofort zurückrufen kann.« Doris Alfs kannte den Namen des Kripobeamten aus verschiedenen Äußerungen ihrer Chefin und wusste daher, dass er in der Strafsache Heitkamp zuständig war, die in der Kanzlei unter dem Namen der Schwester Susanne Piel als Nebenklageverfahren lief.

Zufrieden verabschiedete sich Breitner und legte auf. Jetzt war alles klar. Sie hatte heute Morgen einen Gerichtstermin und musste deshalb früh weg. Langsam wich die Unruhe der Freude über eine wunderschöne Nacht mit der Frau, die er haben wollte.

25.

Endlich hatte er die nötige innere Ruhe, um sich auf die an diesem Morgen angesetzte Vernehmung von Renate Peters vorzubereiten.

Renate Peters hatte ihre offizielle Ladung zur polizeilichen Vernehmung als Zeugin bereits Mitte Mai 2007 erhalten. Ein langer Krankenhausaufenthalt und eine anschließende Kur hatten aber dafür gesorgt, dass man die Vernehmungstermine bei der Polizei ständig verschieben musste. Eine Zeitlang hatte Breitner befürchtet, Renate Peters aufgrund ihres Gesundheitszustandes für den Prozess ganz abschreiben zu müssen. Ihr Frauenarzt hatte Brustkrebs diagnostiziert, und sie musste das ganze leidige Therapieprogramm durchlaufen. In ihrem Alter mit 68 Jahren war das nicht einfach. Nach der Operation und einer anschließenden Chemotherapie, die nur zur Durchführung der Strahlentherapie unterbrochen wurde, hatte sie sich schließlich Ende 2007 auf eine lange Kur nach Bayern begeben. Letztlich hatte sich ihr Gesundheitszustand deutlich stabilisiert, und so saß sie, geladen für den 01.02.2008, 9 Uhr, nur wenige Tage vor dem beginnenden Prozess gegen Holger Heitkamp bereits überpünktlich vor Breitners Büro auf einem der Besucherstühle. Breitner wollte die Zeugin noch einmal zusammen mit Klose ausführlicher befragen.

Schon um 8 Uhr 30 war Renate Peters zusammen mit Kalle, wie sie ihren Ehemann liebevoll nannte, in ihrem weinroten Mercedes beim Polizeipräsidium vorgefahren. Sie war ausgestiegen und hatte, ohne das Eintreffen ihres Kalle abzuwarten, der erst noch einen Parkplatz suchen musste, dem Polizeibeamten hinter der dicken Glasscheibe am Empfang des Polizeipräsidiums den Grund für ihr Kommen erklärt. Dabei hielt sie ihm aufgeregt die polizeiliche Ladung, die sie aus einem braunen, ledernen DIN –A4 –Hefter genommen hatte, zusammen mit ihrem Personalausweis vor die Scheibe. Der Polizeibeamte am Empfang war noch vom alten Schlag. Mit seinem grauen Schnurrbart und den unzähligen Falten um die Augen wirkte er fast wie dem Puppentheater entsprungen, die lebende Ausgabe von Wachtmeister Alois Dimpfelmoser, der auf Kasperle wartet, um mit ihm dem unbelehrbaren Räuber Hotzenplotz nachzujagen. Er hatte sofort die Unerfahrenheit von Renate Peters erkannt, seinen grauen Schnurrbart gezwirbelt und vergeblich versucht, Breitner über seine Durchwahl zu erreichen. Er hatte nicht abgewartet, sondern über die Geschäftsstelle des Dezernats für Todesermittlungen mit Klose telefoniert und ihn über das Erscheinen von Renate Peters informiert.

Klose hatte, ohne anzuklopfen, kurz im Büro von Breitner vorbeigeschaut und ihn immer noch telefonierend vorgefunden. Er nahm den Fahrstuhl ins Erdgeschoss und begrüßte Renate Peters besonders freundlich, nachdem er über den Automatikschalter die große schwere Eingangstür zum Vorzimmer des Treppenhauses im Polizeipräsidium geöffnet hatte. Renate Peters lächelte nervös. Kalle war immer noch nicht vom Einparken zurück, aber das bemerkte sie in ihrer Aufregung nicht. Gemeinsam mit Klose fuhr sie in den dritten Stock des Kriminalkommissariats 11. Klose bat sie, kurz auf einem der Besucherstühle vor Breitners Büro Platz zu nehmen, dann öffnete er erneut die Tür von Breitners Büro und signalisierte ihm das Eintreffen von Renate Peters, indem er mit dem Zeigefinger kommentarlos auf seine Uhr tippte und danach in Richtung der Besucherstühle zeigte.

Breitner begriff sofort. Das Telefongespräch hatte er gerade beendet und den Vermerk über Kloses und Hoffmanns Befragung griffbereit.

Mit drei großen Schritten war er neben Klose.

»Guten Tag, Frau Peters. Danke, dass Sie kommen konnten«, sagte er mit einem freundlichen Lächeln und streckte ihr seine kräftige Hand zur Begrüßung entgegen.

»Guten Tag. Ich habe einen Brief bekommen und soll mich heute hier melden.«

»Richtig. Ich gehe aber davon aus, dass sich unsere Frau Piecek von der Geschäftsstelle auch telefonisch bei Ihnen gemeldet und einen Termin abgesprochen hat.«

»Ja, das hat sie. Eine sehr nette Frau. Sie hat gesagt, ich könnte auch kurzfristig anrufen und den Termin absagen, aber das war nicht nötig.«

Langsam gewann Renate Peters an Selbstbewusstsein.

»Wie geht es Ihnen? Sie sehen großartig aus.«

»Danke. Das stimmt«, lächelte sie in aller Unbescheidenheit.

»Die Kur hat richtig gutgetan. Mein Mann war fast die ganze Zeit dabei. Erst hat er gemeint, er könne die Firma nicht allein lassen. Wie das mit Männern so ist. Sie halten sich immer für unentbehrlich. Aber das war natürlich Unsinn. Unsere älteste Tochter ist bereits viele Jahre Mitgeschäftsführerin; sie leitet die Firma schon lange und sie macht das gut. Das will mein Kalle aber nicht so ganz wahrhaben.«

Lächelnd bat Breitner sie in sein Büro. Es tat gut, noch funktionierende Ehen zu sehen. Aus der Ermittlungsakte wusste er, dass die Peters in Ratingen ein mittleres Familienunternehmen mit fast 30 Angestellten in der Produktion von Energiespartechnik betrieben, dessen Geschäftsführer der Vater und eine der beiden Töchter der Peters waren.

»Sie wissen, warum wir Sie noch einmal vernehmen müssen? Jetzt kommen wir zum wirklich traurigen Teil Ihres Besuchs. Nehmen Sie bitte Platz.«

Breitner wies auf den Stuhl gegenüber seinem Schreibtisch. Klose setzte sich unaufgefordert auf einen Stuhl neben ihm. Die beiden waren ein eingespieltes Team, und Klose kam die Rolle des Protokollführers zu. Das hatte vor allem organisatorische Gründe. Er beherrschte das Zehnfingersystem beim Schreiben auf der Tastatur, während Breitner lediglich seine beiden Zeigefinger zum Tippen gebrauchen konnte. Breitner hätte sich gewünscht, Vernehmungen mittels Tonband aufzuzeichnen und später dann von einer Schreibkraft protokollieren zu lassen. Das hätte die Konzentration auf die wichtigen Vernehmungen erhöht und die spontanen, teilweise entlarvenden Antworten der Beschuldigten oder Zeugen authentisch wiedergegeben. Leider war das nun mal in Essen und – so weit er das beurteilen konnte – auch in ganz Nordrhein –Westfalen nicht der Fall. Und so schrieb Breitner nur dann Protokolle, wenn es sich mangels anderer schreibgeübter Kollegen nicht umgehen ließ.

»Frau Peters, bevor wir anfangen, muss ich Sie kurz belehren«, wandte sich Breitner an Renate Peters.

»Das bedeutet natürlich nicht, dass wir Ihnen misstrauen. Wir müssen jeden Zeugen vor der Vernehmung belehren. Sie wissen, dass Sie hier die Wahrheit sagen müssen. Sie dürfen bei Ihrer Aussage nichts weglassen oder hinzufügen, was nicht der Wahrheit entspricht. Sie dürfen niemanden zu Unrecht beschuldigen, müssen aber keine Angaben machen, mit denen Sie sich selbst oder einen nahen Angehörigen belasten würden.«

»Natürlich werde ich die Wahrheit sagen.«

Eine gewisse Empörung konnte Renate Peters trotz der einführenden Erklärung von Breitner nicht unterdrücken. Schließlich war es selbstverständlich, dass sie nichts als die Wahrheit sagen würde. Darüber brauchte man sie nicht ausdrücklich zu belehren. Breitner ging nicht weiter darauf ein. Er kannte die unterschwellige Empörung von rechtstreuen Bürgern, die sich durch die bloße Belehrung bereits zu Unrecht beschuldigt fühlten.

»Frau Peters, bitte versuchen Sie, sich so gut wie möglich an den Tattag zu erinnern. Ich weiß, es ist alles schon sehr lange her. Aber wir müssen versuchen, alles ganz genau zu rekonstruieren.«

»Den Tag werde ich niemals vergessen. Die arme Frau Heitkamp. Sie war noch so jung und mit ihrem ersten Kind schwanger. Eine entsetzliche Tragödie. Wenigstens konnte ihr Sohn gerettet werden. Und der arme Herr Heitkamp. Er soll sich bis heute in psychologischer Behandlung befinden. Auch die gesamte Nachbarschaft war schockiert. Wir sind alle lange nicht damit zurechtgekommen.«

»Was haben Sie denn an diesem Tag gesehen? Wie fing alles an?«

»Das habe ich Ihren Kollegen schon am Tattag alles geschildert. Ich habe mir damals, wie Ihr Kollege mir geraten hatte, sofort Notizen gemacht, damit ich nichts vergesse. Die habe ich bei mir.«

Renate Peters öffnete den Hefter aus edlem braunem Rindsleder und nahm zwei Blätter heraus, auf denen sie in gut lesbarer Handschrift ihre Beobachtungen notiert hatte. Ort und Datum hatte sie feinsäuberlich über ihre Notizen geschrieben. Interessiert schaute Breitner die Notizen durch. Sie hatte die Geschehnisse aus ihrer Sicht noch am Tattag schriftlich festgehalten. Ihre Notizen entsprachen im Wesentlichen dem Vermerk von Klose und Hoffmann.

»Können wir das Original zu den Ermittlungsakten nehmen?«, bat Breitner. Immerhin fand sich hier eine Bestätigung für den polizeilichen Vermerk.

»Natürlich. Ich habe sie ja für die Polizei geschrieben.«

Renate Peters fühlte sich durch das Interesse an ihrer Arbeit bestätigt und konnte eine gewisse Freude darüber nicht verbergen.

»Nun, dann schildern Sie bitte alles, an das Sie sich noch erinnern.«

Breitner wandte sich wieder Renate Peters zu.

»Also, am frühen Nachmittag sah ich Herrn Heitkamp, als er mit seinem Fahrrad losfuhr. Es war vielleicht eine DreiviertelStunde später, dann muss es so gegen 3 Uhr gewesen sein, als ich von unserem Küchenfenster aus diesen psychisch gestörten jungen Mann mit dem Pferdeschwanz vor dem Haus der Heitkamps sah, wie er dort schellte.«

»Sie meinen Christian Kulisch«, ergänzte Klose.

Renate Peters schaute kurz auf.

»Ja, so hieß er wohl. Das habe ich aber erst später erfahren.

Im Radio hatten sie gerade das Rezept für einen Cocktail von der berühmten Sterneköchin Karla Kuba durchgegeben, und ich wollte das unbedingt aufschreiben. So ein stark alkoholischer Drink. Deshalb bin ich zur Fensterbank in unserer Küche gegangen. Da liegen immer ein Stift und ein Block bereit. Das hat sich als sehr nützlich erwiesen. Ich habe ja nicht mehr so ein gutes Gedächtnis wie früher.«

Breitner schaute Renate Peters streng an.

»Na ja. Als ich gerade das Rezept aufschreiben wollte, sah ich da draußen vor dem Haus der Heitkamps diesen psychisch gestörten Kulisch. Er benahm sich sehr auffällig. Schaute sich immer wieder um. Er wollte wohl sicher sein, dass ihn niemand sieht.

Weil ich ja wusste, dass Herr Heitkamp mit dem Fahrrad unterwegs war, hab ich mir zunächst Sorgen gemacht. Während ich das Rezept für den Cocktail aufschrieb, habe ich den Mann weiter beobachtet. Er hat mindestens zweimal geschellt. Dann hat Frau Heitkamp die Tür aufgemacht. Das habe ich genau beobachtet. Ich habe lange darüber nachgedacht, weil ich mir erst Vorwürfe gemacht habe, dass ich nicht sofort rübergelaufen bin und gefragt habe, ob alles in Ordnung ist. Und ich hab mir diesen Teil des Geschehens immer wieder vorgestellt. Ich bin mir heute wie damals ganz sicher, dass sie ihn ins Haus gelassen hat. Sie hatte die Tür zunächst nur einen Spalt offen. Er stand da noch weiter entfernt, und sie hätte die Tür auch sofort wieder schließen können. Sie kannte ihn ja. Aber sie hat dann die Tür weit aufgemacht und ihn hineingelassen. Wenn sie Angst vor ihm gehabt hätte, hätte sie anders reagiert. Aber das hat sie nicht getan. Deshalb hab ich mir dann auch keine Sorgen mehr gemacht.«

Breitner konnte spüren, dass sich Renate Peters immer noch schuldig fühlte.

»Frau Peters, Sie hätten nichts tun können. Nur, weil jemand ungewöhnlich aussieht, ist das kein Grund, gleich einzugreifen. Wir müssen davon ausgehen, dass sich Christian Kulisch bei den Heitkamps unter irgendeinem Vorwand eingeschlichen und Frau Heitkamp nichts von seinen wahren Absichten geahnt hat. Herr Heitkamp hat sich bisher nur sehr kurz zu dem ganzen Geschehen geäußert. Aber vielleicht erfahren wir mehr von ihm im Prozess, der nächste Woche beginnt.«

»Es ist doch nur allzu verständlich, dass er bisher nicht mehr gesagt hat. Immerhin ist er der Angeklagte. Das muss man sich mal vorstellen. Er hat mit ansehen müssen, wie seine Frau umgebracht wurde. Seine hochschwangere Frau. Da kann man ihm doch keinen Vorwurf machen, wenn er den Mörder seiner Frau erschießt. Der hat den Tod verdient. Ich bin nun wirklich nicht rachsüchtig und ich bin auch gegen die Todesstrafe, aber wenn ich den Mörder meines Mannes oder meiner Tochter auf frischer Tat überraschen würde, könnte ich für gar nichts garantieren.«

»Das mag schon sein.«

Breitner schaute Klose an, als er weitersprach.

»Dann müssten Sie aber auch die rechtlichen Konsequenzen akzeptieren, wenn Sie den Mörder erschießen. Ich bin mir aber sicher, dass Sie zu Ihrem Handeln stehen würden; außerdem würde eine Bestrafung angesichts des Verlusts Ihres Ehemannes oder Ihrer Tochter für Sie wahrscheinlich keine Rolle spielen.«

»Das stimmt.«

»Und es macht schon einen erheblichen Unterschied, wenn

ich dann auf einen schwerverletzten, am Boden liegenden, wehrlosen Mann schieße.«

Offensichtlich kannte Renate Peters die ermittelten Einzelheiten nicht. Erschrocken schaute sie auf.

»Vielleicht war Herr Heitkamp nicht mehr bei Sinnen.«

»Vielleicht. Lassen Sie uns nicht weiter spekulieren. Wir können nur hoffen, dass die anstehende Gerichtsverhandlung das alles aufklären wird.«

Breitner ärgerte sich ein wenig, dass er Details der polizeilichen Ermittlungen indirekt preisgegeben hatte. Wenn auch die Ermittlungsergebnisse kein Geheimnis waren und Holger Heitkamp als Angeklagter selbstverständlich nach Akteneinsicht seiner Verteidiger über jede Einzelheit des Ermittlungsergebnisses genauesten informiert sein dürfte, so hasste er doch jede Art von unprofessioneller Redseligkeit. Der Ärger über sich selbst war in Breitners strengerem Ton zu hören.

»Wie ging es weiter?«

»Als die Haustür geschlossen wurde, hab ich mich wieder mit dem Abendessen beschäftigt. Ich hab geschaut, ob alle Zutaten für den Cocktail da sind, und sie auf der Küchentheke bereitgelegt. Danach habe ich den Tisch gedeckt. Ich war gerade wieder in der Küche, um Baguette aufzubacken, als ich aus dem Haus der Heitkamps zweimal nacheinander einen Knall hörte, so wie Silvesterknaller oder eine Schreckschusspistole. Ich hab zum Küchenfenster hinausgeschaut, aber nichts Ungewöhnliches gesehen. Dann hab ich mich weiter um das Abendessen gekümmert. Es vergingen ein paar Minuten, als ich plötzlich wieder einen Knall aus dem Haus hörte.«

Breitner und Klose schauten sich überrascht an, ließen Renate Peters jedoch ungehindert weiterberichten.

»Jetzt war ich doch so beunruhigt, dass ich sofort nach draußen zum Vorgarten der Heitkamps gelaufen bin. Ich wollte hören, ob die Geräusche aus ihrem Haus kommen. Unsere Haustür hatte ich beim Rausgehen nur angelehnt. Ich bin im Vorgarten der Heitkamps stehen geblieben und habe kurz gewartet. Es war nichts mehr zu hören. Es war ganz still. Außerdem lehnte auch das Fahrrad von Herrn Heitkamp wieder an der Garageneinfahrt. Ich konnte also sicher sein, dass Frau Heitkamp nicht mehr allein mit dem Mann war. Darum bin ich wieder zurück in unser Haus gegangen. Im Flur hörte ich schon das Klingeln des Telefons. Meine Tochter aus München hatte angerufen. Ich hab nur kurz den Backofen mit dem Baguette ausgestellt, bin ins Wohnzimmer gegangen und hab dann mit ihr telefoniert. Nach dem Telefongespräch wollte ich in der Küche weiterarbeiten und bin total erschrocken, als ich aus dem Küchenfenster die Polizei und den Krankenwagen gesehen hab.«

Weder dem Vermerk von Klose und Hoffmann noch Renate Peters eigenen Aufzeichnungen war zu entnehmen, dass zwischen den Schüssen Zeit verstrichen war.

»Sind Sie sicher, dass Sie zunächst zweimal aufeinanderfolgend und dann erst einige Zeit später einen dritten Knall gehört haben?«

Breitner beobachtete Renate Peters intensiv.

»Ja, natürlich.«

Renate Peters blickte ihn irritiert an. Sie war also sicher.

»Wie viel Zeit lag dazwischen?«

»Vielleicht zehn Minuten. Jedenfalls waren das schon einige Minuten. Als die ersten beiden Schüsse fielen, wollte ich gerade Baguette aufbacken. Das habe ich dann auch gemacht. Das Baguette war schon fast fertig, als ich das zweite Mal einen Schuss hörte. Ich bin zwar sofort rausgelaufen, um direkt vor dem Haus der Heitkamps zu hören, ob die Geräusche von dort kamen. Ich hatte aber eine innere Unruhe, weil das Baguette noch im Ofen war und ich wusste, dass ich nur kurz draußen bleiben kann. Ich wollte ja schließlich nicht das ganze Haus abfackeln.«

Passt, dachte Breitner und nickte Klose konspirativ zu. Der dritte und wohl tödliche Schuss erfolgte erst viel später. Zu einem Zeitpunkt, als Christian Kulisch bereits von zwei Schüssen getroffen auf dem Boden lag und versuchte, sich aufzurichten. Das war kaltblütiger Mord, dachten Breitner und Klose übereinstimmend, ohne von den Gedanken des anderen zu wissen.

26.

Auf dem Weg von Herford nach Essen hatte mich schlagartig die Müdigkeit erwischt. Was für ein Tag. Martina Groß weckte mich über mein Handy, das ich glücklicherweise an die Freisprechanlage des kleinen Mazda angeschlossen hatte. In groben Zügen schilderte ich ihr den Verlauf der wundersamen Nacht, ohne die pikanten Einzelheiten zum Besten zu geben. Schon bereute ich, dass ich keine Nachricht für meinen Liebsten in seinem Haus hinterlassen hatte, und erste Zweifel an der Ernsthaftigkeit seines Interesses an mir plagten mich.

»Vielleicht ist er gar nicht richtig verliebt. Er hätte ja bei dir anrufen können, um meine Handynummer zu erfahren. Ich meine, ein bisschen Einsatz hätte man doch erwarten können. Was mache ich, wenn er sich heute nicht bei mir meldet?«

»Mach dir keine Hoffnung. Er wird dich heute sicher nicht anrufen. Schließlich habt ihr nächste Woche den Prozess Heitkamp zusammen. Also vor und während des Prozesses wird er sich auf gar keinen Fall melden. Das könnte den Prozess gefährden.«

»Nein, stimmt, das ist schon klar. Das erwarte ich auch nicht.«

»Schließlich ist er auch nicht der Typ, der plötzlich aktiv wird, und das auch noch während des Prozesses.«

»Sicher, du hast vollkommen recht.”

»Das hat nichts zu bedeuten und sollte dich natürlich auch nicht gleich unsicher machen.”

»Logisch. Aber ich bin morgen Abend um 18:30 Uhr mit

dem Kollegen Bertram zu einer ausführlichen Besprechung verabredet. Der Prozess in Hannover neigt sich dem Ende zu, und wir müssen überlegen, ob noch dringende Anträge zu stellen sind. Da muss ich mir schon einen guten Grund überlegen, warum ich am Samstagabend keine Zeit für die Besprechung habe. Und was ziehe ich bei einem Date mit Breitner an? Ich frier doch so schnell, und wenn ich etwas Langärmliges und eine Jacke anziehe, wirkt das gleich so unerotisch.«

»Anna, du nervst!«

Tja, so viel zu den grandiosen tiefenpsychologischen Analysen meiner guten Freundin Martina. Gerade war ich erschöpft in die Kanzlei zurückgekehrt, als mir unsere über alles geliebte Frau Alfs noch im Vorbeigehen zurief, dass der Ermittlungsleiter in Sachen Heitkamp, Kriminalhauptkommissar Breitner, angerufen und dringend um Rückruf gebeten hatte. Die Erschöpfung war wie weggeblasen und ich verspürte erstmalig in all den Jahren der Zusammenarbeit mit unserer burschikos spießigen Sekretärin das dringende Bedürfnis, sie zu umarmen. Nervös hatte ich meinen Liebsten zurückgerufen und mit etwas aufgekratzter Stimme und ein klein wenig übermütig: »Rechtsanwältin Bäcker. Guten Tag, Herr Breitner. Sie hatten um Rückruf in der Sache Heitkamp gebeten«, gesagt, als er sich am Telefon meldete. Mein süßer Thomas hatte gelacht und mit: »Schön, dass Sie sich so schnell melden, Frau Bäcker. Uns ist zu Ohren gekommen, dass Sie durch körperlichen Einsatz den untauglichen Versuch unternommen haben, Einfluss auf unseren besten Kripobeamten zu nehmen« gekontert.

Dann war er aber direkt zur Sache gekommen und hatte, mutig, wie er ist, sogleich gefragt, ob ich am Wochenende Zeit habe, und ich habe – ohne Rücksicht auf den möglichen Eindruck einer vertrockneten, alten Jungfer, die mangels attraktiver Alternativen am Wochenende jederzeit verfügbar ist – sofort den Samstagabend um 20 Uhr vorgeschlagen. Kollege Bertram würde sich wohl kurzfristig einem anderen Wochenendvertreib hingeben müssen. Nach der ruhelosen Nacht würde ich am Freitag erst einmal eine gute Portion Schlaf benötigen, um Samstagabend wieder einigermaßen passabel auszusehen.

Jetzt haben wir Samstagabend. Mein Date mit Thomas Breitner steht an, und es kommt, wie es kommen musste. Wie immer bei solchen Gelegenheiten stellt sich mir das große Problem: Was soll ich anziehen? Wenn man ehrlich ist, gibt mein Kleiderschrank nicht wirklich etwas her. Und die altmodische Levi's hat Thomas ja schon kennengelernt. Also meine Lieblingskombi, die zurzeit für jede coole Party herhalten muss. Natürlich nur dann, wenn ich sicher bin, dass nicht dieselben Leute wie beim letzten Mal kommen. Meine topmoderne, absolute Lieblings –no –name –Jeans, dazu das hellblaue Top aus Crêpe –Seide und abgesetzter weißer Spitze am Ausschnitt, das ein kleines bisschen Bauch zeigt. Das kann ich mir im Moment angesichts der Appetitlosigkeit aufgrund des bei mir deutlich vorherrschenden Verliebtseinsstresssyndroms ohne Weiteres leisten. Ich darf nur vor dem Ausgehen nichts essen, sonst muss ich die ganze Zeit den Bauch einziehen – und es gibt ja immer den vermeintlich unbeobachteten Moment. Da es kalt ist und ich ja so leicht friere, ziehe ich meine hellblaue Kapuzenjacke im Sweatshirt –Look darüber. Okay, das hätten wir. Schick in Kombination mit lässig. Leider bin ich ziemlich aufgeregt. Das führt bekanntermaßen zu ungewollten Verspannungen. Ich bin versucht, vor dem Date noch ein Bier zu trinken, um etwas lockerer zu werden. Noch eine halbe Stunde. Ich stell das Bier zurück in den Kühlschrank. Besser, ich bleibe nüchtern. Meine Erfahrungen mit einem Bier vorher sind nicht wirklich gut.

Ich muss an meinen Urlaub in der Türkei im Robinson Camcuva denken. Vier Jahre ist das jetzt her. Jan aus Karlsruhe war mit seinen Arbeitskollegen von der Firma SAP als Auszeichnung für den besten Jahresabschluss da. Er hatte mich entdeckt und versuchte, mich bei allen nur denkbaren Gelegenheiten zu ärgern, natürlich, um auf sich aufmerksam zu machen. Das gelang ihm auch. Am Tag vor seiner Abreise gingen die »Ich mag dich gar nicht« –Spielchen zunächst weiter. Als ich die Nase voll hatte und nur noch kurz zur Toilette ging, bevor ich ins Bett wollte, stand er plötzlich direkt vor dem Toilettenausgang und wartete auf mich. Das war die Wende. Wir verbrachten eine wunderschöne Nacht auf den Stufen des Amphitheaters, ohne Sex, aber mit einem phantastischen Sternenhimmel und unvergessener Romantik. Darum verdient diese unvergessliche Nacht, dass ich sie erwähne. Wir haben uns dann später noch einmal in Dortmund getroffen. Alles war drin. Ich war aufgeregt und habe vorher eine Flasche Bier getrunken. Das war ein großer Fehler. Ich war albern, überheblich und abweisend. Einfach unerträglich. Und ich habe später nicht einmal versucht, das wiedergutzumachen.

Also. Lieber etwas verspannt, aber nüchtern. Schließlich treffen wir uns ja in der Brauerei in Bottrop, und spätestens nach zehn Minuten verkrampften und gehemmten Gestotters habe ich die Gelegenheit, alles bei einer Maß Bier zu verderben.

Ich komme fast pünktlich zu unserer Verabredung und genieße erst etwas aufgeregt, aber mit kontrolliertem Biergenuss immer entspannter unser Date.

»Eigentlich ist es unfassbar, dass sich der ganze Fall Heitkamp auf das unüberlegte Rauchen von Sonja Heitkamp im Taxi von Christian Kulisch reduzieren lässt. Dabei konnte sie doch wirklich nicht ahnen, dass es sich bei dem Taxi um ein Nichtrauchertaxi und bei Christian Kulisch um einen extrem militanten Nichtraucher handelt«, ereifere ich mich.

»Das Rauchen war schon ziemlich rücksichtslos von Sonja Heitkamp. Und inzwischen gäbe es über das Rauchen im Taxi auch keine Diskussion mehr. Es ist verboten«, wendet Thomas ein.

»Das stimmt. Vielleicht wäre Sonja Heitkamp gar nicht auf die Idee gekommen, im Taxi zu rauchen, wenn das Rauchverbot bereits damals gegolten hätte. Es ist schon fast makaber, dass das Rauchen am 01.09.2007 in allen öffentlichen Einrichtungen und auch in Taxis verboten wurde, nur ein paar Monate nach der verhängnisvollen Taxifahrt.«

Ich nippe zurückhaltend an meinem Bier.

»Obwohl mir das mit dem Rauchverbot immer und fast überall total auf die Nerven geht.«

Ich lege einen Schluck Bier nach.

»Ich kann ja verstehen, dass man Nichtraucher schützen will und ein Rauchverbot dort erzwingt, wo Menschen sich zwangsweise aufhalten müssen, also in Bahnhöfen, Kantinen und so. Aber dass der Staat uns jetzt quasi auch im Privatbereich erziehen will, geht mir zu weit. Jeder Kneipenwirt muss doch selbst wissen, ob er eine Raucherkneipe einrichten will oder nicht. Jeder Gast kann sich vor einem Besuch entscheiden und jeder Mitarbeiter auch. Es ist ja auch keine Arbeit in Bergwerken oder an hochgiftigen Maschinen verboten. Wie bitte werden Nichtraucher durch das Rauchen gefährdet oder auch nur gestört, wenn eine Kneipe erkennbar eine Raucherkneipe ist?«

Keine Reaktion von Thomas. Egal, wenn ich mal in Rage bin.

»Diese ewige Bevormundung durch den Staat finde ich einfach nur nervig und anstrengend. Es gibt so viel, was ungesund ist. Und mit derselben Argumentation wie bei der Nichtraucherrevolution geht's bald auch dem Alkohol wegen der Trinker und den Süßigkeiten wegen der Übergewichtigen an den Kragen. Wahrscheinlich wird dann irgendwann auch ab 23 Uhr das Licht abgeschaltet, weil der Schlaf vor 24 Uhr so wichtig für die Gesundheit ist.«

Ich trinke genüsslich einen großen Schluck Bier. Thomas blickt mich an und sagt immer noch nichts. Ich bin zu redselig und weiß nicht, ob er mich überhaupt versteht, ob er versteht, worum es mir geht.

»Entschuldige, dass ich dich mit so uninteressanten Gedanken behellige.«

Thomas grinst.

»Keine Sorge. Ich habe auch schon mal über das Leben nachgedacht.«

Mist. Er kann auch noch Gedanken lesen, der Scheißbulle. Ich lache.

»Nicht so frech, nur weil wir schon mal Sex hatten.«

Thomas schaut mich an, und sein Blick ist plötzlich so warm und weich, dass ich eine Gänsehaut bekomme. Er kommt näher und küsst mich auf den Mund. Dann nimmt er meinen

Kopf in seine Hände, streichelt mir über mein linkes Elefantenohr und schaut mir in die Augen. Ich blicke zurück in seine wunderbar klaren, grauen Augen, und ganz tief drinnen sehe ich mich selbst. Ein Stich ins Herz. Mitten hinein. Piercing through my soul.

»But when I look into your eyes
You're worth that sacrifice
If this is the kind of love that my mom used to warn me about
Man, I'm in trouble
I'm in real big trouble
If this is the kind of love that the old folks used to warn me about
Man, I'm in trouble
I'm in real big trouble
I need y'all to do me a favor
Someone please call 911
Tell them I just been shot down
and the bullet's in my heart
And it's piercin through my soul
Feel my body gettin cold
Someone please call 911?«

Genau das. Wyclef Jean and Mary J. Blige wussten, was ich meine.

Thomas nahm meine Hände und umschloss sie mit seinen. Bei der Gelegenheit fiel mir ein, dass ich wirklich hässliche Hände mit hässlichen Fingern habe. Man könnte meine Finger auch mit zehn schrumpeligen Würstchen verwechseln. Aber egal. Damit musste er jetzt leben.

27.

Breitner fühlte sich nach dem Wochenende mit Anna unverwundbar und strahlte für seine Kollegen eine für ihn ungewöhnliche Freundlichkeit aus. Selbst die Probleme des anstehenden Prozesses gegen Holger Heitkamp tangierten ihn nur oberflächlich. Immer noch fehlte das schriftliche Gutachten der Blutspurenanalyse vom BKA. Dabei verblieben nur noch drei Tage, bis der Prozess gegen Holger Heitkamp beginnen sollte. Dennoch war das nicht völlig ungewöhnlich. Breitner hatte Prozesse erlebt, bei denen das Gutachten auch bei Prozessbeginn noch nicht vorlag und erst vom Sachverständigen vom BKA im Prozess selbst mündlich vorgetragen wurde. So schien es hier auch zu laufen.

Breitner war an diesem Montagmorgen gerade dabei, die Posteingänge zu kontrollieren, als Klose, ohne anzuklopfen, die Tür zum Büro öffnete und seinen Kopf hereinstreckte. Nachdem er sah, dass Breitner weder telefonierte noch sonst einer konzentrierten Arbeit nachging, betrat er ohne zu grüßen und unaufgefordert das Büro.

»Guten Morgen, mein lieber Herr Kollege. Treten Sie ein. Ich hoffe, Sie hatten ein schönes Wochenende.«

Breitner konnte sich diese Provokation nicht verkneifen und lächelte Klose an.

»Sag mal, hast du Drogen genommen. Deine gute Laune ist ja unerträglich. Wahrscheinlich singst du neuerdings auch morgens unter der Dusche.«

Breitner musste lachen.

»Keine schlechte Einschätzung. Gute psychologische Ermittlungsarbeit.«

Klose schüttelte verständnislos seinen Kopf. In all den Jahren ihrer Zusammenarbeit hatte er seinen Kollegen nicht so launig erlebt. Man konnte fast in Sorge um seinen Verstand geraten. Breitner hatte immer eine gewisse Distanziertheit an den Tag gelegt, getragen von Geradlinigkeit und außergewöhnlicher Selbstdisziplin. Selbst in der Trennungsphase von seiner damaligen Ehefrau Claudia waren ihm weder bei der Arbeit noch im Umgang mit seinen Kollegen irgendwelche Gefühlsregungen anzumerken gewesen. Sicher zeigte er bisweilen Mitgefühl, aber das bezog ihn selbst und seine persönlichen Empfindungen nicht mit ein.

»Rita hat mich gebeten, dir auszurichten, dass du sie anrufen sollst.«

»Welche Rita?«

Im ersten Moment wusste Breitner die Information nicht einzuordnen. Mit Rita vom Drogendezernat hatte er beruflich nur wenige Berührungspunkte, so dass er einen dienstlichen Anruf von ihr nicht erwartete.

»Kriminaloberkommissarin Roswitha Olschewski vom Drogendezernat. Die süße Schwarzhaarige, mit der du rumgemacht hast.«

Sofort legte sich die gute Laune von Breitner. Hoffentlich fing sie nicht jetzt mit anstrengenden Diskussionen an.

»Hat sie dir gesagt, worum es geht?«

»Das Drogendezernat hat wohl eine Dealerbande hochgenommen, und der Kopf der Bande möchte mit dir sprechen.«

Glücklicherweise beruflich, dachte Breitner erleichtert und nahm den Hörer seines Telefons, um sich mit dem Drogendezernat verbinden zu lassen. Da sich die internen Telefonnummern ständig änderten, hatte er sich erst gar nicht bemüht, Ritas Durchwahl im Kopf zu behalten. Klose machte Anstalten, das Büro zu verlassen.

Breitner legte seine Hand auf das Mikrofon des Telefons.

»Willst du gar nicht wissen, was der große Drogenboss von mir will.«

»Du wirst es mir spätestens in der Teambesprechung um 11 Uhr verkünden«, erklärte Klose ungerührt und ging hinaus.

Rita war nach dem ersten Klingeln am Telefon.

»Polizei Essen. Olschewski.«

Auf dem Display am Telefon war für sie nicht zu erkennen, ob es sich um einen internen oder externen Anruf handelte.

»Thomas Breitner. Hallo Rita. Du hast um Rückruf gebeten.«

»Hallo Thomas, wie geht's?«

Ihre Stimme klang erfreut.

Breitner hatte keine Lust auf privates Geplänkel.

»Danke, gut. Ich hoffe, dir auch. Ich bin ein bisschen unter Zeitdruck. Klose hat mir erzählt, dass ihr ein paar Dealer festgenommen habt und einer der Dealer mit mir sprechen möchte. Worum geht es?«

Rita war durch Breitners spürbare Reserviertheit sofort verunsichert.

»Dich habe ich nicht erreicht. Darum habe ich Klose angerufen. Wir haben eine türkische Drogenbande auffliegen lassen und dabei fünf Tatverdächtige festgenommen. Unser Hauptbeschuldigter ist ein gewisser Mehmet Özcan. Er ist in der Drogenszene ziemlich bekannt und hat ein endloses Vorstrafenregister. Er behauptet, Informationen zum Strafverfahren gegen Holger Heitkamp zu haben. Wir wissen nicht, was da dran ist. Vielleicht will er sich nur eine Strafmilderung verdienen. Aber ich dachte, du solltest es wissen.«

Breitner staunte. Was hatte der beruflich so erfolgreiche Holger Heitkamp mit bekannten Drogendealern zu tun? Hatte er Drogen gekauft und bei der Tat unter Drogen gestanden? Oder bluffte Mehmet Özcan, um mit einer milderen Strafe davonzukommen? Im Drogenprozess war nach dem Betäubungsmittelgesetz Strafmilderung für Aufklärung anderer Straftaten vorgesehen. Allerdings setzte das voraus, dass die Aufklärung auch zum Ermittlungserfolg führte. Ansonsten gab es keine Strafmilderung.

»Ich habe gesagt, er soll zumindest Andeutungen machen, damit ich überprüfen kann, ob es sich für eine Vernehmung lohnt. Das hat er abgelehnt. Trotzdem wollte ich dir Bescheid geben. Du musst überlegen, ob du ihn anhören möchtest.«

Das hättest du auch Klose erklären können, dachte er bei sich, sagte aber nichts.

»Und wie läuft es mit deiner Anwältin?«

Na, jetzt war klar, warum sie unbedingt mit ihm sprechen wollte.

»Gut. Warum fragst du?«, gab Breitner den Schwarzen Peter zurück. Eine kurze Pause entstand, und er konnte förmlich spüren, wie sich Rita ärgerte. Er hatte nicht das Bedürfnis, seine Freude mit ihr zu teilen, denn er wusste, dass es für sie keine war. Sie war für ihn nie zu einem guten Freund geworden. Und er wollte seine Freude genießen.

»Na, ihr habt ja Weiberfastnacht ganz schön getrunken und ziemlich verliebt getanzt. Auch wenn das ‚Alibi' vielleicht nicht so ganz der richtige Ort für solche Flirts ist. Es waren ziemlich viele Kollegen da, die das auch gesehen und sich das Maul über euch zerrissen haben.«

Und du gehörtest bestimmt zur ersten Garde, dachte Breitner, sagte aber wieder nichts. Er wollte sich partout nichts verderben lassen und erst recht nicht auf eine Streitdiskussion eingehen. Es entstand wieder eine Pause.

»In welcher Justizvollzugsanstalt sitzt Özcan ein?«, fragte er, ohne ihre giftigen Worte zu kommentieren.

»In Essen«, kam die kurze Antwort.

»Okay. Ich werde ihn dann spätestens Mitte nächster Woche aufsuchen. Vorher geht es nicht. War's das?«

»Ja, das war alles. Tschüss.«

Breitner bedankte sich für die Information, verabschiedete sich artig und legte den Hörer auf. Schlechter Abgang, schlechter Beigeschmack. Beides konnte seinen Glückspanzer nicht ankratzen.

Özcan hatte Breitner neugierig gemacht. Was hatte er zu berichten, von dem er sich Strafmilderung erhoffen konnte? Sollte Holger Heitkamp bei ihm Drogen gekauft und konsumiert haben, so könnte sich das auch auf sein eigenes Strafverfahren strafmildernd auswirken. Wenn Breitner an das gefühllose Auftreten Heitkamps gegenüber seinem Sohn dachte, widerstrebte es ihm, nun auch zu dessen Gunsten zu ermitteln. Doch das war seine Pflicht. Außerdem könnte darin auch der Grund für seine Gefühllosigkeit liegen.

Grundsätzlich war es Aufgabe der Verteidigung, persönliche Umstände des Angeklagten, wie die Begehung einer Tat unter Drogeneinfluss, im Prozess vorzubringen und damit auf eine verminderte Schuldfähigkeit zu plädieren. Die Polizei konnte gegebenenfalls nur die Indizien ermitteln, die diese Einlassung stützten oder widerlegten. Allein der Angeklagte und ein medizinischer Sachverständiger konnten beurteilen, inwieweit die Drogen das Handeln während der Tat beeinflusst hatten.

Breitner lehnte sich zurück. Auch bei einem etwaigen Drogenkonsum von Holger Heitkamp war keine wirkliche Wende im Verfahren zu erwarten.

28.

Am Landgericht Essen gibt es – wie an allen größeren deutschen Landgerichten – gute und auch schlechte Richter. Richter, die tatsächlich an der Wahrheit interessiert sind, Richter, die fair und unvoreingenommen dem Strafverfahren gegenüberstehen und streng nach Beweisen urteilen, Richter, die lediglich einen einfachen, unkomplizierten und vor allem kurzen Prozess bevorzugen, Richter, die nach Sympathie und Antipathie urteilen, und Richter, die sich als Verbündete der Staatsanwaltschaft verstehen, bei denen die Schuld des Angeklagten lange vor dem Prozess feststeht.

Vorsitzender Richter am Landgericht Lange gehört zu den Guten. Ich kenne ihn noch aus der Zeit, als er als beisitzender Richter in der Schwurgerichtskammer unter dem Vorsitz des etwas profilierungsorientierten Vorsitzenden Tenkhoff saß. Damals hatte er einen eher zurückhaltenden, fast schon blassen Eindruck neben dem schillernden Vorsitzenden gemacht und in den Strafprozessen – wie es für beisitzende Richter nicht ganz ungewöhnlich ist – scheinbar wenig Einfluss auf den Verlauf des Verfahrens ausgeübt. Erst mit seiner Ernennung zum Vorsitzenden der Schwurgerichtskammer lernte ich ihn als engagierten Richter kennen, der ruhig, aber bestimmt die Leitung des Prozesses in der Hand behielt und in seinen Urteilen immer die richtigen Worte fand, um den Angeklagten und seine Tat treffend und rückhaltlos zu charakterisieren, ohne dabei unnötig verletzende oder diffamierende Worte zu gebrauchen. Auf diese Weise gelang es ihm auch, die Angeklagten zu erreichen.

Er hält es weder mit Bündnissen zur Staatsanwaltschaft noch mit Koalitionen zur Verteidigung und ist an Deals zwischen den Verfahrensbeteiligten im Schwurgerichtsprozess, in dem es durchweg um gegen das Leben eines Menschen gerichtete Straftaten geht, nicht interessiert. Er kennt die Verfahrensakten genau und zeichnet sich durch eine hervorragende Vorbereitung aus, die dem Verfahrensgegenstand angemessen ist. Ich war also hoch zufrieden, als mir die Besetzung der Schwurgerichtskammer mitgeteilt wurde und klar war, dass Richter Lange den Vorsitz im Strafverfahren gegen Holger Heitkamp führen und dass er nicht etwa wegen eines anstehenden Urlaubs durch den stellvertretenden Vorsitzenden der Kammer, den noch jungen und forschen Richter am Landgericht Dr. Hassler, vertreten sein würde.

Mein Privatleben hatte mich– sagen wir – ziemlich mit Beschlag belegt und das in der Öffentlichkeit aufmerksam verfolgte Verfahren gegen Holger Heitkamp ein klein wenig in den Hintergrund gedrängt. Das galt aber nur so lange, bis ich am Donnerstag, dem 07.02.2008, von Kirchhellen nach Essen aufbrach. Der Prozess sollte um 9 Uhr beginnen, ich fuhr bereits um 7:45 Uhr los. Mein Lieblingssender im Radio LOK 2 kündigte nicht nur den Prozess an, sondern brachte einen ausführlichen Bericht über das Tatgeschehen und die ambivalente Rolle des Angeklagten Holger Heitkamp.

»Ist er Opfer oder Täter? Wahrscheinlich ist er beides«, tönte es aus dem Radio, nachdem die in der Öffentlichkeit bekannten Fakten des Falls ausführlich dargestellt wurden.

»Wie der Pressesprecher des Landgerichts mitteilte, hält die Staatsanwaltschaft Essen es für erwiesen, dass der 37 –jährige

Holger H. den schwerverletzten, am Boden liegenden Christian K. erschoss, obwohl Christian K. aufgrund der vorangegangenen zwei Schüsse völlig handlungsunfähig war. Die Staatsanwaltschaft hat deshalb Holger H. wegen Totschlags angeklagt. Sie meint, dass hier ein klarer Fall von Selbstjustiz vorliegt. Die entscheidende Frage ist, ob das Gericht das auch so sieht. Holger H. musste immerhin mit ansehen, wie Christian K. auf seine hochschwangere Ehefrau eingeschlagen hat. Er hatte ihn bei der Tat überrascht und zunächst zweimal auf Christian K. geschossen. Das Gericht wird also aufklären müssen, ob Holger H. sich noch bedroht fühlte oder ob er das dritte Mal aus Rache schoss, als er Christian K. letztendlich tötete. Nur zwei Tage nach der Tat ist die Ehefrau von Holger H. ihren schweren Kopfverletzungen erlegen. Ihr Kind konnte gerettet werden. Der angeklagte Holger H. hat sich bis heute nicht zu den Vorwürfen der Staatsanwaltschaft geäußert. Der Prozess beginnt um 9:00 Uhr vor dem Landgericht Essen und wird mit Spannung erwartet.«

Um halb neun kam ich in Essen an, stellte meinen alten 3er BMW Touring im Parkhaus ab und hatte noch kurz Zeit, in der Kanzlei meine Akten und die Robe zu holen. Vor dem Gebäude des Amts – und Landgerichts warteten bereits mehrere Teams von Fernseh – und Radiosendern, wie es bei spektakulären Prozessen durchaus üblich ist. Auch im Verhandlungsraum wurde gefilmt. Die Zuschauer im bis auf den letzten Platz gefüllten Schwurgerichtssaal 101 waren bereits eingelassen worden. Ich nahm meinen Platz gegenüber der Anklagebank neben Staatsanwaltschaft und dem sachverständigen Pathologen Dr. Gruber ein, breitete meine Akten auf dem Tisch aus und ging dann nochmals kurz in den großzügigen Gerichtsflur vor dem Saal, um meine Mandantin in Empfang zu nehmen.

Mit bekümmertem Gesicht und einem dazu harmonierenden grauen Kostüm erschien Susanne Piel pünktlich zur Verhandlung. Ich erklärte ihr die Sitzordnung, wurde aber das Gefühl nicht los, dass sie, mit der Situation vor Gericht etwas überfordert, nicht zuhörte.

»Ist Holger schon da?«, fragte sie abwesend und schaute sich dabei verängstigt um.

»Er ist bereits im Gerichtssaal und bespricht sich mit seinen beiden Verteidigern.«

»Wieso zwei Verteidiger? Davon weiß ich nichts. Darf er das?«

»Das ist doch überhaupt kein Problem«, versuchte ich, sie zu beruhigen.

»Er darf sich von bis zu drei Verteidigern im Prozess vertreten lassen. Und dass er heute mit einem weiteren Verteidiger aufwartet, zeigt doch nur seine Unsicherheit. Nun bleiben Sie mal ganz locker und gelassen.«

Wir gingen gemeinsam in den Gerichtssaal und nahmen auf unseren Stühlen Platz – und nun sitzen wir hier und warten auf den Beginn des Prozesses. Mein lieber Freund Dr. Berg, der Vertreter der Staatsanwaltschaft, fehlt noch, und ohne Staatsanwalt kann nun mal kein Strafprozess beginnen. Der Vorsitzende taucht kurz in der Tür zum Beratungszimmer auf und lässt seinen Blick aufmerksam durch den Gerichtssaal schweifen, ehe er sich an die Protokollführerin wendet, die am rechten Rand des Richterpults in unserer Hörweite ihren Platz hat.

»Geben Sie bitte kurz Bescheid, wenn der Staatsanwalt eingetroffen ist und alle Beteiligten anwesend sind.«

Die Protokollführerin nickt artig, und der Vorsitzende verschwindet mit einem freundlichen Nicken zur Nebenklagebank, also zu mir, wieder im Beratungszimmer. Wir warten. In der Zwischenzeit filmt das Kamerateam eines bekannten TV – Senders den Angeklagten und seine beiden Verteidiger. Die Verteidiger von Holger Heitkamp nutzen die Zwangspause und stehen ungezwungen auf. Allem Anschein nach suchen sie den Kontakt zur Nebenklage. Ganz langsam steuern sie mit einem netten Lächeln geradewegs auf unseren Platz zu. Etwas unpassend. Die durch die Umstände gezeichnete Nebenklägerin hat sicherlich kein Interesse an einem Höflichkeitsbesuch der anwaltlichen Vertreter ihres verhassten Schwagers. Ich stehe also unvermittelt auf. Das ist immerhin eine günstige Gelegenheit, die Kollegen der Verteidigung abzuchecken.

»Ich werde kurz die beiden Verteidiger begrüßen«, erkläre ich Susanne Piel, stehe auf, ohne ihre Reaktion abzuwarten, und begebe mich in Feindesland. Mit einem freundlichen Lächeln gehe ich auf die Verteidigerbank und die beiden mir noch unbekannten Kollegen sowie den Angeklagten zu, der still auf seinem Platz sitzt und äußerst attraktiv mit einem gepflegten Äußeren glänzt. Tja, mein lieber Herr Heitkamp. Das war ein unverzeihlicher Fehler, entgegen meiner Empfehlung nicht den Kollegen Zimmer zu mandatieren. Es gibt keinen Grund mehr, auch nur die geringste Rücksicht zu nehmen.

Namentlich ist mir einer der Verteidiger aus den Ermittlungsakten bekannt. Rechtsanwalt Dammer aus Hamburg, der nicht nur regional einen wehrhaften, wenn auch etwas zwielichtigen Ruf genießt.

»Guten Tag. Sie sind sicherlich die Kollegin Bäcker. Mein Name ist Dammer, und das ist der Kollege Kron aus Berlin. Ich glaube, wir sind uns noch nicht begegnet. Ich habe allerdings schon einiges von Ihnen gehört«, schleimt der größere der beiden Kollegen.

Rechtsanwalt Kron aus Berlin ist also der zweite Widersacher an der Seite von Holger Heitkamp, bekannt durch zahlreiche spektakuläre Prozesse in ganz Deutschland. Das wird dir nichts nützen, schöner Holger.

»Rechtsanwältin Bäcker«, stelle ich mich vor und strecke ihm zur Begrüßung die Hand entgegen.

»Eigentlich kommt es nie vor, dass wir auf den Staatsanwalt warten müssen.«

»Nehmen wir das als gutes Omen für die Verteidigung«, deutet Kollege Dammer die Situation tiefsinnig. Sein kleiner rundlicher Kollege kommentiert die Äußerung mit einem breiten Grinsen.

»In aussichtsloser Position klammert man sich natürlich gern an jeden Strohhalm«, kontere ich mit ungerührtem Lächeln. Der Ernst kehrt in die Gesichter der Kollegen zurück.

»Staatsanwalt Dr. Berg habe ich heute Morgen schon sehr zeitig um Viertel nach acht im Gerichtssaal getroffen. Der Vorsitzende hat ihn aber gebeten, nochmals kurz telefonischen Kontakt zum Bundeskriminalamt aufzunehmen, weil das schriftliche Blutspurengutachten immer noch nicht vorliegt«, erklärt Kollege Dammer weiterhin freundlich.

»Das ist leider inzwischen Alltag. Das BKA kann die zahllosen gerichtlichen Gutachteraufträge nicht bewältigen und ist gnadenlos überfordert«, ergänzt Kollege Kron nüchtern, als die schwere Saaltür aufgeht und Berg eiligen Schrittes im Gerichtssaal erscheint, kurz mit einem Lächeln grüßt und sich auf seinen Platz begibt. Er streift seine Robe über und gibt der Protokollführerin ein kurzes Zeichen, die sofort aufsteht und den Vorsitzenden im Beratungszimmer über die Ankunft des Staatsanwaltes informiert. Endlich kann der Prozess beginnen.

Es vergehen zwei Minuten, ehe sich die Tür zum Beratungszimmer öffnet und der Vorsitzende sich erneut an die Protokollführerin wendet.

»Rufen Sie bitte auf.«

Die Protokollführerin betätigt ihr Mikrofon, und ihre Stimme hallt deutlich im Gerichtssaal und im Gerichtsflur: »In der Strafsache gegen Heitkamp bitte alle Beteiligten und Zeugen eintreten.« Nach dem Ladungsplan sind die ersten Zeugen für 11 Uhr geladen, die weiteren Beteiligten wie der Angeklagte, seine Verteidiger, der Staatsanwalt, die Nebenklägerin und ich als ihre Vertreterin befinden sich allesamt bereits auf ihren Plätzen, und so geht der Aufruf der Protokollführerin erwartungsgemäß ins Leere. Niemand öffnet die Tür. Niemand erscheint.

Aber jetzt, mit dem Aufruf des Strafverfahrens durch die Protokollführerin, begann das Strafverfahren gegen Holger Heitkamp offiziell mit der Hauptverhandlung.

29.

Ein paar Minuten sind vergangen, und wieder öffnet sich die Tür des Beratungszimmers. Die drei Berufsrichter und die beiden Schöffen der Schwurgerichtskammer betreten nacheinander den Gerichtssaal. Sämtliche Personen im Gerichtssaal erheben sich, außer ein paar unwissende Zuschauer, die von den anwesenden Wachtmeistern über die Gepflogenheiten im Gerichtsverfahren mit einem knappen »Bitte erheben Sie sich« aufgeklärt werden. Das Eintreten der Strafkammer im Gerichtssaal wird von der Kamera des Fernsehteams gefilmt.

»Ich bitte Sie nunmehr, das Fotografieren und Filmen einzustellen«, wendet sich der Vorsitzende an die Journalisten. In deutschen Gerichten darf während der Hauptverhandlung nicht gefilmt oder fotografiert werden. Der Vorsitzende wartet das kurze Blitzgewitter der Fotoapparate und den Abbau der Kamera ab.

»Hiermit eröffne ich die Sitzung der Schwurgerichtskammer in der Strafsache gegen den Diplom –Kaufmann Holger Heitkamp«, erklärt der Vorsitzende mit fester Stimme und wendet sich an alle Anwesenden.

»Nehmen Sie bitte Platz.«

Es dauert eine Weile, bis sich alle Personen im Gerichtssaal gesetzt haben und wieder Ruhe einkehrt.

»Die Kammer ist in der ordentlichen Besetzung des Geschäftsverteilungsplans mit den Berufsrichtern rechts neben mir Frau Richterin am Landgericht Brenner und Richter am

Landgericht Dr. Hassler zu meiner Linken als beisitzende Berufsrichter sowie Herrn Studienrat Dierichs und Sozialpädagogin Frau Steif als Schöffen besetzt. Mein Name ist Lange, und ich werde diese Verhandlung leiten.«

Richter Lange macht eine Pause und schaut kurz in die Runde der Beteiligten.

»Gibt es zu der Besetzung irgendeine Erklärung?«, fragt er.

Dies ist der letztmögliche Zeitpunkt, um die personelle Besetzung des Gerichts zu rügen. Der Angeklagte hat einen Anspruch auf einen gesetzlichen Richter. Das heißt, dass für den Angeklagten bereits im Voraus bestimmt sein muss, welches Gericht und welcher Richter zuständig ist. Das gilt auch für die Schöffen, also die ehrenamtlichen Richter. Bestimmt wird das durch den Geschäftsverteilungsplan des Landgerichts, nach dem überwiegend durch den Anfangsbuchstaben des Nachnamens eines Angeklagten oder durch den Sachbezug in der Anklage eine bestimmte Strafkammer des Gerichts in einer bestimmten personellen Besetzung zuständig ist. Im Fall von Holger Heitkamp ist das Schwurgericht zuständig, weil es um ein Tötungsdelikt geht. Hat einer seiner Verteidiger oder sonst ein Beteiligter Bedenken wegen der richtigen Zuordnung, kann er das nur bis zum jetzigen Zeitpunkt rügen. Tut er das nicht, dann kann er später beispielsweise in der Revision nicht mehr beanstanden, dass die personelle Besetzung des Gerichts fehlerhaft gewesen sei. Es zeichnet den fairen Vorsitzenden Lange aus, dass er explizit auf diesen Zeitpunkt hinweist und dadurch jedem Beteiligten Gelegenheit zu einem solchen Einwand gibt.

Alle Beteiligten schauen den Vorsitzenden an, schütteln kurz den Kopf, und der Vorsitzende fährt fort.

»Bevor wir mit Verlesung der Anklage beginnen, möchte ich zunächst die Beteiligten feststellen. Außerdem weise ich die Beteiligten darauf hin, dass das schriftliche Blutspurengutachten des Bundeskriminalamtes noch immer nicht eingetroffen ist. Der Herr Staatsanwalt hat gerade noch mit dem Bundeskriminalamt telefoniert. Ich habe deshalb den Sachverständigen Dr. Behnke vom Bundeskriminalamt für den zweiten Verhandlungstag, also für morgen, den 08.02.2008 geladen. Das ist kurzfristig mit ihm abgestimmt. Er wird uns dann das Ergebnis der Blutspurenanalyse vom Tatort mündlich vortragen. Bitte richten Sie sich darauf ein.«

Nachdem der Vorsitzende kurz die Anwesenheit der Beteiligten für das Hauptverhandlungsprotokoll festgestellt und die Personalien des Angeklagten überprüft hat, steht Staatsanwalt Dr. Berg auf und verliest die Anklageschrift. Der Angeklagte muss in allen Details wissen, was ihm der Staat vorwirft.

»Sie haben die Anklage gehört, Herr Heitkamp«, wendet sich der Vorsitzende nach Verlesen der Anklageschrift an den Angeklagten.

»Ich habe Sie zu belehren, dass es Ihnen freisteht, sich zu den Vorwürfen zu äußern oder zu schweigen. Aus Ihrem Schweigen darf das Gericht keine für Sie nachteiligen Schlüsse ziehen. Die Staatsanwaltschaft muss Ihnen sämtliche Tatvorwürfe nachweisen. Wie wollen Sie es halten? Möchten Sie sich zur Sache einlassen?«

Holger Heitkamp schaut den Vorsitzenden mit seinen klaren Augen freundlich, fast ängstlich an und wendet sich dann mit um Hilfe suchendem Blick an seine beiden Verteidiger.

»Unser Mandant wird sich zur Sache einlassen«, erklärt Kollege Kron und wendet sich an Holger Heitkamp. »Auch, wenn es Ihnen schwerfällt, versuchen Sie, so gut wie möglich dem Gericht zu schildern, was sich alles ereignet hat.«

Holger Heitkamp senkt den Blick und scheint seine Hände anzustarren. Im Gerichtssaal ist die Spannung zum Schneiden. Kein Geräusch im Saal. Nur von der Straße dröhnt das Motorengeräusch eines anfahrenden Lkw durch die riesigen, geschlossenen Fenster herein. Alle Blicke sind auf Heitkamp gerichtet. Es dauert einen Moment, bis er den Kopf hebt und mit brüchiger Stimme, Tränen in den Augen und kurzen Pausen zwischen den gewählten Worten seine Einlassung beginnt. Es sind die ersten Worte, die ich von Holger Heitkamp nach unserer Besprechung in der Kanzlei im letzten Jahr höre. Das alles scheint eine Ewigkeit her zu sein.

»Ich kann das alles noch gar nicht glauben. Es ist alles so unwirklich. Aber was geschehen ist, ist tatsächlich geschehen, und damit muss ich jetzt leben.«

Holger Heitkamp unterbricht seine Worte. Er fasst sich mit Daumen und Zeigefinger über der Nasenwurzel in seine Augen, so als drücke er sie fest zu. Als er aufschaut, sind seine Augen gerötet.

»Alles fing im letzten Jahr nach einer Betriebsfeier auf der Zeche Zollverein an, die wir zusammen besucht haben. Sonja war schwanger, und sie wollte früh nach Hause. Wir haben dann eines der Taxis vor dem Eingang genommen. Ich erinnere mich noch daran, dass das Taxi paradoxerweise ein Hufeisen auf dem Gitter der Motorhaube hatte.«

Er lächelt bitter.

»Der Taxifahrer war erst sehr freundlich. Aber dann hat sich

Sonja eine Zigarette angezündet, und er wurde ungehalten. Es war wohl ein Nichtrauchertaxi. Er ist richtig hysterisch geworden und hat uns dann mitten in der Nacht bei kaltem Wetter in einer Wohnsiedlung in Altenessen aus dem Taxi geschmissen. Dabei hat er eine Vollbremsung gemacht, so dass Sonja gegen die Lehne vom Vordersitz gestoßen wurde. Sie war total geschockt. Wir mussten ein neues Taxi über Handy ordern. Als wir zu Hause waren, ging es Sonja sehr schlecht. Sie war kreidebleich und wollte sich hinlegen. In der Nacht hat sie Blutungen bekommen. Die waren zwar nicht so stark, aber ich habe sofort einen Krankenwagen gerufen. Sie blieb bis zum nächsten Tag im Krankenhaus. Der Arzt meinte, sie solle sich schonen. Wir haben erst überlegt, was wir machen sollen. Wir konnten das nicht so stehenlassen. Fast hätte Sonja ihr Kind verloren. Der Mann war ja völlig durchgeknallt. Ich habe bei verschiedenen Taxiunternehmen angerufen und mich nach dem Taxi mit dem Hufeisen erkundigt. So hab ich dann den Namen des Taxifahrers herausbekommen. Wir sind später zu der Anwältin meiner Frau gegangen und haben sie gebeten, Anzeige gegen den Taxifahrer zu erstatten. Die Anwältin war Frau Bäcker, die jetzt die Schwester meiner Frau vertritt.«

Holger Heitkamp, wie auch alle anderen, starren mich an. Ich schaue ihn ungerührt an und mache mir Notizen von seiner Einlassung.

»Sie hat uns bestätigt, dass das Verhalten des Taxifahrers zu weit ging. Sie meinte, das sei Körperverletzung und Nötigung, und hat Strafanzeige im Namen meiner Frau erstattet. Irgendwann muss Herr Kulisch davon erfahren haben. Er hat wohl wegen der Anzeige seinen Job verloren und bei uns zu Hause angerufen. Beim ersten Anruf war Sonja am Telefon. Sie hat sich aber total darüber aufgeregt, und darum bin ich dann immer ans Telefon gegangen, wenn ich zu Hause war. Als ich ihn nochmals am Apparat hatte, hab ich ihm meine Handynummer gegeben. Er wollte in Ruhe mit mir sprechen und sich entschuldigen. Aber die Anzeige lief ja schon, und seinen Job hatte er auch schon verloren. Jedenfalls war es ein großer Fehler, dass ich ihm meine Handynummer gegeben habe. Er rief immer wieder an und bedrohte mich zunehmend. Er sagte, wir hätten sein Leben zerstört und es würde mir noch leidtun. Auch meine Kollegen im Büro, Bernd Diekmann und John Stampler, haben einige der Anrufe mitgekriegt. Meistens hab ich einfach aufgelegt und das Handy ausgeschaltet, wenn er angerufen hat.«

Holger Heitkamp schaut auf, und unsere Blicke treffen sich kurz. Warum weiß ich nichts davon, dass belästigende und sogar bedrohliche Anrufe durch Christian Kulisch erfolgten? Vielleicht hätte ich mit ihm reden können.

»Ich dachte, das hört schon auf, wenn keine Reaktion erfolgt.«

Er scheint meine Frage gehört zu haben.

»Aber so war es nicht. Das habe ich zu spät gemerkt, erst am 27.04.2007. Das war ein Freitag. Kulisch rief mich morgens über mein Handy an und war plötzlich sehr freundlich und einsichtig. Er fragte mich, ob wir uns zu einer Aussprache treffen könnten. Ihm sei daran gelegen, dass wir die Strafanzeige zurücknehmen. Damit war ich einverstanden. Auch Sonja fand das eine gute Idee. Er wollte im Laufe des Tages bei uns zu Hause vorbeikommen. Wir hatten uns aber noch nicht konkret verabredet.

Am Freitag bin ich dann früh aus der Firma gekommen und noch Fahrrad gefahren. Als ich vom Fahrradfahren zurück nach Hause kam und die Haustür aufschloss, hörte ich ein seltsames Stöhnen und dumpfe Geräusche, so wie von Schlägen. Ich wusste das nicht einzuordnen, rief nach Sonja und lief direkt ins Wohnzimmer. Da stand er, mit dem Hammer in der Hand über meine Frau gebeugt. Sie lag auf dem Boden zwischen Wohnzimmer und Küche. Ich hab geschrien, als ich ihn mit dem Hammer sah. Er ließ sich durch mich gar nicht beirren, hob den Hammer und lachte. Der war vollkommen durchgeknallt. Der wollte weiterschlagen.«

Er schaut erneut auf.

»Ich habe einen Waffenschein. Den hab ich schon mit Mitte zwanzig gemacht. Darum habe ich eine Waffe, einen Revolver. Er lag versteckt und geladen im Wohnzimmerschrank. Den hab ich da deponiert, falls wir überfallen werden. Ich hab die Waffe aus dem Wohnzimmerschrank geholt und geschossen, zwei Mal. Er hat den Hammer fallen lassen und ist langsam zusammengesunken, neben meiner Frau. Ich war total geschockt. Dann habe ich das Mobilteil unseres Telefons geholt und den Notruf gewählt. Als ich mit der Polizei sprach, bewegte sich Kulisch und versuchte, sich aufzurichten. Da hab ich aufgelegt und noch mal geschossen. Auf den Kopf. Ich hatte Panik und Angst. Das muss man doch verstehen. Danach hab ich dann noch mal die Polizei angerufen.«

Holger Heitkamp verstummt. Richter Lange hat den Angeklagten bisher – wie ich es von ihm kenne – nicht unterbrochen und seiner Einlassung konzentriert zugehört. Nun blickt er ihn erwartungsvoll an und wartet.

»War das zunächst alles?«

Holger Heitkamp nickt und schaut sich fast leidend um.

»Ich habe noch ein paar Fragen an Sie«, ergänzt der Vorsitzende.

»Unser Mandant wird alle Fragen des Gerichts beantworten. Fragen der Staatsanwaltschaft und der Nebenklage wird er nicht beantworten«, mischt sich Verteidiger Dammer ein.

»Ist das richtig, was Ihr Verteidiger erklärt hat?«, wendet sich der Vorsitzende erneut dem Angeklagten zu. Wieder nickt er.

»Der Staatsanwalt und die Vertreterin der Nebenklage haben beide nach der Strafprozessordnung ein Fragerecht. Ich kann den Beteiligten also nicht verbieten, Fragen an Sie zu stellen. Es steht Ihnen aber natürlich frei, auf diese Fragen zu antworten oder auch nicht. Bedenken Sie aber bitte, dass wir aus dem Umstand, dass Sie auf einzelne, vielleicht wichtige Fragen nicht antworten, eventuell auch negative Schlüsse ziehen könnten.«

Irritiert schaut Holger Heitkamp seine Verteidiger an. Tja, meine lieben Herren Verteidiger aus dem hohen Norden. Das war wohl der erste Dämpfer. Der Vorsitzende hat natürlich recht. Holger Heitkamp kann jetzt jederzeit schweigen. Allerdings kann das Gericht diesen Umstand auch in seiner Bewertung gegen ihn verwenden.

Entweder er sagt insgesamt nichts, was weder für noch gegen ihn verwertet wird, oder er sagt etwas, und wenn er dann auf die Frage der Staatsanwaltschaft, beispielsweise warum er eine geladene Waffe im Wohnzimmerschrank gelagert hatte, schweigt, darf das Gericht dieses Schweigen auch gegen den Angeklagten bewerten und hieraus schließen, dass er leichtfertig im Umgang mit Waffen ist.

»Nun, wir werden sehen«, fährt der Vorsitzende fort, und ich hoffe, dass der schöne Holger seine ersten Sympathien bei Gericht eingebüßt hat. Der Mann inszeniert einen Rachefeldzug gegen Christian Kulisch, weil der sein Kind gefährdet hat. Und im entscheidenden Moment vergisst er Ehefrau und Kind wegen seiner primitiven und egoistischen Rachsucht. Und jetzt, wo sein Sohn ihn am dringendsten braucht, denkt er nur an sich. Ja, schöner Holger, ich wünsche dir ein paar wunderbare Jahre im Knast, in denen du endlose Selbstfindung betreiben kannst.

Der Vorsitzende schaut den Angeklagten ungerührt an.

»Herr Heitkamp. Woher hatten Sie Ihre Waffe, und um welche Waffe handelte es sich?«

»Die habe ich aus dem Internet. Das heißt, ich habe sie über das Internet bestellt und dann nach Bezahlung zugeschickt bekommen. Die Rechnung müsste noch in meinen Unterlagen sein. Natürlich wurde von der Internetfirma vorher mein Waffenschein überprüft. Die Waffe war eine SIG P210 –6, 9 mm. Die Sportversion mit Holzgriffschalen und einstellbarer Visierung. Sie hatte einen verstellbaren Abzug auf einem Heavy Frame. Die Schlitten und das Griffstück waren geschlichtet und brüniert.«

Holger Heitkamp lebt richtig auf. Sehr interessant.

»Sie scheinen sich wirklich auszukennen. Ich habe hier die bei Ihnen sichergestellte Waffe und auch Lichtbilder von dieser Waffe. Können Sie bitte nach vorn zum Richtertisch treten und schauen, ob es sich hier um Ihre Waffe handelt, mit der Sie geschossen haben.«

Der Vorsitzende öffnet eine beige Versandtasche, wie sie üblicherweise mit der Post verschickt wird, und entnimmt dem gepolsterten Umschlag eine schwarze Pistole mit Holzgriff. An der Waffe ist ein kurzes Band mit einer kleinen Karte befestigt, auf der sich die Registernummer der Asservatenkammer befindet.

Holger Heitkamp steht brav auf, und mit ihm seine Verteidiger. Alles, was am Richterpult passiert, ist natürlich auch für die übrigen Beteiligten von Interesse, und so stehen Staatsanwalt Berg und ich ebenfalls unaufgefordert auf, um die Waffe und die Lichtbilder zu begutachten. Heitkamp erscheint plötzlich sehr konzentriert und starrt neugierig auf die Waffe, die der Vorsitzende in der Hand hält, als er sich dem Richterpult nähert.

»Ja, ich glaube, das ist meine SIG«, antwortet er voreilig, ohne Rücksprache mit seinen Verteidigern.

»Ja, ich erkenne sie eindeutig an der Maserung im Holzgriff.«

»War das die Waffe, mit der Sie geschossen haben?«, will der Vorsitzende wissen.

Holger Heitkamp nickt.

»Das war die Waffe.«

Der Vorsitzende blickt zufrieden drein und wendet sich an die Protokollführerin.

»Nehmen Sie bitte ins Protokoll auf: Die sichergestellte Waffe wurde in Augenschein genommen. Der Angeklagte erklärte hierzu: Das ist meine Waffe, mit der ich am Tattag auf Christian Kulisch geschossen habe.«

Der Vorsitzende hat nunmehr nicht nur den Waffenbesitz, sondern darüber hinaus die Täterschaft von Holger Heitkamp offiziell in den Prozess eingeführt. Die Indizienkette ist gesichert. Die am Tattag beim Angeklagten sichergestellte Waffe, mit der er Christian Kulisch erschoss, gehört Holger Heitkamp. Wenn der Vorsitzende jetzt das Sachverständigengutachten des Landeskriminalamtes verliest, in dem diese Waffe als die Tatwaffe erfasst wurde, kann das Gericht ihn auch ohne sein Geständnis, weil er es beispielsweise widerruft, als Täter feststellen.

Der erste Schritt zur Verurteilung von Holger Heitkamp war getan.

30.

Ich blicke gelenk und unbemerkt auf mein Handy. Inzwischen ist es kurz nach 12 Uhr. Die Befragung von Holger Heitkamp plätschert ein wenig im Bereich des Nebensächlichen dahin und wird immer mal wieder durch Fragen der beisitzenden Richter, Richterin Brenner und Dr. Hassler, ergänzt. Zwanglos ist der Vorsitzende mittlerweile dazu übergegangen, den Angeklagten zu seiner Person zu befragen. Das Gericht wollte insbesondere etwas ausführlicher auf den Waffenschein Holger Heitkamps und sein offenkundiges Interesse an Waffen eingehen und etwas mehr über den Waffenkauf und dessen Umstände erfahren, um sich dann – wie unbeabsichtigt –fast überraschend wieder dem eigentlichen brisanten Tatgeschehen zu widmen. Psychologisch sehr geschickt.

»Herr Heitkamp, Sie haben angegeben, sie hätten nach den ersten beiden Schüssen auf Christian Kulisch ihr Mobilteil vom Telefon geholt und dann den Notruf gewählt. Während des Anrufs hätte Christian Kulisch versucht, sich aufzurichten. Deshalb hätten Sie aufgelegt und erneut auf Christian Kulisch geschossen und hierbei auf den Kopf gezielt. Dann hätten Sie nochmals den Notruf gewählt.

Nun, dieser Geschehensablauf ist nur schwer mit den festgestellten Fakten in Einklang zu bringen. Wie erklären Sie den relativ langen Zeitraum zwischen dem ersten und zweiten Notruf? Der zweite Notruf ist fast zehn Minuten später erfolgt. Nach Ihrer Einlassung hätten Sie spätestens nach zwei Minuten wieder bei der Polizei anrufen müssen.«

Holger Heitkamp ist mit Sicherheit auf diese Frage eingestellt. Seine Verteidiger kennen die Akten und müssen ihren Mandanten auf diese Ungereimtheiten eingenordet haben. Alles andere wäre unprofessionell und ist angesichts seiner prominenten Verteidiger auch nicht zu erwarten. Doch ich bin sehr gespannt, seine Antwort auf die spontane Frage des Vorsitzenden zu hören, und beuge mich über den Tisch nach vorn, um ihn besser verstehen zu können.

»Wenn ich ehrlich bin, kann ich mich nicht mehr genau an alles erinnern. Ich war wirklich total geschockt und hatte schreckliche Angst. Zunächst hat er sich nur bewegt, und ich habe abgewartet. Dann hat er versucht, sich aufzurichten, und ich habe geschossen. Auf den Kopf. Ich habe geschaut, ob er wirklich tot ist. Erst danach habe ich erneut den Notruf angerufen.«

Und das soll fast zehn Minuten gedauert haben? Kann ich mir kaum vorstellen. Das wird dem Vorsitzenden doch wohl als Erklärung nicht ausreichen. Und diese übertrieben leidende Stimme von Holger Heitkamp nervt langsam.

»Das ist natürlich gut nachvollziehbar. Wir werden die Tonbandaufnahme Ihrer beiden Notrufe noch anhören. Aber ich nehme nichts vorweg, wenn ich Ihnen bereits jetzt vorhalte, dass der erste Notruf immerhin 27 Sekunden gedauert hat. Davon haben Sie elf Sekunden gesprochen. Bis zu dem Zeitpunkt, als Sie das Gespräch wieder abgebrochen haben, waren also 16 Sekunden Zeit, um Ihre Adresse anzugeben. Das haben Sie nicht gemacht. Obwohl die Beamtin der Telefonzentrale bis zur Unterbrechung des Gesprächs mehrfach nach der Adresse gefragt hat. Warum, Herr Heitkamp?«

Erneut blickt Holger Heitkamp irritiert auf. Richter Lange hat einen empfindlichen Punkt getroffen. Es ist schwer erklärbar, dass man über den Notruf dringend Hilfe anfordert und dann trotz völlig ausreichender Zeit die Adresse nicht angibt.

»Ich hatte Angst. Ich weiß das heute nicht mehr genau«, bringt er leise heraus – ein eher dürftiger Erklärungsversuch.

Der Vorsitzende gibt Hilfestellung.

»Waren Sie verwirrt oder aufgeregt?«

Sofort greift er die einzig passende Erklärung geschickt auf.

»Wie gesagt, ich habe kaum noch Erinnerung an den Notruf. Das kann ich mir nur so erklären, dass ich völlig unter Schock stand und verwirrt war. Man muss sich doch mal vorstellen, dass gerade vor meinen Augen meine Frau erschlagen wurde.«

Was soll die suggestive und dem Angeklagten behilfliche Frage des Vorsitzenden? Sind das bereits die ersten Anzeichen für eine Entscheidungstendenz des Gerichts? Muss ich jetzt schon vorsorgen und über Beweisanträge zur Vorbereitung einer späteren Revision nachdenken? Ich notiere in meinen Unterlagen:

Könnte durch die Einholung eines psychologischen Gutachtens geklärt werden, ob Holger Heitkamp trotz des gezielten und überlegten Betätigens des Notrufs so verwirrt war und unter Schock gestanden haben kann, dass er nicht in der Lage war, auf konkrete Fragen hin seine Adresse anzugeben?

Schließlich ist er nicht so geschockt und verwirrt gewesen, in einem geordneten Handlungsablauf das Mobilteil seines

Telefons zu nehmen und die Telefonnummer des Notrufs zu wählen.

Dem Vorsitzenden scheinen die Erklärungen des Angeklagten völlig auszureichen.

Er hat kein Pokerface aufgesetzt, sondern schaut Holger Heitkamp milde und verständnisvoll an.

»Herr Heitkamp, können Sie sich erklären, warum Ihre Ehefrau die Haustür aufgemacht und Christian Kulisch trotz der zahlreichen Drohungen hereingelassen hat?«

»Ich weiß heute, dass das ein großer Fehler war, Herr Vorsitzender. Aber ich hatte meine Frau nicht über die Drohanrufe informiert, weil sie schwanger und auch so schon sehr beunruhigt war. Ich wollte keine Komplikationen in der Schwangerschaft riskieren. Am Freitag habe ich mittags erzählt, dass der Kulisch sich bei uns entschuldigen will, damit wir die Anzeige zurückziehen. Wahrscheinlich dachte sie dann nachmittags, dass er zur Aussprache mit uns erschien.«

Der Vorsitzende nickt verständnisvoll und schaut seine Unterlagen durch.

»Gut. Ich habe dann erst einmal keine weiteren Fragen an den Angeklagten.«

Er schaut die Kollegen und Schöffen am Richterpult fragend an, und als von dieser Seite keine Reaktion erfolgt, gibt er das Fragerecht ordnungsgemäß weiter an die Staatsanwaltschaft.

»Herr Staatsanwalt, haben Sie noch Fragen?«

»Keine Fragen, danke Herr Vorsitzender.«

Berg hat sich wohl damit abgefunden, dass die Verteidigung keine Fragen von Staatsanwaltschaft und Nebenklage zulassen will.

»Frau Bäcker, haben Sie noch Fragen an den Angeklagten?«

Als Vertreterin der Nebenklage bin ich jetzt an der Reihe.

Ich bin in der Zwickmühle. Die Herren Kollegen Strafverteidiger aus dem hohen Norden haben erklärt, dass Holger Heitkamp die Fragen von Staatsanwaltschaft und Nebenklage nicht beantwortet. Ich möchte den Angeklagten zumindest fragen, ob Sonja Heitkamp überhaupt den Streit mit Christian Kulisch suchte. Natürlich weiß ich längst von ihrer Schwester Susanne Piel, dass Sonja keineswegs gegen Kulisch Strafanzeige erstatten, dass sie im Gegenteil jedem Stress aus dem Weg gehen wollte. Mit der Frage möchte ich die Glaubwürdigkeit von Holger Heitkamp überprüfen. Ich hab die Hoffnung, dass er hierzu etwas Falsches sagt, um sich selbst in einem besseren Licht zu präsentieren und nicht die Verantwortung für die Eskalation übernehmen zu müssen. Wenn ich dann durch die Benennung der Schwester oder einer Freundin als Zeugin das Gegenteil beweisen kann und damit zeige, dass er lügt, wird er deutlich an Sympathien verlieren – und der erste Beweis für seine mangelnde Wahrheitsliebe wäre erbracht. Der Angeklagte darf vor Gericht zwar lügen, sein sonst tadelloser Eindruck wäre dadurch aber ein klein wenig erschüttert. Auf der anderen Seite verärgere ich so vielleicht bereits zu Beginn der Hauptverhandlung durch mein aus Sicht des Gerichts – sagen wir – unbequemes Auftreten Sympathien für die Nebenklage.

»Danke, Herr Vorsitzender.«

Ich wende mich wie von selbst dem Angeklagten zu.

»Herr Heitkamp, wer hatte die Idee und den Wunsch, Strafanzeige gegen Christian Kulisch zu erstatten? War das Ihre Frau, oder wollten Sie das?«

Holger Heitkamp schaut mich ruhig an und überlegt. Den

Kollegen Dammer und Kron ist die Verständnislosigkeit ins Gesicht geschrieben.

»Frau Kollegin. Wir hatten ja bereits erklärt, dass der Angeklagte Fragen der Nebenklage nicht beantwortet. Ich bitte Sie, das zu akzeptieren.«

Worauf spekuliert Kollege Kron? Etwa auf meine Loyalität gegenüber den Anwaltskollegen und die Tatsache, dass ich überwiegend auf der Verteidigerbank sitze und die Probleme der Verteidigung kenne? Ich bin Interessenvertreterin der Nebenklage und habe völlig einseitig die Interessen von Susanne Piel und Benjamin Heitkamp zu vertreten. Und die zielen nun einmal – und zwar aus berechtigten juristischen Erwägungen – auf eine Verurteilung von Holger Heitkamp ab. Da nutzt auch das vorherige freundliche Anbiedern der Kollegen nichts.

»Herr Kollege, der Herr Vorsitzende hat Sie und Ihren Mandanten darüber belehrt, dass Ihr Mandant jederzeit schweigen kann. Er braucht selbstverständlich nicht zu antworten. Ich bin gefragt worden, ob ich Fragen an den Angeklagten habe, und die habe ich, wie Sie hören konnten«, entgegne ich kühl. Die Fronten sind geklärt. Susanne Piel schaut mich zufrieden von der Seite an.

Zwischen den beiden Verteidigern beginnt ein Getuschel hinter dem Rücken von Holger Heitkamp. Augenscheinlich mischt er sich ebenfalls mit ein. Nach ein paar Sekunden erklärt Kollege Kron.

»Unser Mandant möchte auf Ihre Frage antworten.«

Das beunruhigte Gesicht des Vorsitzenden entspannt sich. Es lässt sich unschwer erkennen, dass ihm eine zeitaufwendige Auseinandersetzung zwischen Verteidigung und Nebenklage zu diesem frühen Zeitpunkt nicht in den sorgfältig vorbereiteten und eng terminierten Sitzungsplan gepasst hätte.

Susanne Piel starrt Holger Heitkamp gebannt an und wartet auf seine Antwort. Er blickt ihr dabei direkt ins Gesicht.

»Wir, das heißt Sonja und ich, waren zunächst beide sehr aufgebracht über das Auftreten von Christian Kulisch im Taxi. Aber, ich muss zugeben, bei Sonja war der Zorn sehr schnell verpufft. Ich dagegen konnte mich damals nicht beruhigen und hatte die Idee mit der Strafanzeige. Ich konnte ja nicht ahnen, dass der Kerl so durchdreht.«

Ehrliche Antwort. Wer hätte das gedacht!

»Aus welchem Grund war es Ihnen so wichtig, Strafanzeige gegen Christian Kulisch zu erstatten, also mit allen möglichen Mitteln gegen ihn vorzugehen?«

Meine Anschlussfrage kommt fast automatisch. Nun blickt mich Holger Heitkamp an.

»Weil ich den Mann als völlig durchgeknallt erlebt und in ihm eine Gefahr für andere unüberlegt reagierende Fahrgäste gesehen habe. Er hatte durch seine völlig überzogene Reaktion das Leben meines Kindes gefährdet.«

Zufrieden nicken beide Verteidiger.

»Aber Herr Heitkamp, wie kommt es dann, dass Sie selbst das Leben Ihres Kindes gefährdet haben, als es Ihnen wichtiger war, den Notruf zu unterbrechen und Christian Kulisch zu erschießen? Sie mussten doch wissen, dass es für das Leben Ihres Sohnes auf jede Sekunde ankam.«

Ein Raunen geht durch den Gerichtssaal. Empört schüttelt Holger Heitkamp den Kopf.

»Und, Herr Heitkamp, nehmen wir an, Sie befanden sich damals in einem, sagen wir Ausnahmezustand, warum endete die Sorge um Ihr Kind mit dem Erschießen von Christian Kulisch? Haben Sie sich nach dem Vorfall jemals wieder um Ihr Kind gesorgt? Haben Sie sich um Ihr Kind gekümmert? Wo befindet sich Ihr Sohn jetzt? Haben Sie sich in der Zwischenzeit, seit seiner Geburt, jemals, wenn auch nur telefonisch nach ihm erkundigt?«

Die Fragen rasseln wie Gewehrfeuer auf Holger Heitkamp ein. Verstört schaut er mich an.

»Unser Mandant befand sich nach dem Vorfall in einem emotionalen Ausnahmezustand und in ständiger psychologischer Betreuung in Hamburg. Das entsprechende Attest der behandelnden Psychologen haben wir dem Gericht bereits vorgelegt. Er war einfach nicht in der Lage, sich um sein Kind zu kümmern. Der Mann hat ein Trauma erlitten.

Herr Vorsitzender, ich weiß auch nicht, was das Verhalten unseres Mandanten nach dem Tatgeschehen überhaupt mit der Anklage zu tun hat. Ich beanstande diese Fragen. Das ist doch reine Polemik von der Nebenklage.«

Kollege Dammer schaut den Vorsitzenden mit gerötetem Gesicht an.

»Herr Verteidiger, Sie müssen uns schon konkret mitteilen, was Sie an den Fragen der Nebenklage beanstanden, ansonsten gibt es keinen Grund für das Gericht, über deren Zulässigkeit nachzudenken, wenn sie in der Sache selbst auch nicht weiterhelfen.«

Der Vorsitzende bleibt ruhig.

Auch der Kollege Dammer schweigt nun mit grimmigem Gesicht. Sein Widerspruch verdampft mit den Schweißperlen in den vielsagenden Gesichtern der Verteidiger.

Der Vorsitzende wendet sich in strengem Ton wieder an mich. Er scheint ein wenig verärgert.

»Gibt es sonst noch Fragen, Frau Bäcker?«

»Nein, danke, Herr Vorsitzender. Der Angeklagte hat ja nicht einmal die von mir bisher an ihn gestellten Fragen beantwortet. Ich denke, weitere Fragen haben sich erübrigt.«

»Wenn die Herren Verteidiger auch keine Fragen an ihren Mandanten haben, würde ich vorschlagen, wir machen jetzt eine Pause von einer Stunde.«

Der Vorsitzende unterbricht vorsorglich die etwas aufgeladene Hauptverhandlung.

Einen Teil deiner schönen Maske haben wir dir entrissen, lieber Holger, dachte ich und ging zusammen mit meiner Mandantin in die Mittagspause.

31.

Nachdem das Waffengutachten des LKA verlesen worden ist, geht es mit der Vernehmung der einnehmenden Nachbarin der Heitkamps, Renate Peters, weiter. Das polizeiliche Protokoll der Nachvernehmung, durchgeführt von meinem allerliebsten, zuckersüßen Thomas Breitner, wurde uns Anfang der Woche umgehend per Fax übermittelt, und so bin ich über ihre neue, etwas abweichende Darstellung erfreut, aber nicht mehr überrascht. Sie wiederholt diese Aussage und gibt an, erst zwei Schüsse, dann, eine Weile später, noch einen dritten Schuss gehört zu haben. Der Vorsitzende fragt sie, wie viel Zeit ungefähr zwischen den Schüssen lag, und sie räumt ein, dass sie das nicht ganz genau sagen könne, da sie kein Zeitgefühl habe. Letztlich legt sie sich auf den bereits durch die beiden Notrufe ermittelten Zeitraum von circa fünf bis zehn Minuten fest.

Staatsanwalt Dr. Berg hat das Fragerecht erhalten.

»Frau Peters, erinnern Sie sich noch, warum Sie aus Ihrem Küchenfenster hinausgesehen haben, als der Angeklagte mit seinem Fahrrad wegfuhr. War das Zufall, oder kommt es schon etwas häufiger vor, dass Sie mal schauen, was bei den Nachbarn so alles passiert?«

Ich schaue Berg ungläubig von der Seite an. Er will doch wohl unserer lieben Frau Peters nicht unterstellen, sie sei eine dieser neugierigen, herumspionierenden, unsympathischen Nachbarn.

Anscheinend hat Renate Peters die kleine Spitze in der Frage von Berg bemerkt. Sie überlegt.

»Ich glaube, es war Zufall«, erklärt sie mit leicht gerötetem Gesicht. Plötzlich erinnert sie sich.

»Nein, das stimmt ja so nicht. Ich war in der Küche, weil ich das Essen vorbereiten wollte, als ich ein Klingeln hörte. Ich hab dann aus unserem Küchenfenster rausgeschaut und gesehen, dass Herr Heitkamp an seinem Fahrrad hantierte. Ich meine, er hat irgendetwas repariert und dabei die Klingel mehrfach ausprobiert. Dann hat er eine Sonnenbrille aufgesetzt und hat mir sogar noch einmal zugewinkt, bevor er losgefahren ist. Nach rechts, Richtung Wald.«

Holger Heitkamp lächelt und nickt bestätigend.

»Stimmt das so, Herr Heitkamp«, fragt der Vorsitzende sogleich den Angeklagten.

»Das ist richtig, Herr Vorsitzender«, antwortet er sogleich.

Ein weiterer Beleg für die Zuverlässigkeit unserer lieben Frau Peters.

Berg hat keine weiteren Fragen an Frau Peters. Ich erhalte das Fragerecht, verneine ebenfalls, und die Herren Verteidiger sind an der Reihe. Ich nutze die Gelegenheit, um mich zu Berg hinüberzubeugen und ihn leise zu fragen.

»Wolltest du unsere liebe Frau Peters ärgern?«

»Das liegt mir ganz und gar fern, aber wer will schon gern als Schnüffler enttarnt werden. Ein Grund, sich ganz besonders anzustrengen, um sich zu erinnern.«

»Hat geklappt«, flüstere ich anerkennend.

Die Kollegen Verteidiger versuchen derweil, das etwas angekratzte Image des Angeklagten wieder aufzupolieren.

»Wie war denn aus Ihrer Sicht das Verhältnis zwischen den Eheleuten Heitkamp? Können Sie insbesondere etwas über das Verhalten des Angeklagten gegenüber seiner Ehefrau berichten?«

Renate Peters schaut den Angeklagten direkt an und lächelt.

»Herr Heitkamp ist immer sehr liebevoll und aufmerksam seiner Frau gegenüber gewesen. Ich hab dauernd zu meinem Ehemann gesagt, ‚von dem könntest du dir ruhig eine Scheibe abschneiden'. Er hat wirklich alles für seine Ehefrau gemacht. Selbst wenn sie schon mal etwas gereizt war und ihn auch schon mal ziemlich anfahren hat, ist er immer ganz ruhig geblieben. Das ist mir erst recht aufgefallen, seit bekannt war, dass Frau Heitkamp schwanger ist. Wenn sie beispielsweise mit dem Pkw einkaufen war, musste sie nur hupen, und er ist sofort rausgekommen und hat alles reingetragen, auch wenn es nur eine kleine Plastiktüte war. Sie war seine Prinzessin. Und sie war so schön. Es ist so entsetzlich traurig, was ihr passiert ist«, erklärt sie sichtlich ergriffen und fügt nach einer kurzen Pause ungefragt hinzu.

»Und da muss man doch verstehen, dass er dieses Monster erschoss, das gerade seine hochschwangere Frau erschlagen hatte.«

Upps. Die persönliche Bewertung ist zwar den Verteidigern und dem Angeklagten sichtlich recht, geht dem Vorsitzenden jedoch ein wenig zu weit.

»Frau Peters, bitte halten Sie sich zukünftig mit eigenen Einschätzungen zurück«, tadelt er die Zeugin.

»Entschuldigung, aber das musste mal gesagt werden«, gibt sie kleinlaut zurück.

Nach der Vernehmung von Renate Peters hören wir als weitere Zeugen die Arbeitskollegen von Holger Heitkamp. Beide schildern jeweils ausführlich die von ihnen wahrgenommenen

Anrufe von Christian Kulisch auf dem Handy von Holger Heitkamp.

»Natürlich konnte ich nicht hören, was die Person am anderen Leitungsende sagte, aber Holger sagte mehrfach ‚Herr Kulisch, was sollen diese Beschimpfungen. Lassen Sie uns doch bitte zufrieden?. Der ließ offensichtlich nicht locker, bis Holger endlich das Gespräch beendete und wegdrückte. Solche Anrufe erfolgten mehrfach, und Holger war über Wochen vor dem schrecklichen Geschehen sehr aufgeregt und beunruhigt wegen der Sache. Er ist nach diesem Vorfall ein ganz anderer Mensch geworden. Hat sich zurückgezogen und spricht nicht mehr viel«, erklärt uns John Stampler in perfektem Hochdeutsch mit dem Hauch eines amerikanischen Dialektes.

Ich horche auf und warte ungeduldig auf mein Fragerecht. Endlich ist es so weit.

»Herr Stampler, Sie sagten, der Angeklagte sei ein ganz anderer Mensch geworden. Woher wissen Sie das? Arbeitet der Angeklagte wieder in Ihrer gemeinsamen Firma, in der Sie beide angestellt sind?«

»Ja, das ist richtig«, antwortet Stampler.

»Seit wann?«

»Nach meiner Erinnerung seit Anfang Juli letzten Jahres.«

»Wo arbeitet er seit dieser Zeit? Soweit ich weiß, hat Ihr Unternehmen einige Niederlassungen hier in Deutschland, eine davon in Hamburg oder der Nähe von Hamburg.«

»In Barsbüttel, um genau zu sein«, korrigiert John Stampler.

»Und dort arbeitet der Angeklagte?«

»Nein. Holger arbeitet hier in Essen im Mutterkonzern, unserer Zentrale.«

Noch zügele ich meine Empörung.

»Ist er nur tageweise hier in Essen?«

»Nein, er ist nach meiner Kenntnis wieder vollzeitbeschäftigt, das heißt, mindestens fünf Tage die Woche.«

»Wissen Sie, wo der Angeklagte die Woche über wohnt?«

Die Fragesituation wird John Stampler zunehmend unangenehm.

»Soweit ich weiß, hat er hier in Essen eine kleine Wohnung. Aber fragen Sie ihn doch selbst.«

Ich muss lächeln.

»Ich frage Sie, Herr Stampler.«

Und glücklicherweise müssen Sie mir als Zeuge, anders als der Angeklagte, antworten, denke ich.

»Wissen Sie, wo sich die kleine Wohnung des Angeklagten befindet?«

»Soweit ich weiß, im Essener Stadtteil Heisingen, direkt an der Ruhr.«

»Danke, Herr Stampler, das war schon alles, was ich von Ihnen wissen wollte.«

Holger Heitkamp ist blass geworden. Kollege Dammer schüttelt den Kopf, und Kollege Kron versucht, die Situation zu retten.

»Der Angeklagte wollte seine Wohnung in Essen sicher nicht verschweigen. Er hätte natürlich hierzu im Rahmen der ausführlichen Befragung zu seinen persönlichen Verhältnissen berichtet«, erklärt Kron kurz.

Wer soll das glauben, denke ich und lehne mich zurück. Aus den Ermittlungsakten, die ich noch kurz vor dem Prozess vorliegen hatte, weiß ich, dass alle Verfahrensbeteiligten, einschließlich des Gerichts, bisher angenommen haben, Holger Heitkamp lebe seit dem Tatgeschehen bei seinen Eltern in Hamburg. Sämtliche gerichtlichen Ladungen erfolgten an die Adresse seiner Eltern, wo er auch einwohnerrechtlich gemeldet ist.

Auch meine Mandantin neben mir schüttelt den Kopf und sieht mich ungläubig an.

»Vielleicht verstehen Sie jetzt, warum ich Holger nicht einen Millimeter über den Weg traue und ihn abgrundtief verachte«, flüstert sie mir ins Ohr.

Er war seit Juli 2007 wieder in Essen und hatte nicht einen einzigen Versuch unternommen, sich zumindest nach dem Befinden oder der Entwicklung seines eigenen Kindes zu erkundigen.

Oh ja, in diesem Moment verstand ich zum ersten Mal das Ausmaß der Verachtung, das meine Mandantin für ihren Schwager empfand.

32.

Breitner ist Vergangenheit. Ich kann es einfach nicht glauben und schaue wie betäubt in den Spiegel.

Die Hauptverhandlung hatte sich noch bis kurz nach 17 Uhr hingezogen, und als ich auf dem Weg zur Kanzlei mein Handy einschaltete, hatte ich bereits zwei Anrufe von meinem damals noch über alles geliebten Traummann auf meiner Anrufliste gespeichert. Im Büro hatte er auch schon angerufen, aber ich musste mich noch mit zwei bereits seit 16:30 Uhr wartenden Mandanten herumschlagen, ehe ich endlich um kurz nach 18 Uhr in meinen wohlverdienten Feierabend abtauchen konnte. Auf dem Rückweg von Essen nach Kirchhellen komme ich ohnehin in der Nähe von Breitners Wohnung vorbei, und so entschied ich mich, statt eines Rückrufs spontan bei ihm vorbeizufahren. Natürlich weiß ich, dass solche spontanen Besuche beim neuen Freund und noch dazu am Beginn einer Beziehung ziemlich mutig sind. Man kennt seine Gewohnheiten noch nicht, weiß nicht, ob man ihn gerade beim ausgiebigen Toilettengang überrascht oder sonst wie unpassend erscheint. Durch seine zahlreichen Anrufe fühlte ich mich aber ermutigt und ging das Risiko ein.

Es war bereits stockdunkel, als ich in die Straße zu Breitners Haus einbog. Zu meiner Überraschung sah ich schon von weitem Thomas Breitner vor der geöffneten Haustür im Lichtkegel seiner Flurbeleuchtung stehen. Wie im Reflex bremste ich meinen Wagen ab und hielt in sicherer Entfernung vor einem größeren Einfamilienhaus an.

Erst beim zweiten Blick erkannte ich, dass er nicht allein war, sondern eine weitere Person eng umschlungen hielt. Ich war zu geschockt, um reagieren zu können, und starrte auf das knuddelige Pärchen. Vielleicht ist das seine Ex –Frau, dachte ich. Da war es doch ganz normal, dass sich beide zum Abschied herzlich umarmen. Na ja, vielleicht nicht ganz so herzlich. Nach ein paar Sekunden löste sich Breitner aus der Umarmung, und das Licht fiel auf die andere Person. Unfassbar. Es war eindeutig süß Rita.

Ich stellte den Motor ab und schaltete das Licht aus. Rita griff nach einer Tüte, die auf dem Boden stand, und ging auf einen kleinen roten Mini zu. Minis konnte ich noch nie leiden. Den fahren vor allem die pseudosüßen Frauen. Auf dem Weg fiel ihr etwas aus der Tüte, offensichtlich ein Kleidungsstück. Sie bückte sich danach, hob es mit einem Kichern wieder auf und wedelte Breitner damit zu, der allerdings kaum reagierte, kurz die Hand zum Abschied hob und ins Haus zurückkehrte. Als Rita das Kleidungsstück wieder in die Plastiktüte steckte, erkannte ich zu meinem Entsetzen, dass es sich offensichtlich um einen BH handelte. Das reichte mir. Ich wartete kurz ab, bis Fräulein Obersüß mit ihrem Mini verschwunden war, duckte mich, als der Lichtkegel ihrer Scheinwerfer auf mich fiel, und fuhr geschockt nach Hause.

Ich lehne am Waschbecken in meinem Badezimmer und blicke in mein entsetztes Gesicht im Spiegel. Hat Rita die letzte Nacht bei Breitner verbracht? Hat er zuweilen romantische Liebesnächte mit verschiedenen Frauen? Bin ich nur eine unter vielen oder doch zumindest unter zweien? Diese innige Umarmung zwischen den beiden lässt auf Intimität und Vertrautheit schließen. Das Klingeln meines Handys unterbricht meine trüben Gedanken, und ich bin in besonderem Maße von dem immer noch nicht geänderten schrillen Ton genervt. Ich sehe Thomas Breitners Festnetznummer auf dem Display, die ich genau wie seine Handynummer längst gespeichert habe. Na, das war wohl etwas voreilig.

Ich kann jetzt unmöglich mit ihm sprechen und drücke das Gespräch und auch einen weiteren Anruf weg. Es klingelt auf meinem Festnetz. Ich kann mich nicht rühren. Ich kenne ihn nicht so gut, dass ich ihm eine Szene am Telefon machen kann, und ich hab auch keine Lust darauf, dass er meinen völlig überflüssigen Herzschmerz mitbekommt. Ich muss jetzt erst mal mit meiner Freundin Martina oder mit Susanne oder mit beiden telefonieren und neben einer genauen Analyse einen Schlachtplan für meine Rache entwickeln. Das Klingeln verstummt.

Martina erreiche ich nicht. Aber Susanne, die sich in ihrer grundschlechten Meinung über die Männer insgesamt bestätigt sieht.

»Das war doch klar. Oder dachtest du, dass so ein gutaussehender Kripobeamter nichts laufen hat? Und dazu noch alleinstehend. Die haben doch die freie Auswahl. Was meinst du, warum der geschieden ist?«

Die grausame Analyse von Susanne hilft mir nicht wirklich weiter. Nach dem Gespräch fühle ich mich noch schlechter. Hunger habe ich nicht, und so mache ich zur Feier des Tages eine Flasche Sekt auf. Mein einziger Alkohol im Haus.

Auf nüchternen Magen reichen zwei Gläser, und ich falle betäubt und erschöpft nach diesem anstrengenden Gerichtstag und ereignisreichen Abend ins Bett. Meine Katzenwäsche beschränkt sich aufs Zähneputzen. Warum sollte ich jetzt noch an meine Schönheit denken und Gesichtspflege betreiben. Wofür?

Nach einer schlechten Nacht wache ich morgens auf und sehe mich neben meinem unveränderten Liebeskummer auch noch, wie so oft, von ziemlich starken Nackenschmerzen geplagt. Ich brühe mir einen Kaffee auf, um mein Gehirn für den anstehenden zweiten Hauptverhandlungstag gegen Holger Heitkamp zumindest wieder in die Grundfunktion zu bringen. Wie schön wäre mal wieder eine Nacht ohne Kummer, in der man ganz sanft ins Reich der Träume hinübergleitet, mit entspannten Gliedern, ohne Rücken – oder Nackenschmerzen, einem Lächeln auf dem Mund und die ersten schönen Traumszenen schon vor Augen. So wünsch ich mir auch meinen Tod. Das hat jetzt nichts mit meinem Herzschmerz und meinen trüben Gedanken und der aufkommenden Wut gegen meinen Ex –Traummann zu tun.

Sanft in das Nirwana abtauchen, mit einem Lächeln auf den Lippen. Ob es tatsächlich ein Nirwana gibt, weiß ich naturlich nicht. Ich wünsche es mir, oder vielleicht eher noch ein Paradies. All die treuen Wegbegleiter wiederzusehen, die einen viel zu früh verlassen haben und zu denen Thomas Breitner nun sicherlich nicht mehr gehören wird. Wenn wir aber ehrlich sind und so ein bisschen oberflächliche Philosophie betreiben, gibt es nicht den Hauch eines Beweises für das Leben nach dem Tod. Betrachtet man den Menschen im Kontext des Lebens auf der Erde, die Erde im Kontext der Planeten, die Planeten im Kontext unseres Sonnensystems, dann muss uns eigentlich klar sein, dass nicht nur das Leben jedes Einzelnen, sondern das Leben insgesamt auf der Erde endlich ist und sein wird – ohne besondere Privilegien für den Menschen. Die Sonne wird am Ende ihrer Lebenszeit zu einem Roten Riesen, der das Leben auf unserem Planeten und dann den Planeten Erde selbst vollständig vernichtet, ehe er sich abkühlt und als Schwarzer Zwerg in den Weiten des Universums endet. Sterne wie die Sonne sterben nun einmal so und nehmen dabei auch Planeten wie unsere wunderschöne Erde mit ins Grab. Auch ihr Tod ist absehbar. Wo sollten wir also nach dem Tod mit unseren Seelen hin?

Meine grandiosen Erkenntnisse bringen mich zumindest ein kleines Stück weiter. Was für eine Bedeutung im Gefüge des Lebens kommt da einem verschlagenen Kripobeamten zu, zumal auch unser – sagen wir – kleines Abenteuer wundervoll anfing und sicher zu den Szenen gehört, mit denen ich sanft in eine Traumwelt eintauchen möchte.

Ich rieb mir meinen steifen Nacken, schenkte den starken, wohlig duftenden Kaffee ein und bereitete mich innerlich auf meinen Kampf gegen einen aalglatten Schönling in einem schwierigen Prozess vor und gegen das immer wieder auflodernde Bedürfnis, den spontanen Besuch bei Thomas Breitner ungeschehen zu machen – oder doch zumindest eine harmlose Erklärung für die erlebte Katastrophe zu finden.

33.

Auf unserem Programm für den Hauptverhandlungstag steht heute das Abhören des Tonbandes, auf dem die beiden Notrufe von Holger Heitkamp gespeichert sind, unter Anwesenheit der Phonetik –Sachverständigen des LKA, Dr. Angela Busch. Mein Kopf dröhnt, als ich mich neben meine Mandantin auf die Nebenklagebank setze. Wie soll ich diesen Tag nur überleben! Im Gegensatz zu mir scheint Susanne Piel heute erstmals etwas lockerer und recht gut gelaunt. Kein Wunder, immerhin ist der gestrige Verhandlungstag aus unserer Sicht durchaus erfolgreich verlaufen. Im Moment bin ich einfach nur froh und dankbar, dass ich diesen und keinen anderen Job habe, denn als das Tonband vom Notruf abgespielt wird, geraten meine seelischen Schmerzen in den Hintergrund und mein Interesse an diesem Verfahren nimmt plötzlich wieder Raum in mir. Ich bin zurück.

In voller Lautstärke hören wir den verzweifelt klingenden Holger Heitkamp und die zunehmend hilfloser wirkende Mitarbeiterin der Notrufzentrale. Trotz der enormen Lautstärke kann man auch in den länger andauernden Gesprächspausen lediglich ein unregelmäßiges Hintergrundgeräusch wahrnehmen. Das ändert sich, als die Sachverständige die verschiedenen Bandspuren isoliert abspielt. Plötzlich formt sich aus den unbestimmten Geräuschen menschliches Stöhnen, was zunächst wimmernd beginnt, sich dann aber zu einem lauter werdenden, gequälten und schmerzverzerrten Stöhnen entwickelt. Am Ende des Notrufes erscheint es fast, als stöhne die männliche Person undeutlich das Wort »Hilfe«.

Zum ersten Mal macht sich in den Gesichtern der Prozessbeteiligten ein gewisses Entsetzen breit. Bei Holger Heitkamp sicherlich aus anderem Grund als bei den übrigen Beteiligten. Und selbst bei den beiden abgebrühten Verteidigern scheint sich die Erkenntnis durchzusetzen, dass sie gerade das Stöhnen eines sterbenden Menschen gehört haben.

»Am Ende des Notrufes könnte man fast den Eindruck gewinnen, dass die stöhnende Person im Hintergrund das Wort ‚Hilfe' flüstert. Das können wir aber nicht mit der erforderlichen Sicherheit feststellen«, erklärt die Sachverständige nüchtern und beendet mit ihrer Sachlichkeit abrupt die emotionale Betroffenheit im Gerichtssaal. Detailliert schildert sie anschließend die Methodik, mit der die Sachverständigen für forensische Sprachverarbeitung das Tonband vom Notruf analysiert haben.

Dr. Busch ist Leiterin des Fachbereichs KT 54 im kriminaltechnischen Institut des Bundeskriminalamtes, der Abteilung für Sprecherkennung, Tonträgerauswertung und Autorenerkennung. Diese interdisziplinäre Wissenschaft befasst sich einerseits mit den Bereichen physiologische Grundlagen, kognitive Prozesse, physikalische Abläufe und Sprachtechnologie und andererseits mit den engen inhaltlichen und methodischen Verbindungen zu traditionellen Fächern wie Linguistik, Informatik und Medizin. Aufgrund der programmiertechnischen Voraussetzungen des BKA habe sie im vorliegenden Fall mit Hilfe einer hochempfindlichen technologischen Spracherkennung und Sprachsynthese die Klangwellenformen abschnittsweise abgetastet und über Eigenschaften wie Frequenz und Amplitudenwellenform bei jedem abgetasteten Abschnitt eine eindeutige Zuordnung vornehmen können. Auf dem

Tonband des Notrufs habe sie ohne Vergleichsstimmen der jeweiligen Autoren ab 15:19 Uhr, 48 Sekunden im Hintergrund des Anrufenden eindeutiges Stöhnen einer anderen Person von der Stimme des Anrufenden abgrenzen können. Das Stöhnen der Person im Hintergrund sei phonetisch deutlich von der Person des Anrufenden zu unterscheiden, was sich insbesondere ab 15:19 Uhr und 54 Sekunden feststellen ließe. Zu diesem Zeitpunkt sei während des Sprechens des Anrufenden weiterhin das Stöhnen einer anderen Person parallel auf einer anderen Spursequenz des Tonbandes zu isolieren gewesen.

Holger Heitkamp guckt verlegen auf seine Hände. Genialer Vortrag unserer Sachverständigen. Der Vorsitzende und seine Kammermitglieder haben keine Fragen. Auch bei den übrigen Beteiligten hat das kompetente mündliche Gutachten keine Fragen offengelassen.

»Mein Mitleid hält sich in Grenzen«, zischt meine Mandantin von der rechten Seite leise in mein Ohr, und ich schaue Susanne Piel irritiert an. Ihre Worte klingen wie ein an mich gerichteter Vorwurf. Ich kann sie verstehen. Wie soll sie Mitleid mit dem Mann haben, der ihre Schwester brutal erschlagen hat.

»Es ist schon entsetzlich, dass Ihr Schwager einen hilflosen, sterbenden Mann erschossen hat. Und der Verlauf des Notrufs ist ein Indiz dafür, dass er vom Rachegedanken beherrscht war. Die Rettung Ihrer Schwester und seines Sohnes waren anscheinend nicht so wichtig wie sein persönliches Rachebedürfnis. Unseren Interessen hat das Sachverständigengutachten jedenfalls genutzt.«

Zufrieden schaut Susanne Piel auf die Anklagebank. Ich tue es ihr gleich.

Ich fragte mich, wie ich selbst an Holger Heitkamps Stelle reagiert hätte. Hätte ich mir auch die Zeit zum Töten genommen? Hätte ich auch die Sicherheit haben wollen, dass dieses Ungeheuer tot ist? Erst recht, wenn ich davon ausgegangen wäre, dass meine Prinzessin zu diesem Zeitpunkt ihren Verletzungen bereits erlegen war? Oder hätte ich dem Schicksal eine Wahl gelassen?

34.

Es war bereits nach 12 Uhr, als Breitner das Polizeipräsidium verließ, um in der nahe liegenden Justizvollzugsanstalt den von der Kollegin Rita ins Spiel gebrachten Drogendealer Mehmet Özcan aufzusuchen und seine angebotenen Informationen im Fall Heitkamp zu überprüfen. Breitner hatte keine besonders gute Laune. Es fiel ihm schwer, sich auf die Büroarbeit zu konzentrieren. Deshalb entschied er sich für den auswärtigen Besuch in der JVA. Er hatte Anna am Vorabend trotz mehrerer Versuche telefonisch nicht erreicht und war deshalb beunruhigt. Natürlich hatte sie als selbständige Anwältin keine festen Arbeitszeiten, außerdem war sie durch das laufende Schwurgerichtsverfahren sehr beansprucht. Dennoch hatte er das unbestimmte Gefühl, dass irgendetwas nicht in Ordnung war. Als er die große Kreuzung vor dem Polizeipräsidium überquerte, blickte er auf die Fenster des Schwurgerichtssaals in der ersten Etage des Landgerichts, hinter denen der Prozess gegen Holger Heitkamp in vollem Gange war – so als hoffte er, dort eine Antwort auf sein ungutes Bauchgefühl zu bekommen. Auf dem kurzen Weg vom Polizeipräsidium an dem erst in diesem Jahr nagelneu fertiggestellten Gebäude der Staatsanwaltschaft und dem Landessozialgericht vorbei bis zur Justizvollzugsanstalt Essen drückte der wolkenverhangene Himmel zusätzlich auf seine Stimmung.

Fast unscheinbar tauchte hinter Wohnhäusern auf der rechten Seite das Gebäude der Justizvollzugsanstalt auf. Breitner kannte den Anstaltsleiter persönlich. Ein sehr sympathischer und herzlicher Mann in ungewöhnlicher Position, der ihn und ein paar Kollegen vom KK 11 einmal durch die Anstalt geführt und ihnen dabei die dringend erforderlichen und für das nächste Jahr geplanten Umbauarbeiten erklärt hatte. Die Gebäude der Anstalt mit immerhin einer Gesamtfläche von nahezu 19.000 Quadratmetern nahmen im Stadtteil Rüttenscheid eine durchaus beachtliche Größe ein. Trotzdem fügten sich die Anstaltsgebäude eher unscheinbar in ihr Umfeld ein. Die fünfgeschossige Anlage bildete einen Kreuzbau mit Innenhöfen, die durch Querbauten an den Enden des Zentralbaus umschlossen wurden. Darin fand vor allem die Freizeitgestaltung der Gefangenen statt, wie Freistunden und Sportveranstaltungen. Die in die Jahre gekommene Anstalt wirkte damals ziemlich überfüllt, und der Innenhof platzte in den Freistunden durch die ausschließlich männlichen Gefangenen aus allen Nähten.

Nachdem Breitner am Eingang die Sicherheitsschleuse passiert hatte, stand er im Gang der Besucherräume vor Raum 5 und öffnete die Tür mit einer Milchglasscheibe zu dem ihm zugewiesenen Besucherraum, der mit einem Holztisch und vier Stühlen bestückt war. Trotz der hellgelb gestrichenen Wände und der türkisgrünen Rückwand mit schwerer Metalltür, durch die man in den Gefängnistrakt gelangte, strahlte der Raum wenig Freundlichkeit aus. Die inzwischen abgewetzten Wände und ein alter Lüftungsschacht über der Metalltür vermittelten die ganze Trostlosigkeit, die einer veralteten Haftanstalt nun einmal innewohnt.

Breitner schaute aus dem vergitterten Fenster vom Gang des Besuchertraktes in den Hof. Eigentlich ließen sich die Fenster durch einen Stopper nur zu einem Viertel öffnen. Er hatte

Glück. An seinem Fenster war der Stopper herausgerissen, so dass er den behelfsmäßig angebrachten Keil ohne Probleme verschieben konnte. Das Fenster ließ sich rechtsseitig vollständig öffnen, und Breitner warf einen Blick auf den Gefängnishof und die anschließenden Gefängnistrakte. Er schaute auf das gegenüberliegende Gefängnisgebäude mit braunem Schieferdach, das mit Stacheldraht an der Regenrinne geradezu dilettantisch abgesichert wirkte. Hinter dem Gebäude fing die normale Welt an. Nur wenige Meter bis dahin. Der Blick auf den Kapellenturm der Schule, die in einiger Entfernung hinter dem Gefängnis lag, gab Kugel und Kreuz frei und ließ Träume von einem Leben außerhalb der Gefängnismauern zu. Im Gebäude gegenüber erkannte er Licht hinter einem Fenster an diesem trüben Freitagmittag, das trügerisch mit spießigen Halbgardinen geschmückt war.

Es vergingen gute 15 Minuten, ehe sich die schwere Tür zum Gefängnistrakt öffnete und zunächst der Justizwachtmeister seinen Kopf hindurchsteckte.

»Herr Breitner?«

Breitner nickte, und der Justizwachtmeister zog die schwere Metalltür weit auf. Er hielt den Laufzettel in der Hand, auf dem sich für ihn die Information zum genauen Aufenthaltsort von Mehmet Özcan innerhalb der JVA befand, den er nach Anweisung der Besucherabteilung für Breitner holen sollte.

Mehmet Özcan entsprach in keiner Weise den Vorstellungen, die sich Breitner von ihm gemacht hatte. Smart war die richtige Beschreibung für sein Aussehen. Mit kinnlangen, gepflegten, dunkelbraunen Haaren, die in der Mitte gescheitelt waren und sein ebenmäßiges Gesicht umrundeten, passte er so gar nicht in das Bild eines gefährlichen Drogendealers. Breitner schätzte ihn auf Ende zwanzig. Özcans genaues Alter kannte er nicht. Sein Interesse für ihn war eigentlich nachrangig, und so hatte er sich bisher noch nicht mit seinem Lebenslauf befasst.

»Schön, dass Sie sich doch noch zu einem Besuch durchringen konnten«, begrüßte Özcan ihn in perfektem Deutsch mit einem breiten Grinsen, das seine makellosen weißen Zähne entblößte und Breitner endlich passend an einen Haifisch erinnerte.

35.

Nach der einstündigen Mittagspause, die ich gemeinsam mit meiner Mandantin in der Kantine verbracht habe, nicht ohne unentwegt die Funktionsfähigkeit meines Handys zu überprüfen, sitzen wir jetzt wieder erwartungsvoll im Gerichtssaal. Mein Handy funktioniert. Keine Nachricht von Breitner. Alles klar. Kein Interesse an mir.

Enttäuschung steigt in mir hoch, gemischt mit wohldosierter Wut und der Aussicht auf ein unendlich langes Wochenende ohne Traummann. Ich schüttle die Gedanken ab und konzentriere mich auf Dr. Gruber, der mit dem Blick für die wesentlichen Tatsachen der Obduktion und in sachlich -nüchternem Ton sein Gutachten erstattet.

»Im Ergebnis können wir feststellen, dass ein zentrales Regulationsversagen bei massivem Schädel -Hirn -Trauma mit Blutung unter der harten Hirnhaut und schweren Hirnrindenprellungsherden zum Tod von Sonja Heitkamp geführt hat. Frau Heitkamp wurde durch mindestens drei heftige Schläge mit einem harten Gegenstand gegen den Kopf getötet. Der sichergestellte Hammer lässt sich zwanglos mit den festgestellten Verletzungen in Einklang bringen.«

Dr. Gruber schaut den Vorsitzenden direkt an.

»Außerdem muss festgestellt werden, dass eine frühere neurochirurgische operative Behandlung vielleicht nicht die massiven Hirnschädigungen, aber den Tod von Frau Heitkamp verhindert hätte. Sehr wahrscheinlich hätte eine Zeit von circa zehn Minuten ausgereicht, um die todesursächliche Schwellung und Einblutung ins Hirn zu verhindern.«

Das sind eindeutige Worte. Der Vorsitzende schaut auf und wartet, ob Dr. Gruber seinem Gutachten noch etwas hinzuzufügen hat. Es folgt eine kurze Pause. Dr. Gruber ist am Ende seiner Ausführungen.

»Aus welchem Grund können Sie relativ sicher feststellen, dass eine Zeit von circa zehn Minuten früheren Einschreitens das Leben von Sonja Heitkamp sehr wahrscheinlich gerettet hätte?«, fragt der Vorsitzende interessiert.

»Nun. Frau Heitkamp wurde mit offensichtlich schwersten Kopfverletzungen in der Klinik eingeliefert. Eine Gehirnschwellung war damit jedenfalls zu erwarten. Es gehört zum Standard, dass in einer solchen Situation Drainagen durch die Schädeldecke zum Ablaufen des Blutes gelegt worden wären, was zur Entlastung des Gehirns geführt hätte. So befand sich das Gehirn des Opfers bereits in einem geschwollenen, irreparablen Zustand. Man hat nach Verletzungseintritt circa zwanzig Minuten Zeit, um die hirnschädigende Wirkung zu verhindern bzw. lebenserhaltend zu reduzieren. Eine gewisse Zeit konnte das Gehirn dem Druck durch das von der Schwellung verursachte Einbluten standhalten, wenn man die konkreten Verletzungen von Sonja Heitkamp berücksichtigt. Herr Heitkamp hat angegeben, dass er den Täter beim Zuschlagen überraschte, so dass ab diesem Zeitpunkt circa zwanzig Minuten Zeit für die lebensrettenden Maßnahmen gegeben waren. Rechnet man nun die Zeit zwischen dem ersten und dem zweiten Notruf ab, dann hätte genügend Zeit für die Rettung bestanden.«

»Das erscheint mir dennoch in gewissem Umfang spekulativ. Sie selbst reden von Circa –Werten«, wendet der Vorsitzende ein.

Ich setze mich auf und schaue gebannt auf den Vorsitzenden.

Ich ignoriere meine Mandantin und weise sie ohne jedes Wort mit erhobener Hand an, den Mund zu halten, als sie mich fragt: »Was hat das zu bedeuten?«

Dr. Gruber errötet leicht.

»Können Sie ausschließen, dass Frau Heitkamp ihren Verletzungen erlegen wäre, wenn wir die Zeit zwischen dem ersten und dem zweiten Notruf, also genau die Zeit von 15:19 Uhr bis 15:28 Uhr, hinwegdenken?«

»Frau Heitkamp wurde nur sieben Minuten nach dem letzten Notruf, das heißt 15:35 Uhr, in der Notaufnahme des Krupp –Krankenhauses eingeliefert, weil sich das Krankenhaus in unmittelbarer Nähe zu ihrem Wohnhaus befindet. Dort wurde sie nur zwei Minuten später mit den beschriebenen Standardmaßnahmen ärztlich versorgt. Insofern sind neun Minuten eine ungeheuer lange Zeit. Nach meiner sachverständigen Einschätzung wäre Frau Heitkamp wahrscheinlich nicht an ihren schweren Verletzungen verstorben, wenn diese Maßnahmen neun Minuten eher erfolgt wären.«

»Mit welcher Wahrscheinlichkeit?«, höre ich den Vorsitzenden insistieren.

Was will der Vorsitzende hören? Medizin ist keine exakte Wissenschaft. Das muss ihm doch klar sein. Die Einschätzung des Sachverständigen Dr. Gruber muss doch für die geforderte Fahrlässigkeit ausreichen. Die Fragen des Vorsitzenden passen zu der milden und wohlwollenden Kommentierung der Einlassung des Angeklagten und lassen für mich nur einen Schluss zu. Eine Verurteilung des Angeklagten, egal, ob wegen der Schüsse auf Christian Kulisch oder wegen der verzögerten Rettung seiner Ehefrau und seine Sohnes, scheint in weite Ferne gerückt zu sein.

Wenn ich bei Gericht bin, insbesondere, wenn ich als Verteidigerin auf der anderen Seite sitze und feststellen muss, dass das Gericht sich längst festgelegt hat, weil es die manchmal sehr einseitig belastenden Ermittlungsakten der Staatsanwaltschaft gelesen oder einen – das kommt immer wieder vor – überzeugend lügenden Zeugen gehört hat, fühle ich mich hilflos, so wie Dustin Hoffman in »Outbreak«, als er über Funk versucht, einen Bomberpiloten davon zu überzeugen, seinen eindeutigen Befehl zu missachten.

Hoffman hat den Überträger einer sich schnell verbreitenden Ebola –Variante, ein gegen das Virus immunes kleines Äffchen gefunden, aus dessen Blut er einen Impfstoff herstellen und damit die ganze befallene Kleinstadt Cedar Creek retten kann. Leider ist aber der Bomber »Sandman« schon unterwegs, um das verseuchte Städtchen zu vernichten. Hoffman versucht verzweifelt, den Bomberpiloten über Funk davon zu überzeugen, dass das ein schrecklicher Fehler ist, wobei er nur noch drei Minuten Zeit bis zum Abwurf hat. Er redet und redet, aber der Pilot hat ja seinen eindeutigen Befehl von General Donald McClintock alias Donald Sutherland persönlich erhalten. Trotzdem gibt Hoffman nicht auf. Er redet weiter und weiter. Erst als Hoffman mit seinem Hubschrauber den Weg des Bombers unter Einsatz seines Lebens versperrt, wacht der

Pilot aus seiner Gehorsamslethargie auf und wirft die Bombe über dem Ozean ab, wo sie explodiert. Alles wird gut und General Donald McClintock verhaftet.

Genauso geht es mir vor Gericht, wenn ich merke, die Richter haben sich festgelegt. Man merkt es an den Fragen selbst, an der Art der Befragung von Zeugen, an dem gelangweilten Gesichtsausdruck oder dem schärferen Ton, wenn ein deinem Mandanten günstiger Zeuge aussagt. Dann frage ich mich, wie kann ich dieses Gericht noch erreichen? Was kann ich sagen oder tun, damit das Gericht überhaupt noch eine andere Entscheidung in Erwägung zieht?

Dann ist die Zeit gekommen, dass ich mich wie Hoffman unter Einsatz meines Lebens in den Weg stelle und das Gericht aufwecke. Ich muss Anträge, meistens Beweisanträge stellen. Das findet jedes Gericht geradezu unverschämt und respektlos, und ich werde im Prozess von allen Beteiligten fortan wie ein nerviger Störenfried, eine Querulantin behandelt. Mein eigener Mandant fühlt sich plötzlich unwohl an meiner Seite, und hätte die Erfahrung mich in solchen Situationen nicht eines Besseren belehrt, hätte ich oftmals dem gerichtlichen Druck nicht standhalten können und zu meinen Anträgen erklärt, dass es sich nur um jämmerliche, unverzeihliche Irrtümer handelt, die es nicht wert waren, dass die Kammer darauf ihr Geschäft verrichtete.

So geht es mir jetzt. Verzweifelt überlege ich, welche Anträge ich stellen könnte, um die Entscheidungsrichtung des Gerichts in unserem Sinn zu beeinflussen oder doch wenigstens zu ergründen, als Dr. Gruber sämtliche Resthoffnungen zunichtemacht.

»Mit einiger Wahrscheinlichkeit«, antwortet er ausweichend. »Um Ihre Frage zu beantworten, Herr Vorsitzender: Aus medizinischer Sicht kann ich nicht ausschließen, dass Frau Heitkamp verstorben wäre, auch wenn die medizinischen Maßnahmen neun Minuten früher eingesetzt hätten.«

Die beiden Verteidiger und Holger Heitkamp schauen zufrieden auf Dr. Gruber und nicken bestätigend, als hätten sie selbst die kritischen Fragen gestellt. Ich kann ein verstecktes Lächeln auf Holger Heitkamps Gesicht erkennen, bevor er den Kopf senkt und scheinbar interessiert auf irgendwelche Unterlagen vor sich starrt.

Dustin, wo warst du, ich brauchte dringend deine Hilfe.

36.

Zu guter Letzt steht heute noch die angekündigte Vernehmung des Sachverständigen Dr. Behnke zur Blutspurenanalyse auf unserem Plan. Es ist bereits kurz vor drei, und meine Stimmung sinkt auf den Nullpunkt. Privat und beruflich ein Desaster.

Nachdem der Sachverständige von der Protokollführerin über Mikrofon aufgerufen worden ist, öffnet einer der Wachtmeister die schwere Tür des Schwurgerichtssaals, und ein drahtiger Mann Anfang viezig, mit kurz geschorenen grauen Haaren und einer modernen Brille, betritt den Gerichtssaal. Wie selbstverständlich nimmt er Platz auf dem Zeugenstuhl in der Mitte des Gerichtssaals. Der Auftritt vor Gericht scheint ihm nicht fremd zu sein.

Zunächst belehrt der Vorsitzende Dr. Behnke als Sachverständigen und mahnt ihn routinemäßig, sein Gutachten treu und gewissenhaft zu erstatten. Dann befragt er ihn zu seiner Person.

»Karsten Behnke, 37 Jahre alt, Diplombiologe, Beamter des Bundeskriminalamtes, wohnhaft in Wiesbaden, zu laden über das Bundeskriminalamt Wiesbaden, mit dem Angeklagten nicht verwandt oder verschwägert.«

Dr. Behnke gibt kurz und professionell seine Personalien zu Protokoll. Okay, die grauen Haare machen ihn etwas älter.

Sein Gutachten ist in zwei Teile strukturiert, wie er angibt.

Christian Kulisch, Sonja Heitkamp. Er beginnt mit Christian Kulisch.

»Auf den Tatortfotos konnten wir Blutspritzer um den Kopf des verstorbenen Christian Kulisch sowie eine kleine Blutlache von circa zehn mal 12,5 Zentimetern feststellen. Die Blutlache befand sich direkt neben dem Oberkörper des Verstorbenen in Höhe der Schussverletzung, wobei die Blutspritzer um seinen Kopf konzentriert in der linken Richtung auftraten. Ich möchte Ihnen das anhand der von mir analysierten Lichtbilder dokumentieren.«

Der Sachverständige steht ungefragt auf, um am Richterpult dem Gericht die ihm überlassenen, qualitativ exzellenten Fotos vorzulegen.

»Staatsanwaltschaft, Nebenklage und Verteidiger sind aufgefordert, sich ebenfalls an das Richterpult zu begeben, um die Lichtbilder in Augenschein zu nehmen.«

Der Vorsitzende bittet förmlich die Beteiligten nach vorn an den Richtertisch, ohne den Blick von den erwarteten Lichtbildern in Dr. Behnkes Hand zu nehmen.

Auf den schockierenden Fotos sehen wir zunächst das völlig entstellte Gesicht von Christian Kulisch in Nahaufnahme. Weder Konturen noch sonstige menschliche Gesichtszüge sind auszumachen. Aggressives Rot beherrscht die Bilder. Ich bin entsetzt.

Die Bilder sind mir zwar aus der Ermittlungsakte bekannt. Allerdings wurden sie von unserer allerliebsten Frau Alfs in Schwarz –Weiß kopiert, so dass mir das Grauen der Realität erst jetzt bewusst wird.

Die nachfolgenden Lichtbilder bauen chronologisch eine größere Distanz zum Kopf von Christian Kulisch auf. . Langsam entfernt sich der Betrachter von der blutigen Gesichtsmasse. Der Sachverständige deutet auf konzentrierte Blutspritzer links neben dem Kopf, die mit zunehmender Distanz aufgelockerter und endlich nur noch vereinzelt in der Nähe des Wohnzimmertisches fotografisch festgehalten wurden. Die Blutlache befindet sich direkt neben dem Oberkörper in Höhe der Einschussverletzung in der Brust und bildet mit ihr über das Sweatshirt von Christian Kulisch hinweg eine farbliche Einheit.

Wir setzen uns nach Aufforderung des Vorsitzenden wieder. Ein jeder auf seinen vorgesehenen Platz. Dr. Behnke begibt sich brav auf den Zeugenstuhl. Der Vorsitzende lässt ins Protokoll aufnehmen, welche Lichtbilder wir in Augenschein genommen haben, bevor Dr. Behnke sein Gutachten fortsetzt.

»Der Verstorbene wurde zunächst in die Brust getroffen und kam unmittelbar danach zum Liegen. Die Fließrichtung des Blutes aus der Schusswunde ist hierzu passend zunächst diffus in alle Richtungen um die Wunde herum. Hätte er länger aufrecht gestanden, dann wäre ein Teil des Blutes mit Fließrichtung zu den Füßen zu erwarten gewesen. Nachdem sein Körper für die Dauer von wenigen Minuten waagrecht auf dem Boden lag, hat sich der Verstorbene leicht aufgerichtet und mit dem Oberkörper aus unserer Sicht nach links gebeugt. In dieser Position muss er ebenfalls einige Zeit verharrt haben. Das Blut aus der Schusswunde hatte genügend Zeit, in diese Richtung zu fließen und so die eben beschriebene Blutlache neben dem Oberkörper zu verursachen. Das Blut aus der stark blutenden Brustverletzung ist in der seitlichen Lage auf den Boden geflossen. Er hat dabei den Kopf angehoben. Der letzte Schuss ist in dieser Position von hinten erfolgt und hat ihn am Hinterkopf getroffen. Der Schuss ist aus sehr kurzer Distanz, maximal 30 Zentimeter, abgegeben worden.«

Maximal 30 Zentimeter. Sehr interessant. Es scheint, dass sich das Blatt wendet. Wie passt das mit der schrecklichen Angst und dem Schock unseres Angeklagten zusammen. Trotz der angeblichen Angst wagt sich der liebe Herr Heitkamp so nah an den aggressiven und zu allem bereiten Christian Kulisch. Bei dem Kopfschuss hat er sich in Reichweite zum Angreifer befunden. Das hätte er nicht gemacht, wenn tatsächlich von Christian Kulisch noch irgendeine Gefahr ausgegangen wäre. Wir haben es hier mit einer Hinrichtung zu tun, denke ich und hoffe, dass das Gericht diese Erkenntnis mit mir teilt.

»Des Weiteren wurden Tapetenstücke mit Blutspritzern übersandt, die untersucht werden sollten.«

Der Sachverständige beginnt ohne formellen Übergang mit dem zweiten Teil seines Gutachtens. Sonja Heitkamp. Er übergibt dem Gericht die kleineren und größeren Tapetenteile mit offensichtlichen Blutanhaftungen, das Bein eines Wohnzimmertisches, auf dem sich Blutspritzer befinden, sowie blutverschmierte Teile des Teppichs unter dem Wohnzimmertisch. Alles fein säuberlich abgepackt in durchsichtige Plastiktüten.

»Das Blut wurde von unserer DNA –Abteilung untersucht und analysiert. Es konnte zwei Blutspurenlegern eindeutig zugewiesen werden. Sonja Heitkamp und Christian Kulisch.«

Dr. Behnke macht eine kurze Pause und wartet die durch

die Übergabe der knisternden Plastiktüten mit den sichergestellten Gegenständen eingetretene Unruhe ab.

»Allerdings handelt es sich in keinem Fall um sogenannte Mischspuren, das heißt, das Blut beider Spurenleger ist zwar überlagert, aber nicht vermischt. Insoweit ist die größere Blutspur auf der Tapete von besonderer Bedeutung. Das Blut vom Spurenleger Sonja Heitkamp war vollständig getrocknet, bevor das Blut von Spurenleger Christian Kulisch aufgeschleudert wurde. Ich habe zur Verdeutlichung Fotos von unseren Untersuchungen gemacht.«

Wieder begibt sich Dr. Behnke an den Richtertisch und legt seine Lichtbilder vor. Unaufgefordert und schnellen Schrittes begeben wir übrigen uns ebenfalls ans Richterpult. Gleiche Prozedur wie zuvor.

Auf den Fotos können wir nach Einweisung durch den Sachverständigen Querschnitte des Bluts auf der Tapete in starker Vergrößerung erkennen. Eindeutig sind zwei abgegrenzte Blutflächen auszumachen, von denen Dr. Behnke die untere Sonja Heitkamp und die obere Christian Kulisch zuweist.

»Welche Bedeutung hat das für unseren Fall? Was für einen Schluss ziehen Sie aus dieser Tatsache?«, fragt der Vorsitzende.

Dr. Behnke hat auf diese Frage gewartet.

»Was das für Ihren Fall bedeutet, kann ich naturgemäß nicht sagen«, erklärt er ein klein wenig vorwitzig.

»Ich kann nur feststellen, dass bei Berücksichtigung der äußeren Umstände, warme Temperaturen, windgeschützter Raum, zwischen dem Entstehen der ersten und der zweiten Blutspur eine Zeit von mindestens 30 Minuten vergangen sein muss. Eher noch mehr. Anderenfalls hätte sich das Blut beider

Spurenleger vermischt. Bei einer Blutfläche mit der Größe auf dem Tapetenstück muss mindestens eine Zeit von 30 Minuten vergangen sein, damit sich durch Agglutination auf der oberen Blutschicht eine Haut bildet, die den mit hoher Geschwindigkeit aufgeschleuderten Blutspritzern aus der Schussverletzung von Christian Kulisch standhält.«

Es entsteht eine Pause, in der wir übrigen über die Bedeutung dieser Tatsache für das Strafverfahren nachdenken. Verzweifelt versuche ich, mich an alle Aussagen vor Gericht zu erinnern. Hatte uns nicht der Angeklagte erklärt, dass er Christian Kulisch beim Einschlagen auf seine Ehefrau überrascht und deshalb zur Waffe gegriffen hatte? Holla, langsam verfestigt sich der Eindruck einer Hinrichtung mehr und mehr. Auch dem Vorsitzenden scheinen ähnliche Gedanken durch den Kopf zu gehen. Er sieht irritiert aus und kratzt sich, scheinbar einem imaginären Juckreiz folgend, am Kopf, während er gedankenverloren den übrigen Beteiligten nacheinander das Fragerecht erteilt. Auch wir sind irritiert. Der Staatsanwalt und ich haben keine ergänzenden Fragen. Die Verteidiger tuscheln miteinander.

»Herr Dr. Behnke. Haben Sie eine vergleichende Untersuchung mit dem Blut vom Opfer, der verstorbenen Ehefrau unseres Mandanten, gemacht?«, fragt Kollege Kron mit fester Stimme.

»Nach meiner Kenntnis stellt sich die Blutgerinnung als sehr individueller Prozess dar, der bei jedem Menschen unterschiedlich verläuft. Es gibt ja auch kranke Menschen, die Bluter, bei denen die Blutgerinnung überhaupt nicht funktioniert.«

»Das ist richtig, die gibt es.«

Dr. Behnke hat sich der Anklagebank zugewandt.

»Die Blutereigenschaft, also das Bestehen einer Hämophilie, hätte tatsächlich einen gewissen Einfluss auf die vorliegende Bluttrocknung gehabt, hätte sie aber naturgemäß weiter nach hinten verschoben. Wir hätten dann von einem noch längeren Zeitraum zwischen dem Entstehen der ersten und zweiten Blutspur ausgehen müssen.«

Dr. Behnke lächelt milde.

»Es ist auch richtig, dass die Blutgerinnung ein durchaus individueller Prozess ist und insbesondere auch durch Medikamenteneinnahme, wie simple Acetylsalicylsäure, kurz ACC oder besser bekannt unter Aspirin, beeinflusst wird. Abgesehen davon, dass das Blut vom Opfer, also der Ehefrau Ihres Mandanten, selbstverständlich auf etwaige Krankheiten untersucht wurde und keine Auffälligkeiten aufwies, handelt es sich bei der Bluttrocknung nicht um die Blutgerinnung. Die Blutgerinnung, auch Hämostase, ist ein physiologischer Prozess, der am Körper einer verletzten Person stattfindet. Dabei handelt es sich vereinfacht ausgedrückt um einen komplexen Heilungsvorgang, bestehend aus verschiedenen Phasen.«

Nachdem sich der Sachverständige durch einen Blick in die Runde vergewissert hat, dass kein Widerspruch gegen seinen einsetzenden Redestrom erfolgt, fährt er mit seinen Ausführungen fort.

»Dabei verengt sich das verletzte Gefäß zunächst, dann heften sich Blutplättchen an das Leck, verkleben untereinander und stellen so den ersten Wundverschluss her. Bei der sekundären oder auch plasmatischen Hämostase, der eigentlichen

Blutgerinnung, wird dann dieser noch lose Verschluss durch die Bildung von Fibrin –Fäden verstärkt. Hierbei spielt die Aktivierung von etwa einem Dutzend im Blutplasma enthaltenen Gerinnungsfaktoren eine wichtige Rolle.«

Er wendet sich wieder Verteidiger Kron zu.

»Sie können daher unschwer erkennen, dass die eigentliche Blutgerinnung ein aktiver Heilungsprozess im Körper des Menschen ist.

Zwar spielen in einem gewissen Umfang auch Gerinnungsfaktoren bei der Blutagglutination eine Rolle, deshalb habe ich aber auch eine Mindestzeit angegeben. Bei der Größe des Blutflecks auf der Tapete waren mindestens 30 Minuten erforderlich, um eine Vermischung mit dem aufgeschleuderten Blut zu verhindern. Für das vorliegende Blutspurengutachten war daher die Übersendung der Originaltapetenstücke mit den Blutanhaftungen in unversehrtem Zustand entscheidend. Sie wurden uns glücklicherweise von dem exzellenten Kriminaltechniker übersandt. Eine maximale Zeit kann ich naturgemäß nicht angeben, da der Bluttrocknungsprozess bis zur kriminaltechnischen Untersuchung längst abgeschlossen war.«

Auch die Herren Verteidiger sind bedient und haben keine weiteren Fragen an den Sachverständigen. Der Vorsitzende lässt ihm von der Protokollführerin die Liquidationsanweisung für die Gerichtskasse überreichen und entlässt ihn aus dem Gerichtsverfahren auf seinen Weg zurück nach Wiesbaden.

Ohne Übergang wendet sich der Vorsitzende an Holger Heitkamp und seine Verteidiger. »Herr Heitkamp, möchten Sie oder Ihre Verteidiger irgendetwas erklären? Sie haben gehört, was der Sachverständige ausgeführt hat. Ihre Darstellung des engeren Tatgeschehens ist schwerlich mit den Feststellungen des Sachverständigen in Einklang zu bringen.«

Erneut rege ich mich über das Verhalten des Vorsitzenden auf, ohne jedoch äußerlich eine Regung zu zeigen. Der Angeklagte hat eine Einlassung abgegeben, die dem Sachverständigengutachten widerspricht. Punkt. Er und seine Verteidiger müssen doch selbst wissen, wie sie damit umgehen.

»Herr Vorsitzender, wir möchten um eine kurze Unterbrechung bitten, damit wir diese neuen Tatsachen mit unserem Mandanten besprechen können. Das Gutachten des BKA lag uns bei Prozessbeginn noch nicht schriftlich vor, so dass wir auch keine Gelegenheit hatten, diese Umstände mit dem Angeklagten zu erörtern.« Verteidiger Dammer wirkt kleinlaut.

Es ist nicht die Zeit für störende Unterbrechungen. Wir haben es bereits nach vier Uhr an einem Freitagnachmittag. Alle, einschließlich der Wachtmeister, Protokollführer und auch einschließlich des Gerichts, freuen sich nach einer anstrengenden Arbeitswoche auf das Wochenende. So macht man sich keine Freunde. Der Unmut steht dem Vorsitzenden ins Gesicht geschrieben, da meldet sich der Angeklagte persönlich.

»Mir ist schon klar, dass das Gutachten meinen Ausführungen widersprochen hat«, erklärt er zaghaft.

»Aber das bedeutet nur, dass ich mich geirrt haben muss. Ich bin immer fest davon ausgegangen, dass der Kulisch dabei war, mit dem Hammer auf meine Frau einzuschlagen, als ich in das Haus kam. Ich hörte dumpfe Geräusche, wie von Schlägen, und er hielt den Hammer in der Hand, zum Schlag bereit, als ich ihn dann im Wohnzimmer überraschte. Meine Frau lag blutüberströmt auf dem Fußboden. Ich werde diesen schrecklichen Anblick niemals vergessen. Für mich ließ das nur den Schluss zu, dass er gerade dabei war, auf meine Frau einzuschlagen. Das sind Sekunden, in denen man glaubt, man hat genau erkannt, was vorgeht. Da denkt man nicht richtig. Man reagiert spontan.«

Holger Heitkamp verstummt und blickt nachdenklich ins Leere.

»Er muss also schon länger da gewesen sein und nach dem brutalen Angriff auf meine Frau gewartet haben. Gewartet haben, bis ich heimkomme.

Dann hätte ich doch ohnehin nichts mehr für meine Frau tun können, was die Gehirnschwellung verhindert hätte. Ich hätte sie auch nicht retten können, wenn ich sofort beim Notruf unsere Adresse durchgegeben hätte. Die ganze Zeit mache ich mir deswegen die schlimmsten Vorwürfe. Dabei hätte ich nichts tun können.«

Die verzweifelten Worte von Holger Heitkamp wirken am Ende recht schrill, und er schluckt, als kämpfe er mit den Tränen. Kollege Dammer legt ihm beruhigend die Hand auf den Arm. Es entsteht eine Pause, bis der Vorsitzende erklärt:

»Gut, wir sind dann mit unserem heutigen Programm am Ende. Die Verhandlung wird nächste Woche Dienstag fortgesetzt.«

Bevor die Verhandlung durch den Vorsitzenden unterbrochen wird, melde ich mich zu Wort.

»Herr Vorsitzender, ich rege an, die Zeugin Renate Peters erneut in der nächsten Hauptverhandlung zu hören, da wir jetzt ein Zeitdiagramm haben. Sie hat Christian Kulisch eintreffen sehen und später die Schüsse gehört. Nach meinen Unterlagen hat sie von einigen Minuten zwischen dem Eintreffen Christian Kulischs vor dem Haus der Heitkamps und den ersten Schüssen geredet. Aus meiner Sicht besteht hier Aufklärungsbedarf.«

Der Vorsitzende überlegt kurz, hat aber offensichtlich nicht die Nerven, sich angesichts der fortgeschrittenen Zeit eingehender mit der Anregung auseinanderzusetzen.

»Möchten Sie einen förmlichen Antrag auf erneute Vernehmung der Zeugin Peters stellen, Frau Bäcker?«, fragt er gereizt.

»Bisher nicht, Herr Vorsitzender. Sollte das Gericht keine Veranlassung sehen, die Zeugin erneut zu laden, werde ich die Anregung in einem Beweisantrag formulieren.«

»Ich werde versuchen, sie für Dienstag zum Fortsetzungstermin zu laden. Ich mache aber bereits jetzt darauf aufmerksam, dass die Zuverlässigkeit von Zeugen, gerade was die subjektive Beurteilung von Zeiträumen angeht, ohnehin sehr eingeschränkt ist«, resigniert der Vorsitzende, um einer müßigen Diskussion mit mir aus dem Weg zu gehen.

Dann unterbrach er offiziell die Hauptverhandlung bis zur Fortsetzung am Dienstag, den 12.02.2008.

37.

Der Himmel droht mit dunklen Wolken, und es dämmert bereits, als ich gegen 18 Uhr bei mir zu Hause in Kirchhellen eintreffe. Sina, unsere Hovawart –Hündin, begrüßt mich stürmisch am Hoftor und signalisiert mir durch ungeduldiges Springen unmissverständlich, dass sie unbedingt und sofort mit mir spazieren gehen muss. In ihrer typischen betrügerischen Art vermittelt sie den Anschein, als habe man sie den ganzen Tag vergessen, vernachlässigt, ohne Spaziergang eingesperrt. Und das, obwohl ihr an den Pfoten nasses und fransiges Fell, das ohne Zweifel von einem noch nicht allzu lange zurückliegenden Spaziergang stammt, das Gegenteil beweist.

Ich gehe kurz in meine Wohnung, werfe meine Tasche auf den Küchentisch, ziehe bequeme Schuhe und eine Jacke an, rufe kurz von meinem Balkon den Namen der stressigen Hundedame und sehe, wie sie freudig zum Hoftor jagt. Ein Spaziergang mit der kleinen Betrügerin wird mir guttun.

Genauso trüb wie der heraufziehende Abend ist meine Stimmung. Die Gedanken an den ebenfalls betrügerischen Kriminalhauptkommissar Breitner lassen mich auch auf dem Spaziergang nicht los. Um mich herum nur Betrüger! Als wir zurückkommen, hat Sina endlich genug, und ich telefoniere mit meiner engsten Vertrauten. Meine Schwester Sophie konnte mir noch immer in allen düsteren Stunden meines Lebens Trost spenden.

Ich erzähle Sophie von meiner Sicht der Dinge im Prozess

und von Breitner, als es an der Tür klingelt. Mit dem schnurlosen Telefon laufe ich zum Fenster. Draußen vor unserem Haus erkenne ich im Lichtkegel der Hausbeleuchtung Breitners Saab. Ein Schock durchfährt mich. Er hat geklingelt, also muss er schon unten vor der Eingangstür stehen.

»Scheiße, Sophie. Thomas Breitner steht unten vor der Tür. Was soll ich machen?«

»Spinnst du jetzt total? Natürlich lässt du ihn herein.«

Ich laufe ins Badezimmer und begegne im Spiegel einer stark gealterten Frau. Augenränder, verschmierte Wimperntusche, wuschelige Haare. Spätestens wenn er mich so sieht, wird er sich glücklich schätzen, mich losgeworden zu sein.

»Ausgeschlossen, ich sehe aus wie eine Vogelscheuche.«

»Anna, nerv nicht, mach die Tür auf.«

Auf dem Weg zur Türsprechanlage versuche ich, mit ein wenig Spucke die verschmierte wasserfeste Wimpertusche zu reduzieren und meine Haare glatt zu streichen.

»Ja, hallo, wer ist da?«, frage ich so gelassen wie möglich über die Sprechanlage.

»Thomas Breitner«, kommt es prompt zurück. Die Stimme geht mir durch Mark und Bein.

»Warte, ich drück dir auf.«

Als wäre es das Normalste von der Welt, dass Thomas mich zu Hause aufsucht.

Meine Schwester schweigt am Telefon. Kein Pieps. Sie war immer schon eine neugierige Person. Thomas kommt die Treppe hoch, bleibt auf der Hälfte stehen und schaut mich fragend an.

Ich halte demonstrativ den Hörer des Telefons zu.

»Komm rein, ich telefonier gerade.«

Und in den Telefonhörer im unbeschwerten süßen Tonfall.

»Du, Sophie. Ich habe gerade Besuch bekommen. Kann ich dich gleich zurückrufen?«

Ohne eine Antwort abzuwarten: »Super. Ich denke, dass wir so um neun los können. Holst du mich ab?«

Keine Antwort. Kurze taktische Pause für die vorgetäuschte Antwort.

»Okay, bis gleich. Tschüüss.«

Ich bin doch keine vereinsamte Vogelscheuche, wenn ich auch so aussehe.

Thomas schaut mich immer noch fragend an. Er hat sich auf die Armlehne meines abgewetzten Sessels gesetzt, den ich immer schon durch ein schickes Designerteil austauschen wollte.

»Sag mal, was ist eigentlich los? Warum meldest du dich nicht? Ich habe überall angerufen, auf deine Mailbox gesprochen und deine Sekretärin um den Finger gewickelt.«

Plötzlich sprudelt es aus mir heraus. Meine Tränen kann ich nur mit Mühe und den Gedanken an die bereits verschmierte Wimperntusche zurückhalten.

»Es tut mir leid, dass ich gerade gestern Abend bei dir vorbeikommen musste, als du dich so herzlich von deiner süßen Rita verabschiedet hast. Ich hatte die spontane und absurde Idee, statt zurückzurufen, dich zu besuchen. Da musste ich leider euren tränenrührigen Abschied mit ansehen.«

»Du warst bei mir?«

»Ja, und das hat alles keinen Sinn zwischen uns. Ich habe keine Lust auf Verletzungen, auf ‚wir haben uns nur wegen meiner Briefmarkensammlung bei mir getroffen?‘, auf kotzige

Erklärungen, auf Herzschmerz, auf Trauer, auf all die Scheiße, die passiert, wenn man sich auf eine Beziehung einlässt.«

Thomas Breitner lächelt unpassenderweise.

»Das sind die schönsten Argumente für uns beide. Ich weiß nicht, was alles passieren kann. Ich weiß nicht, wie es weitergeht. Aber ich weiß, dass ich dich so sehr will, dass es schon weh tut. Ich weiß, dass ich genau das Gleiche will und genau die gleichen Ängste habe wie du. Und ich weiß, dass es ganz sicher weitergeht.«

Er macht eine Pause.

»Und das Einzige, was dir wirklich leidtun sollte, ist die Tatsache, dass du uns gestern einen wunderschönen Abend gestohlen hast.«

Mir stehen immer noch die Tränen in den Augen. Aber das war wirklich Balsam auf meine immer noch aufgerissene Wunde.

»Was soll ich deiner Meinung nach daraus schließen, wenn sich deine Kollegin Rita nach einer innigen Umarmung von dir verabschiedet und vor deinem Haus mit ihrem BH winkt? Es tut mir leid, dass ich spontan bei dir vorbeigekommen bin und das sehen musste. Aber ich will so etwas nicht sehen. Und schon gar nicht will ich, dass so etwas passiert.«

»Dass das geschieht, war wahrscheinlich unvermeidbar. Ich meine damit, es war unvermeidbar, dass sie ihre Sachen bei mir abholt. Ich war kurze Zeit mit ihr zusammen. Du weißt noch viel zu wenig über mich. Aber du kannst dir sicher sein, dass du die absolut einzige Frau in meinem schwierigen Leben bist.«

Breitner steht auf und streckt mir die ausgebreiteten Arme entgegen.

War das alles eine Fehlinterpretation? Eigentlich bin ich mir sicher, Profi in der Analyse von Verhaltensweisen zu sein, sozusagen Experte. Ich neige allerdings dazu, das muss ich einräumen, voreilige Schlüsse zu ziehen. Insbesondere, wenn es darum geht, den Lebenspartner einer unverzeihlichen Beziehungsstraftat zu überführen. Hier leitet mich der Pessimismus, oder noch schlimmer die Eifersucht und das dann wohl doch mangelhafte Selbstbewusstsein.

Aber auch das Leben außerhalb von Beziehungen hätte mich lehren müssen, meinen Wahrnehmungen nicht zu trauen, erst das Zusammenfügen sämtlicher Fakten abzuwarten, den Betroffenen vor einer Verurteilung anzuhören. Hinzu kommt mein schlechtes Gedächtnis, das teilweise an Alzheimer oder Altersdemenz erinnert. Das Schlimme ist, dass ich manchmal schon zwei Minuten später nicht mehr weiß, was ich vorher gemacht habe.

Ich erinnere mich an die noch nicht allzu lang zurückliegende Enthüllung der skandalösen Arbeitseinstellung meines lieben Kollegen Thorsten. Es war kurz vor Weihnachten letzten Jahres. Ich ging in unsere Sauna, die sich außerhalb unseres Hauses in einem ehemaligen Schweinestall befindet, um die Hundebürste für Sina zu holen, und schaltete das Licht an. Ich ging hinaus auf unsere Terrasse und bürstete das kleine Riesenkalb zu ihrer vollsten Zufriedenheit. Da bemerkte ich Licht durch eines der Saunafenster und dachte allen Ernstes, oh, mein lieber Kollege Thorsten hat sich wieder die Sauna angemacht und das, obwohl er doch angeblich so krank ist und heute nur vormittags in der Kanzlei war. Sehr interessant. Wäre der kleine Irrtum nicht aufgefallen, als ich die Bürste zurücklegte, wäre der hinterhältige Saunagang meines arbeitsscheuen Kollegen ein für alle Mal zur Tatsache erwachsen, ohne ihn jemals zu dem Vorwurf gehört zu haben. Blitzschnell ist das Schwert gezückt und der Kopf ab.

Okay, Breitner, dachte ich, ich verzeihe dir.

38.

Das Wochenende war wirklich schön. Bis Sonntag ist Thomas bei mir geblieben. Wir haben gekocht, sind mit Sina spazieren gegangen, haben gelacht und viel Wein getrunken. Selbst den kleinen, sagen wir, unrechtmäßigen Behelf mit der Sophie –Verabredung konnte ich ihm beichten, nachdem mich Sophie neugierig eine Stunde später anrief. Erst am Sonntagmorgen hat er mich dann verlassen, um den Tag mit seinen stinkigen Klamotten und seinen Kindern Lena und Linus zu verbringen. Montagabend haben wir lange telefoniert, und er hat mir nichts, aber auch gar nichts über seine Ermittlungen im Fall Heitkamp erzählt.

Noch fühle ich mich wie auf Federn gebettet, im Rausch der Gefühle, mit nur oberflächlichem Kontakt zur realen Welt. Es ist Dienstagmorgen. Routinemäßig sind wir alle wieder hier im Gerichtssaal erschienen. Verteidiger, Angeklagter, Staatsanwalt, Richter, Schöffen und meine Mandantin. Susanne Piel hat dunkle Ränder unter den Augen und ist schweigsam.

»Wie geht es unserem Nebenkläger Maximilian?«, frage ich, und als hätte ich bei ihr den Anschaltknopf betätigt, schaut sie mich lächelnd an und legt los.

»Er kommt ganz nach seiner Mutter und hat sich prächtig entwickelt. Seit er aus dem Krankenhaus entlassen wurde und bei mir ist, macht er täglich Fortschritte. Nur nachts wird er oft wach und raubt uns den Schlaf. Ich muss ihn dann füttern.«

Ihr Lächeln wirkt fast verlegen. Sie macht ganz den Eindruck einer jungen Mutter, die von der neuen Familiensituation zwar ungeheuer gestresst, aber durch den Zuwachs auch ganz und gar erfüllt und überglücklich ist. Das Eintreten des Gerichts hindert Susanne Piel an ihrer lebhaften Fortsetzung. Es tut gut, zu hören, dass der Kleine ein neues Zuhause bekommen hat.

Zu meiner Überraschung beginnen wir mit der zweiten Vernehmung von Renate Peters. Der Vorsitzende belehrt sie erneut, entschuldigt sich für den wiederholten Bedarf ihrer Anwesenheit und befragt sie dann ausführlich zu der Zeit zwischen dem Eintreffen von Christian Kulisch und den Schüssen.

»Das kann ich heute überhaupt nicht mehr sagen. Ich hab ja so ein schlechtes Zeitgefühl. Vielleicht einige Minuten.«

Anscheinend hat Richter Lange mit der Antwort gerechnet und die Zeugin deshalb bereits für den Anfang der Hauptverhandlung geladen, ohne eine Zeitverzögerung befürchten zu müssen, denn er schaut mich jetzt freundlich, aber mit einer gewissen Genugtuung an.

»Gibt es weitere Fragen von der Staatsanwaltschaft oder der Nebenklage?«

Berg und ich lehnen dankend ab.

Anders die Verteidiger. Immerhin kennen sie die heimlichen Ansichten von Renate Peters.

»Frau Peters, bitte versuchen Sie, sich so gut wie möglich an den schrecklichen Tag zu erinnern. Kann es nicht auch sein, dass zwischen dem Eintreffen von Christian Kulisch und dem ersten Schuss etwa 30 Minuten, vielleicht sogar mehr Zeit vergangen ist? Nach den jetzigen Erkenntnissen müssen mehr als fünf bis zehn Minuten vergangen sein. Für unseren Mandanten ist das von außerordentlicher Bedeutung«, erklärt Verteidiger Damme.

Frau Peters ist offensichtlich verunsichert und schaut sich irritiert um. In amerikanischen Filmen würde jetzt der attraktive, aber aalglatte Staranwalt aufspringen und »Einspruch« rufen und die suggestive Frage beanstanden. Verteidiger Kron hätte kurz Gelegenheit, den Grund für seine Frage darzulegen, und der Richter, im amerikanischen Rechtssystem eine Art Schiedsrichter, hätte darüber zu entscheiden, ob die Frage zugelassen wird. Das ist bei uns anders und oftmals wirklich anstrengend. Auch bei uns hat der Vorsitzende Richter die Verfahrensleitung. Eigentlich wäre es die Pflicht von Richter Lange, eine derartige Frage von sich aus zu beanstanden und darum zu bitten, sie anders zu formulieren, oder den Zeugen anzuweisen, sie unbeantwortet zu lassen. Das passiert aber in den seltensten Fällen. Im Gegenteil. Beanstandet insbesondere der Anwalt die Frage – beim Staatsanwalt sieht das schon anders aus –, dann fühlt sich der Vorsitzende in seiner Verfahrensführung kritisiert, denn er hat die Frage ja durchgehen lassen. Meistens folgt eine müßige Diskussion über den genauen Wortlaut der Frage.

Der genaue Wortlaut ist nämlich gar nicht exakt zu rekonstruieren. Es gibt kein Wortprotokoll in deutschen Gerichten. Der Inhalt der Hauptverhandlungsprotokolle vor dem Landgericht beschränkt sich auf so wichtige Informationen wie »Der Zeuge Soundso sagte zur Sache aus«.

Genau genommen ist man der Loyalität des Gerichts zur Wahrheit vollkommen ausgeliefert. Abgesehen davon, dass die

Leistungsfähigkeit eines Richters, was die Wahrnehmung der teilweise äußerst umfangreichen Zeugenaussagen angeht, wie bei jedem anderen Menschen eingeschränkt ist, gibt es auch die böswilligen Richter, die sich die Aussage genau nach ihrem gewünschten Ergebnis schneidern.

Aber selbst wenn der Richter nicht böswillig ist, unterliegt er immer einer selektiven, den eigenen Vorstellungen angeglichenen Wahrnehmung. Das führt bei nahezu jedem Urteil zu unwahren Darstellungen der Zeugenaussagen. Und die übrigen Verfahrensbeteiligten, wie der Verteidiger, haben nicht einmal die Möglichkeit, wichtige Zeugenaussagen, etwa durch einen Antrag auf Protokollierung, zu dokumentieren. Das heißt, klar kann der Verteidiger einen Antrag auf Protokollierung stellen, aber der ist letztlich völlig bedeutungslos. Der Vorsitzende kann den Antrag mit der phrasenhaften Begründung, es komme nicht auf den genauen Wortlaut der Aussage, sondern vielmehr auf deren Inhalt an, zulässig ablehnen und ins Land der Absurdität und der Torheit verbannen. Und selbst wenn im Urteil plötzlich das Gegenteil des beantragten Aussageninhalts steht, hat der Protokollierungsantrag überhaupt keine Auswirkung.

Im Urteil kann also stehen, der Zeuge hat auf eine bestimmte Frage mit »ja« geantwortet, obwohl der Zeuge »nein« gesagt hat und der Anwalt dieses »Nein« protokollieren lassen wollte, das Gericht den Antrag aber zurückgewiesen hat. Man sollte meinen, dass das übergeordnete Gericht, das das Urteil auf Antrag hin zu überprüfen hat, doch wenigstens den Umstand des Antrags auf Protokollierung des »Neins« als Indiz für das »Nein« nimmt. In der Praxis stimmt das aber leider nicht. Es gilt, was im Urteil steht, und wenn es noch so falsch ist. Dem ist jeder Verfahrensbeteiligte hilflos ausgeliefert. Das führt oftmals in der Hauptverhandlung zu Meterdiskussionen. Was hat der Zeuge oder der Angeklagte wie gesagt? Und auch bei diesen Diskussionen ist man manchmal einfach nur verblüfft oder sogar entsetzt, wie eiskalt manche Richter lügen. Und dabei wäre dieses Problem angesichts des computerdominierten Zeitalters, in dem eine Dokumentation sämtlicher Aussagen mittels Aufzeichnung nicht einmal den Bruchteil der bereits archivierten gerichtlichen Aktenberge ausmachen würde, nur allzu leicht zu lösen. Die Dokumentation würde die am Verfahren Beteiligten disziplinieren und dem Strafprozess zu mehr Fairness und Wahrheit verhelfen. Der irrwitzige Mangel des Wortprotokolls dient ausschließlich der Macht des Richters, nicht der Gerechtigkeit.

Tja, was mache ich nun? Die Frage ist suggestiv, sie leitet unsere liebe Frau Peters in die gewünschte Richtung des fragenden Verteidigers Damme. Will sie dem Monster oder lieber dem sympathischen Nachbarn Holger Heitkamp helfen? Der Vorsitzende reagiert nicht, und ich entscheide mich für den Widerstand.

»Herr Vorsitzender, ich beanstande die Frage. Sie ist offensichtlich suggestiv.«

Der Vorsitzende schaut mich milde an.

»Frau Bäcker, das ist mir nicht entgangen, und Sie können sich darauf verlassen, dass ich Frage und Antwort in diesem Kontext werte.«

»Das stelle ich selbstverständlich außer Frage, Herr Vorsitzender. Aber durch diese Art der Befragung werden unter Umständen auch zukünftige Antworten der Zeugin beeinflusst, weil sie als Nachbarin dem Angeklagten offensichtlich freundschaftlich verbunden ist und durch die Fragestellung das gewünschte und für den Angeklagten günstigere Ergebnis erkennt.«

»Sie möchten der Zeugin doch bestimmt keine bewusste Falschaussage unterstellen?«, fragt der Vorsitzende mit leicht reduzierter Milde.

»Nein, Herr Vorsitzender, das natürlich nicht. Aber die Betonung liegt auf bewusst. Dass die Zeugin durch die Art der Befragung eben unbewusst zu Antworten neigt, die für den Angeklagten günstig sind, ist dem Umstand der freundschaftlichen Verbindung zum Angeklagten geschuldet. Wir wissen schließlich nicht, welche Fragen die Verteidigung noch an Frau Peters richtet. Es wäre daher sehr freundlich, wenn der Herr Verteidiger seine Fragen zukünftig neutral formuliert. Ansonsten wäre ich gezwungen, solche Fragen förmlich zu beanstanden.«

Und diese förmliche Beanstandung käme immerhin ins Protokoll, denke ich bei mir. Das hat kein Richter gern, denn jedes Wort zu viel im Protokoll der Hauptverhandlung steigert die Chancen für revisionsrechtlich relevante Fehler.

»Frau Kollegin, ich habe die Zeugin lediglich gefragt, ob zwischen dem Eintreffen von Christian Kulisch und dem ersten Schuss vielleicht auch 30 Minuten vergangen sein können«, kontert das Schlitzohr Dammer.

»Ich kann an dieser Frage nichts Suggestives sehen.«

»Diese Frage haben Sie ja auch nur mit dem kleinen, unbedeutenden Zusatz versehen, dass nach den jetzigen Erkenntnissen mehr als fünf bis zehn Minuten vergangen sein müssen und die Antwort für Ihren Mandanten außerordentliche Bedeutung hat«, entgegne ich vielleicht eine Spur zu scharf.

»Vielleicht wäre eine kurze Pause zur Beruhigung der Gemüter von Vorteil«, kommt der kleine Klopps Kron seinem Kollegen zu Hilfe.

Damit ihr in der Pause ein bisschen subtilen Einfluss auf die Zeugin nehmen könnt. Nein danke, denke ich und bemühe mich, einen ruhigen, gelassenen, ja fast teilnahmslosen Eindruck zu vermitteln; schließlich will ich dem Klopps nicht noch durch mein Verhalten Rückendeckung geben. Ich wende mich Frau Peters mit einem sanften Lächeln zu.

»Ich meine, wir sollten die Zeit der Zeugin nicht über Gebühr in Anspruch nehmen und ihre Befragung vor einer Pause abschließen. Wir wissen ja alle, wie belastend ein solcher Schwurgerichtsprozess für Zeugen ist.«

Solche vorprogrammierten Diskussionen nach einer Beanstandung durch einen der Verfahrensbeteiligten nerven das Gericht, und der Vorsitzende wendet sich an den lieben Kollegen Dammer.

»Herr Verteidiger, stellen Sie bitte zukünftig Ihre Fragen ohne persönliche Erklärungen. Ich möchte ungern Ihre Befragung unterbrechen. Die Vernehmung der Zeugin Peters werden wir jetzt beenden, bevor wir dann eventuell eine Pause einlegen«, entscheidet der Vorsitzende kurzerhand.

Alle Prozessbeteiligten schauen Renate Peters erwartungsvoll an. Ihre Antwort steht noch aus, und offensichtlich überlegt sie sorgfältig. Richter Lange setzt gerade an, die an die Zeugin gestellte Frage wiederholen zu lassen, als sie antwortet:

»Wie gesagt, ich habe wirklich ein schlechtes Zeitgefühl. Darum kann es sehr gut sein, dass 30 Minuten oder mehr Zeit vom Eintreffen Christian Kulischs bis zum ersten Schuss vergangen sind.«

Das war ja klar. Ich bitte erneut um das Fragerecht, das mir Richter Lange nach Abschluss der Befragung durch die Verteidigung erteilt.

»Frau Peters, erinnern Sie sich noch daran, was genau Sie gemacht haben, als Christian Kulisch vor dem Haus der Heitkamps erschien?«, frage ich.

»Ja, das weiß ich noch ganz genau. Ich hörte Radio, meinen Lieblingssender LOK 2, und im Studio war die berühmte Sterneköchin Karla Kuba. Sie gibt freitags immer Rezeptvorschläge in der Sendung von Tina Alt. Sie war gerade dabei, das Rezept für einen Cocktail durchzusagen, und ich wollte das unbedingt aufschreiben. So ein stark alkoholisches Ding. Deshalb bin ich zur Fensterbank in unserer Küche geflitzt. Da liegen immer ein Stift und ein Block bereit. In diesem Moment, als Karla Kuba also das Rezept durchsagt und ich das aufschreiben will, da sah ich draußen vor dem Haus der Heitkamps diesen Kulisch, der sich sehr auffällig benahm.«

»Danke, Frau Peters.«, erkläre ich, nachdem sie ihre Aussage beendet hat, und notiere mir deren wesentlichen Inhalt.

Ich wusste nicht, ob es mir weiterhelfen oder mir lediglich den weiteren Unmut des Gerichts bescheren würde. Darauf kam es jetzt auch nicht mehr an. Daher stellte ich den Beweisermittlungsantrag auf Einholung der Auskunft beim öffentlichen Sender LOK 2, wann genau das Rezept der Sterneköchin Karla Kuba gesendet wurde, dem der Vorsitzende ohne zu zögern stattgab.

39.

Auf meinem Handy hatte ich Dienstag wieder mehrere Anrufe von Thomas; und ich versuchte ihn gestern, nach der Hauptverhandlung, ebenso mehrfach wie vergeblich zurückzurufen. Kein Gedanke an einen spontanen Besuch. Mit gemischten Gefühlen komme ich daher heute zur Fortsetzung der Hauptverhandlung ins Landgericht und bin umso überraschter, ihn im Flur vor dem Schwurgerichtssaal zu sehen. Berg kommt mir entgegen und erklärt ungewohnt aufgeregt, dass Breitner heute als Zeuge aussagen wird. Weiß er von unserer Beziehung und will jeden persönlichen Kontakt zwischen uns aus prozesstaktischen Gründen verhindern? Ich grüße Thomas aus der Ferne. Kurzes professionelles Kopfnicken. Dann begebe ich mich neben meine Mandantin auf meinen Platz im Gerichtssaal.

Nur Minuten später begrüßt uns der Vorsitzende sehr ernst und förmlich.

»In Abänderung unseres Ladungsplans haben wir für den heutigen Hauptverhandlungstag die Vernehmung des Ermittlungsführers der Essener Polizei, Kriminalhauptkommissar Breitner, vorgezogen. Ich hoffe, alle Prozessbeteiligten sind damit einverstanden.«

Es erfolgt kein Widerspruch.

»Gut, dann rufen Sie ihn bitte auf«, wendet er sich an die Protokollführerin. Einer der Wachtmeister an der Eingangstür zum Schwurgerichtssaal öffnet die Tür, Breitner tritt ein und setzt sich ebenso professionell auf den Zeugenstuhl wie der Sachverständige Dr. Behnke vor ihm.

Nach einer kurzen Belehrung gibt er seine Personalien zu Protokoll.

»Thomas Breitner, Polizeihauptkommissar, 48 Jahre alt, zu laden über den Polizeipräsidenten Essen, nicht verwandt oder verschwägert mit dem Angeklagten.«

»Herr Breitner, Sie waren mit den Ermittlungen im Strafverfahren gegen den Angeklagten betraut. Können Sie uns kurz einen Überblick über dessen Verlauf geben.«

Breitner schildert in groben Zügen die Entwicklung des Ermittlungsverfahrens, zugegeben recht eloquent.

»Danke. Herr Breitner, Sie haben sich auch im Auftrag des Gerichts mit dem öffentlichen Lokalsender LOK 2 in Verbindung gesetzt und einen Mitschnitt der Sendung »Wochenendstart« vom Tattag, dem 27.04.2007, mitgebracht«, Richter Lange ist kurz angebunden, kommt direkt zur Sache.

»Das ist richtig«, bestätigt mein Schatz.

»Ich habe mich gestern mit der Redaktion von LOK 2 in Verbindung gesetzt und um die Kopie eines Mitschnitts der Sendung vom 27.04.2007 in der Zeit von 14 bis 16 Uhr gebeten. Mein Kollege und ich konnten den Mitschnitt noch am selben Tag, also gestern Nachmittag, in Köln beim Sender abholen. Ich habe ihn ausgewertet und mitgebracht. Wir können ihn mit dem von mir auf dem Richtertisch vorbereiteten digitalen Rekorder abspielen.«

Erst jetzt erblicke ich den Rekorder auf dem Richterpult, rechts und links durch lange Kabel mit kleinen Boxen verbunden.

»Durch den Mitschnitt der Sendung und die beiden aufgezeichneten Notrufe konnten wir eine genaue Zeitschiene für den Tattag ermitteln. Das Erscheinen von Christian Kulisch am Haus der Heitkamps sowie den ersten und zweiten Notruf in der Notrufzentrale des Polizeipräsidiums. Der erste Notruf erfolgte um 15:19 Uhr. Das Eintreffen von Christian Kulisch am späteren Tatort, dem Haus der Heitkamps, erfolgte nach der Aussage der Zeugin Peters genau zum Zeitpunkt, als das Cocktail –Rezept der Sterneköchin Karla Kuba im Radiosender durchgesagt wurde.«

»Bitte, spielen Sie diesen Teil der Radiosendung ab«, wendet sich der Vorsitzende an Breitner, der sich zum Richtertisch begibt, den Rekorder einschaltet und wieder zu seinem Zeugenstuhl zurückkehrt.

In gemäßigter Lautstärke hören wir die gutgelaunte Redakteurin Tina Alt im Gespräch mit Sterneköchin Karla Kuba. Ein Stück unbeschwerten Lebens in der Tragödie eines schwierigen Prozesses.

»Karla, schön dass du persönlich ins Studio kommen konntest. Ich hab gehört, heute geht's ab. Du hast uns dein neues Rezept für einen Cocktail mitgebracht. Mann, was für eine Farbe, der sieht ja richtig toll aus. Dieses Türkis macht richtig Lust auf Sommer, Sonne und Ferien.«

»Das stimmt Tina, aber der harmlose Schein trügt. Wenn du heute noch Auto fahren willst, ist das nichts für dich. Der haut ganz schön rein. Das ist mehr etwas für unsere Wochenendler, die schon zu Hause angekommen sind. Also, ich sag dir mal, was da so alles drin ist. Aufgepasst, zum Mitschreiben. Sie brauchen Blue Curacao, Single –Malt –Whisky, vielleicht den guten, alten Glenfiddich, Wodka, Orangensaft und zu guter Letzt trockenen Sekt. Für einen Cocktail nimmt man 2 Zentiliter Blue Curacao, genauso viel Single –Malt, dazu 4 Zentiliter Wodka und 4 Zentiliter Orangensaft. Das Ganze mit gestanztem Eis in den Shaker oder mit Eiswürfeln in den Standmixer und 20 Sekunden auf höchster Stufe durchmixen. In ein Glas geben und mit dem trockenen Sekt auffüllen. Sie können den Cocktail mit einer exotischen Blüte dekorieren. Fertig. Das schmeckt genial.«

»Mann, da ist ja wirklich jede Menge Alkohol drin.«

»Allerdings. Das Gute, aber auch das Gefährliche an dem Cocktail ist, dass man von dem Alkohol nicht viel schmeckt. Darum wurde er von mir auch ‚Giftiger Prinz' getauft.«

»Danke Karla für den tollen Cocktail. Jetzt ist es genau 15:14 Uhr. Viel Spaß mit dem Rezept. Passen Sie auf sich auf und lassen Sie sich nicht vergiften. Hier ist Tina Alt von LOK 2, und ich hab die passende Musik.«

Schon erklingen die ersten Töne von Amy Macdonalds grandiosem Lied »Poison Prince«.

Der Vorsitzende lässt das Lied durch Knopfdruck verklingen.

Stille im Gerichtssaal. Kein Räuspern der Zuschauer. Nichts. In meinem Kopf herrscht wildes Durcheinander. Von 15:14 Uhr bis zum ersten Notruf um 15:19 Uhr sind nur fünf Minuten verstrichen. Lächerliche fünf Minuten. Die Zeit reicht unmöglich, um das Blut von Sonja Heitkamp auf dem Tapetenstück trocknen zu lassen. Christian Kulisch ist bei den Heitkamps erschienen, als Sonja Heitkamp längst von den Hammerschlägen tödlich getroffen war. Langsam und ganz vereinzelt macht sich im Gerichtssaal diese Erkenntnis breit, unmittelbar gefolgt von Entsetzen.

Nur der Vorsitzende zeigt nicht die geringste Regung. Er schaut dem Angeklagten ruhig ins Gesicht. Ebenso Berg. Er sitzt ungerührt auf seinem Stuhl. Sie wussten, was heute kommt. Die versteinerten Gesichter der Verteidiger dokumentieren, dass auch sie verstanden haben. Holger Heitkamp öffnet den Mund. Noch bevor auch nur ein Laut seinen fahlen Lippen entweichen kann, höre ich Verteidiger Kron leise zischen »kein Wort«, und so bleibt es still.

Breitner bringt es auf den Punkt.

»Christian Kulisch kann die Tat nicht begangen haben. Die Uhrzeit wurde um genau 15:14 Uhr durchgesagt, nur wenige Sekunden nach dem Rezept. Daher ist Christian Kulisch frühestens um 15:13 Uhr vor dem Haus der Heitkamps erschienen. Die Zeugin Renate Peters hat ihn genau zu dem Zeitpunkt dort gesehen, als das Rezept für den Cocktail ‚Giftiger Prinz' im Radio lief. Das Rezept im Radio war der Grund dafür, dass die Zeugin Peters zum Fenster gegangen ist. Auf der Fensterbank befand sich ein Schreibblock mit Stift. Beides, Schreibblock und Stift, befanden sich noch am selben Nachmittag dort, als die Kollegen, Kriminalhauptkommissar Klose und Kriminalkommissar Hoffmann, in der Wohnung der Zeugin waren, um eine erste informatorische Vernehmung vorzunehmen.«

Es ist immer noch totenstill im Gerichtssaal, als er seinen

Bericht fortsetzt. Seine haarscharfe Analyse klingt wie eine Verurteilung.

»Der erste Notruf erfolgte dann um 15:19 Uhr, also nur sechs Minuten nach dem Eintreffen von Christian Kulisch vor dem Haus der Heitkamps. Spätestens zu diesem Zeitpunkt waren die ersten Schüsse auf Christian Kulisch bereits gefallen. Selbst wenn wir aber die weiteren neun Minuten bis zum zweiten Notruf hinzuzählen, sind nicht mehr als insgesamt maximal 15 Minuten bis zum letzten Schuss verstrichen. Diese Zeit reichte unmöglich aus, um das bereits getrocknete Blut von Sonja Heitkamp zu erklären. Ihre Verletzungen stammen mit hundertprozentiger Sicherheit aus einem Zeitraum mindestens 30 Minuten vor den Schüssen auf Christian Kulisch und damit aus einem Zeitraum, in dem sich Christian Kulisch definitiv noch nicht im Haus der Heitkamps befunden hat.«

Breitner hält kurz inne; gibt uns Gelegenheit, das Entsetzen zu verarbeiten. Dann fährt er fort.

»Jemand hat aber Christian Kulisch in das Haus eingelassen, hat ihm die Haustür geöffnet. Jemand, der Christian Kulisch erwartete, als er vor der Tür der Heitkamps stand. Und es war jemand, den auch Christian Kulisch erwartete. Der schwarze dritte Mann dürfte ausscheiden. Hier kommen im Haus der Heitkamps nur zwei Personen in Betracht, von denen eine bereits tödlich verletzt im Wohnzimmer lag. Die andere war Holger Heitkamp.«

Nun ist es heraus, der schemenhafte Verdacht ist Wirklichkeit geworden. Auch Susanne Piel hat nun begriffen. Sie hält sich entsetzt die Hände vor den Mund, um einen lauten Aufschrei zu unterdrücken.

»Sie müssen jetzt die Nerven behalten und ganz ruhig sein. Ich wusste nichts von dieser Entwicklung und bin auch völlig überrascht«, flüstere ich meiner Mandantin ins Ohr, während ich beruhigend über ihre Schultern streiche.

Breitner ist noch nicht am Ende.

»Inzwischen gibt es weitere Indizien für die Tötungsabsichten des Angeklagten. Durch eine Kollegin des Drogendezernats erhielt ich Kenntnis davon, dass ein hier in Essen festgenommener Drogendealer mit mir über den Fall Heitkamp sprechen wollte. Diesen Mehmet Özcan suchte ich letzten Freitag in der Justizvollzugsanstalt Essen auf. Ihm werden beste Verbindungen zum organisierten Verbrechen nachgesagt. Er hat mir gegenüber erklärt, dass sich der Angeklagte bereits im Dezember 2006 an ihn gewandt hatte und über Özcan Kontakt zu jemanden suchte, der bereit sei, eine Frau gegen gute Bezahlung zu töten.«

»Herr Vorsitzender«, unterbricht Verteidiger Kron die Ausführungen, blass geworden von der unumstößlichen Erkenntnis.

»Ich muss in aller Deutlichkeit dieser Verfahrensweise widersprechen und bitte um sofortige Unterbrechung, damit die Verteidigung sich ob der völlig veränderten Verfahrenslage besprechen kann. Das ist doch ein unglaublicher Vorgang hier vor Gericht.«

»Selbstverständlich wird dem Angeklagten und seiner Verteidigung noch genügend Zeit eingeräumt werden, sich auf die völlig veränderte Sachlage einzustellen«, erwidert Richter Lange, und in seiner Stimme klingt eine Schärfe mit, die keinen Widerspruch duldet.

»Auch die Kammer wird gleich noch beraten müssen, wie damit juristisch umzugehen ist. Ich bin von den Ergebnissen des ausgewerteten Radiomitschnitts erst gestern am späten Abend unterrichtet worden. Zunächst möchte die Kammer aber die Vernehmung von Kriminalhauptkommissar Breitner fortsetzen, damit wir uns für das weitere Vorgehen ein Bild machen können. Uns ist bei der Beurteilung seiner Aussage selbstverständlich bewusst, dass Kriminalhauptkommissar Breitner von dem Gespräch mit einem Zeugen berichtet, er also nur Zeuge vom Hörensagen ist und wir bisher weder den Zeugen Özcan persönlich noch seine Aussage einschätzen können.«

Der Vorsitzende wendet sich wieder Breitner zu.

»Bitte, Herr Breitner, fahren Sie fort.«

Breitner tut wie ihm geheißen.

»Die Aussage von Özcan allein ist auch aus unserer polizeilichen Sicht nicht ausschlaggebend. Die Ermittlungen in diese Richtung laufen noch. Özcan hat angegeben, dass der Angeklagte angeblich bis heute intensiven Kontakt zu einer Prostituierten namens Gülay Tezcan unterhält. Über sie wurde auch die Verbindung zu Özcan hergestellt. Wir haben ihren Aufenthalt ermittelt. Zwei meiner Kollegen haben sie heute Morgen aus ihrer Wohnung zum Polizeipräsidium abgeholt. Eine Vernehmung steht allerdings noch aus.«

Sämtliche Farbe ist aus dem Gesicht des Angeklagten gewichen. Zurück bleibt eine Maske, die angespannt, aber beherrscht auf Breitner blickt. Keine Regung.

»Für uns gab es vor dem Hinweis durch Özcan keine Veranlassung, in diese Richtung zu ermitteln. Im Nachhinein gibt es aber neben der Radioaufzeichnung weitere Indizien, die die Täterschaft des Angeklagten stützen.«

Breitner wartet kurz ab, ob Widerspruch erfolgt; als sich niemand rührt, fährt er fort.

»So fanden wir auf der Küchentheke eine Einkaufstüte, die unter anderem frischen Fisch enthielt. Auch der Kassenbon befand sich in der Einkaufstüte. Laut Kassenbon wurde der Einkauf um 13:47 Uhr bezahlt. Der Fisch lag aber nach der Tat immer noch in der Einkaufstüte, und zwar unmittelbar neben dem Kühlschrank. Nach unseren damaligen Ermittlungen hatte Sonja Heitkamp im nahe gelegenen Supermarkt eingekauft und muss spätestens gegen 14 Uhr zu Hause gewesen sein. Insofern ist nicht nachvollziehbar, dass Sonja Heitkamp den frischen Fisch über eine Stunde bis zum Eintreffen von Christian Kulisch nicht in den Kühlschrank gelegt hat.

Außerdem konnten wir schon damals keine Anrufe von Christian Kulisch auf die Festnetznummer der Eheleute Heitkamp und auch auf das Mobiltelefon des Angeklagten feststellen. Wir konnten aber auch nicht ausschließen, dass die bedrohlichen Anrufe von einem weiteren, vielleicht einem Prepaid –Handy erfolgten. Denn immerhin stellten wir auf dem Handyanschluss des Angeklagten zahlreiche Anrufe über eine nicht identifizierbare Telefonverbindung fest. Wir gehen heute davon aus, dass diese Anrufe von der Geliebten des Angeklagten erfolgten. Im Moment ist das aber reine Spekulation. Umgekehrt konnten wir zahlreiche eingehende Anrufe unbekannter Herkunft auf dem Handy von Christian Kulisch feststellen, die just am Tattag aufhörten. Der letzte dieser Anrufe erfolgte am Vormittag seines Todestages.«

Breitner lässt das Tatgeschehen vor unseren geistigen Augen aufleben. So werden wir Zeugen eines perfiden Mordplans.

»Nach unserer Einschätzung hatte der Angeklagte Monate vor der Tat den Entschluss gefasst, seine Frau zu töten. Was der Grund für diesen Entschluss war, lässt sich aus unserer Sicht nur mutmaßen. Vielleicht war es die Geliebte oder auch die erheblichen finanziellen Verluste bei einer etwaigen Scheidung, insbesondere nach der Geburt eines gemeinsamen Kindes. Vielleicht waren auch alle Umstände zusammen dafür ausschlaggebend. Als sich dann die Variante mit dem Auftragskiller als zu kompliziert, gefährlich oder schlicht zu teuer erwies, kam der Zufall Holger Heitkamp zu Hilfe.

Die unschöne Taxifahrt mit dem unbeherrschten Christian Kulisch brachte ihn auf seinen Tatplan. Er veranlasste seine Frau, Strafanzeige gegen Kulisch zu erstatten, und bauschte das Ganze weiter auf. Hier half ihm allerdings auch der Zufall. Kulisch war ein ehemaliger Drogenabhängiger und hatte durch sein eigenes Verhalten erhebliche Probleme in seinem Job als Taxifahrer. Der Angeklagte selbst hat danach mehrfach bei Christian Kulisch angerufen und letztlich um eine Aussprache gebeten. Ohne Wissen seiner Ehefrau verabredete er sich mit ihm für Freitag, dem Tattag. Er gab vor, mit seinem Fahrrad zu fahren, und sorgte dafür, dass seine Nachbarin Renate Peters die Abfahrt mitbekommt. Bewusst auffällig klingelte er an der Fahrradklingel und vergewisserte sich dann, dass Frau Peters Zeugin sein würde. Er winkte ihr zu. Sie winkte zurück. Statt Fahrrad zu fahren, kehrte der Angeklagte durch die wahrscheinlich von ihm offen gelassene Terrassentür ins Haus zurück und lauerte Sonja Heitkamp auf, als sie gegen 14 Uhr vom Einkauf nach Hause kam. Er hat sie dann erschlagen.«

Susanne Piel starrt mit aufgerissenen Augen und leicht geöffnetem Mund auf Holger Heitkamp. Mir ist klar, dass sie kein Wort mehr versteht und den Ausführungen Breitners nicht mehr folgt. Meine eigene Neugier hält mich davon ab, sie aus dem Saal zu begleiten, damit sie sich von ihrem Entsetzen erholen kann. Halten Sie durch, liebe Frau Piel, halten Sie durch, nur bis zum Ende dieser Horrorepisode.

»Irgendwo muss er damals Schutzkleidung deponiert haben, die er vor der Tat überzog und später vernichtete. An seinem Körper konnten wir trotz eingehender Untersuchung keine sogenannten beschleunigten Blutspritzer von Sonja Heitkamp feststellen. Wahrscheinlich handelte es sich bei der Schutzkleidung um einen Plastikoverall, ähnlich denen, die bei der Spurensicherung verwendet werden. Sie haben geringes Volumen und lassen sich in nur wenigen Minuten durch Verbrennen vollständig vernichten. Bis zum Eintreffen von Kulisch hatte er alle Zeit und Gelegenheit dazu. In seinem Garten stießen wir auf einen gemauerten Kamin, in dem sich – was damals für uns angesichts des schönen Wetters nicht ungewöhnlich war – frische Asche befand. Die Lichtbilder unseres Kriminaltechnikers dokumentieren das. Ich war damals nur wenige Stunden nach dem Geschehen am Tatort und erinnere mich sehr deutlich an den Geruch von verbranntem Plastik in der Luft.

Der Angeklagte hat dann von der Garage aus sein Fahrrad

unbemerkt nach draußen geschoben. Deshalb zeigte auch der Fahrradlenker, wie auf unseren Ermittlungsfotos zu sehen, in Richtung Straße, was natürlich nicht entscheidend ist, aber passt. Dann hat er die Ankunft von Christian Kulisch abgewartet und ihn kurz nach seinem Eintreffen erschossen.«

Breitner verstummt.

»Danke, Herr Breitner.«

Der Vorsitzende hat sich während der Ausführungen Notizen gemacht.

»Wir werden uns jetzt kurz zurückziehen. Die Kammer wird beraten, wie wir hier im Prozess mit diesen neuen Erkenntnissen umgehen müssen.«

Er richtet sich an die Prozessbeteiligten.

»Es wird nicht lange dauern. Bitte warten Sie hier im Gerichtssaal. Gibt es Anträge oder Anregungen?«

Verteidiger Dammer ergreift das Wort.

»Wir beantragen die sofortige Aussetzung des Verfahrens, um unsere Verteidigung, unabhängig von den spekulativen Ausführungen des Zeugen Breitner, auf die neuen Tatsachen hinsichtlich der Radioaufzeichnung einzustellen. Wir müssen Gelegenheit erhalten, die Zuverlässigkeit der ermittelten Zeitschiene umfassend überprüfen zu können.« Seine Worte klingen müde und resigniert.

Auch Staatsanwalt Berg ist die Erschütterung über die neue Entwicklung des Strafprozesses anzumerken.

»Herr Vorsitzender, dem Aussetzungsantrag der Verteidigung schließe ich mich an. Die weiteren Ermittlungen müssen abgewartet und ausgewertet werden. Die Anklage ist anzupassen, gegebenenfalls neu zu erheben.«

Seine ruhigen Ausführungen haben die Kälte dampfenden

Eises. Jede Freundlichkeit ist seinen eisernen Gesichtszügen entwichen.

»Angesichts der neuen Erkenntnisse beantrage ich zudem den Erlass eines Haftbefehls gegen Holger Heitkamp. Er steht im dringenden Tatverdacht, seine Ehefrau und Christian Kulisch aus niedrigen Beweggründen getötet zu haben.«

Sein Blick ist ungerührt auf den Vorsitzenden gerichtet.

»Ich schließe mich den Anträgen der Staatsanwaltschaft an«, erkläre ich, nachdem Berg seine Erklärung beendet hat.

Der Vorsitzende bittet die Protokollführerin, die Anträge der Verteidigung, der Staatsanwaltschaft und der Nebenklage ins Protokoll aufzunehmen, und geht ohne ein weiteres Wort aus dem Gerichtssaal ins Beratungszimmer, gefolgt von den übrigen Richtern der Kammer.

Eigentlich waren die Anzeichen deutlich. Anders als an den übrigen Hauptverhandlungstagen befinden sich heute insgesamt sechs Wachmeister im Gerichtssaal. Zwei besonders athletische Exemplare von ihnen stehen, wie Türwächter, fast bedrohlich am Ausgang des Gerichtssaals. Ich schaue auf Holger Heitkamp. Du Monster, denke ich, wie wahrscheinlich jeder im Saal, einschließlich seiner beiden Verteidiger. Wenn auch noch kein Haftbefehl verkündet wurde und er theoretisch jedes Recht hätte, den Gerichtssaal zu verlassen, so ist die psychische Zwangslage von der Gesamtsituation beherrscht. Er sitzt völlig regungslos auf der Anklagebank, als würde ihn das alles nichts angehen.

»Ich muss hier raus«, bricht es plötzlich aus meiner Mandantin heraus. Susanne Piel wartet keine Reaktion von mir ab, sondern erhebt sich unmittelbar von ihrem Stuhl und stürzt aus dem Gerichtssaal, vorbei an den beiden Hulks in grüner Wachtmeisteruniform; sie durchschauen die Situation sofort und halten ihr verständnisvoll die Tür auf. Ich brauche ein paar Sekunden und laufe ihr dann mit wehender Robe hinterher. Draußen vor dem Gerichtsgebäude finde ich sie wieder. Durch dunkle Wolken lugt die Sonne, und ich schaue voller Sorge auf den Rücken meiner Mandantin, die mit zuckenden Schultern rechts neben der Eingangstür steht.

Das Leben ist manchmal so real. Das ist ein flaumig behaarter Nacken, dunkle Haare im Wind, die aufblitzende Sonne, Schweißperlen auf der Stirn trotz der Kälte, braune, klare Augen und Tränen, die ungewollt über das Gesicht rinnen, warm und so unendlich traurig.

»Was hat meine arme Schwester nur durchgemacht. Ich kann das alles nicht glauben. Der Mann ist ein Ungeheuer. Er sitzt da und regt sich nicht. Das ist kein Mensch.«

Ich nehme Susanne Piel in den Arm.

»Das Schlimme ist, dass meine Schwester sich schon lange von dem Ungeheuer trennen wollte und ich es ihr immer wieder ausgeredet habe. Ein schöner, reicher Mann mit den besten Aussichten.«

Susanne Piel schluchzt nach jedem dritten Wort laut auf und redet mit einem Blick zum Himmel.

»Sonja, meine liebe kleine Maus, mein geliebtes Schwesterchen, verzeih mir, bitte verzeih mir.«

Worte sind dafür da, dass sie gehört oder gelesen werden. Nur manchmal sind sie allein dafür da, ohne Empfänger einfach nur ausgesprochen zu werden, damit sie die Seele verlassen können.

Ich kehre allein in den Gerichtssaal zurück. Das war der Wunsch meiner Mandantin. Sie selbst wollte draußen in der Kälte auf mich warten, frieren und das Zwiegespräch mit ihrer Schwester allein ausfechten.

Es ist unruhig im Gerichtssaal. Die Zuschauer haben den lähmenden Schock dieser unvorhersehbaren Wende im Prozess scheinbar überwunden. Breitner steht direkt hinter der Tür des Gerichtssaals und schaut mich schuldbewusst an. Mit dir habe ich auch noch ein Huhn zu rupfen, denke ich, als die Tür zum Beratungszimmer aufgeht und die Richter der Schwurgerichtskammer mit ernsten Mienen den Gerichtssaal betreten. Einer nach dem anderen. Zeitgleich verstummt das Gemurmel von den Zuschauerbänken, und ich begebe mich unauffällig zum Nebenklageplatz.

»Die Kammer verkündet folgende Beschlüsse«, erklärt der Vorsitzende ohne Einleitung.

»Das Verfahren wird ausgesetzt. Der Staatsanwaltschaft wird Gelegenheit gegeben, eine Anklageschrift unter Berücksichtigung der neuen Ermittlungserkenntnisse gegen den Angeklagten zu erheben.«

Es entsteht eine kurze Pause.

»Gegen den Angeklagten wird die Haft auf der Grundlage des anliegenden Haftbefehls angeordnet. Der Angeklagte Holger Heitkamp ist unmittelbar in Haft zu nehmen.«

Drei Wachtmeister begeben sich auf der Stelle, als hätten sie nur auf das Startzeichen gewartet, zu Holger Heitkamp und legen ihm Handschellen an. Es erfolgt kein Protest, auch nicht von den geschockten Verteidigern. Glücklicherweise sitze ich nicht an ihrer Stelle. Er muss nun den Gerichtssaal über die Hintertür zu den Vorführzellen im Keller des Gebäudes verlassen. Von dort wird er in eine Justizvollzugsanstalt überstellt. Wahrscheinlich für die nächsten 25 Jahre seines Lebens.

Mit diesen Nachrichten konnte ich meiner Mandantin eine kleine Last von ihren nicht allzu breiten Schultern nehmen.

40.

Das Böse liegt immer im Auge des Betrachters. Gefühllosigkeit gegenüber Leid und Schmerz ist zweifelsohne böse, obwohl man dem Gefühllosen wegen seiner Gefühllosigkeit sicher keinen Vorwurf machen kann. Schließlich beurteilt man das instinktive Verhalten einer Katze ja auch nicht als boshaft, wenn sie allein zur Anregung ihrer Magensäfte ihr grausames Spiel mit der hilflosen kleinen Maus treibt und so deren Leiden unerträglich in die Länge zieht. Aus Sicht der Maus stellt sich das Spiel der Katze durch das Hinauszögern des Todesaktes als überflüssig, brutal und böse dar. So liegt die Wurzel des Bösen bereits im biologisch zwingenden instinktiven Verhalten.

Allein die Komponente des Verstandes unterscheidet den Gefühllosen oder gar den Triebmörder, der schlimmer als der Gefühllose einen unauslöschbaren inneren Zwang zum Töten empfindet, vom per se entschuldigten und gerechtfertigten Tier. Verhalten ausschließlich über den Verstand zu steuern ist aber ziemlich schwierig. Das ist Essen ohne Hunger oder gar auch nur Appetit. Das macht die Gefühllosen so gefährlich. Man kann sie mit normalen Reaktionen nicht erreichen, wie die Maus die Katze mit ihrem instinktiven Fluchtverhalten nicht erreichen kann. Du musst gerade für die Katze artfremde, unbekannte und nicht einkalkulierbare Mittel einsetzen. Du musst sie austricksen. Keine Chance für Sonja Heitkamp. Ihr Terminator war ein echter Schönling aus Fleisch und Blut und hat oberflächlich menschliche Reaktionen gezeigt.

Er ist aber nicht wirklich schön. Die wirklich schönen Menschen dieser Welt haben das Lachen der Sonne und das Herz eines Löwen. Und all das spiegelt sich in ihren Gesichtern wider. Was also sollte uns das markante Antlitz eines Holger Heitkamp vermitteln? Nicht mehr als die wunderschönen Samen des tödlich giftigen Wunderbaums. Du darfst sie nur anschauen, ihre Vollkommenheit im Kontext der Natur genießen; keinesfalls darfst du sie probieren, und nicht einmal ihr Duft bringt Zauber in diese Welt. Ihre Existenz mag einen Sinn haben. Dieser Sinn bleibt aber den Löwenherzen dieser Welt verborgen.

Wir stehen dicht gedrängt in der evangelischen Apostelkirche in Essen –Frohnhausen. Der Gottesdienst wurde von der Familie Kulisch und dem Verein Lebenshilfe organisiert, dem Christian Kulisch angehörte und für den er rührende Arbeit geleistet hat. Die Presse hatte schuldbewusst darüber berichtet, und die Familie Kulisch hatte meine Mandantin, Frau Piel, und mich sogar persönlich zum Gedenkgottesdienst eingeladen. In der Trauer um einen geliebten Menschen, der durch denselben Mörder zu Tode kam, sind beide Familien verbunden. Alle sind da. Susanne Piel sitzt mit ihrem Lebensgefährten und dem kleinen Benjamin direkt am rechten Nebenausgang. Wahrscheinlich, um den Gottesdienst im Notfall mit dem aufgeweckten Zwerg verlassen zu können.

Der Pfarrer spricht traurige Worte über einen Mann, der – wie wir jetzt wissen – einem niederträchtigen Mordkomplott zum Opfer gefallen ist und noch über seinen Tod hinaus unsagbar verunglimpft und beschimpft wurde. Denn was gibt es neben dem Verlust des eigenen Lebens Schlimmeres für einen Menschen und seine Familie, als nach dem Tod zu Unrecht beschuldigt zu werden, beschimpft und gehasst als brutaler und grausamer Mörder, der eine schwangere Frau eiskalt mit mindestens drei heftigen Hammerschlägen umgebracht hat? Die meisten Menschen denken sich, hätte die Familie nicht die Zeichen erkennen oder ihm die fehlende Aufmerksamkeit und Liebe widmen müssen? Hat sie nicht Mitschuld an dieser Tragödie? Es gilt die Mao –Tse –tung –These, der Sohn eines Helden ist ein Held und der Sohn eines Verbrechers ist ein Verbrecher. Die Familie durfte und konnte zunächst nicht einmal über den Tod dieses Ungeheuers trauern. Was für ein Leid!

Ich spüre dicht hinter mir Thomas Breitner. Seine Wärme. Seinen Atem. Das genieße ich. Die Kollekte kommt auf mich zu. Natürlich wird für den Verein Lebenshilfe gesammelt. Ich taste meine Hosentaschen ab und realisiere, dass ich kein Geld bei mir habe. Gerade schaue ich mich hilfesuchend um, da spüre ich Thomas' Hand an meiner rechten Hand, mit den fünf Würstchen. Er drückt mir ein Geldstück in die Handfläche, das ich sofort begutachte. Ein Zwei –Euro –Stück zu meiner Zufriedenheit. Ich lächle diesen Mann an meiner Seite an. Werd' mir bloß nie wieder untreu oder so ähnlich, wie das mit süß Rita, sonst muss ich dich doch noch verlassen. Ich danke Gott, dass er mir diesen Mann geschickt hat, und ich danke ihm, dass er ein ungeborenes Leben gerettet hat, das nur einen Tag gemeinsam mit seiner Mutter leben durfte und dessen Geburtstag deshalb nicht der Todestag seiner Mutter ist. Und ich danke ihm dafür, dass immer mal wieder die Gerechtigkeit einen grandiosen Sieg davonträgt.